KB057916

소설
동학
4

김동련
대하소설 4

소설 동학

세계라는
것은
무엇인가? ———— ②

모시는사람들

4___

세계라는
것은
무엇인가?

2

76.

고종 15년, 정묘년, 1878년.

왜국 외무성으로부터 조선 예부에 글이 왔다.

'프랑스 전권공사가 말한 바에 의하면 프랑스 선교사 사오 명이 귀국에 도착하자 즉시 체포되어 하옥되었는데 만약 귀 정부에서 참형으로 처리한다면 프랑스 정부가 가만히 보고만 있지 않고 대응할 것이라고 했다.

귀국을 위해 특별히 충고하건대 죄수들을 풀어 부산의 우리 관리관에게 넘겨주어 돌아가게 한다면 그들을 죽이지 않은 은혜에 깊이 감사할 것이다.'

조정에서는 이 일로 청국에 교섭하는 회신 가운데 '상국·지휘' 같은 말이 있었다. 왜국 정부는 조·왜수호조약 제 일관에 이미 조선은 자주의 나라라는 조항이 있는 것을 확인했는데 이제 와 상국이라는 글로 속방의 의미로 교섭하고 있다고 트집을 잡았다. 이에 청국 정부에서 회답했다.

'제 일관에 조선은 자주의 나라라는 말이 있으나, 조선은 오랫동안 중국에 복종하여 섬겼으나 정녕은 자신의 이치로 균등하게 하였던 자주의 나라이며 이것은 천하가 다 아는 사실이다.

그러므로 응당 조선이 짐작하여 답복해야 할 것이다.'

왜국은 왜국대로 내정을 간섭하려 하고 청국은 청국대로 종주권을 놓지 않으려 발버둥 쳤다.

77.

고종 15년, 정묘년, 1878년, 여름.

칠월 이십오 일.

시형은 무은담 유시헌 집에서 개접했다. 개접은 도인들이 진리를 토론하는 모임이었다.

개접에서 논의할 제목으로 스승님이 "나는 도시 믿지 말고 한울님만 믿으라. 네 몸에 모셨으니 사근취원 한단 말인가."라고 하신 대목을 골랐다.

내 몸에 한울님을 모셨다는 말의 뜻을 생각해 보라는 것이다.

유시헌이 물었다.

"수심정기를 쉽게 설명해 주십시오."

"사람이 능히 그 마음의 근원을 맑게 하고 그 기운 바다를 깨끗이 하면 만진이 더럽히지 않고 욕념이 생기지 않고 천지의 정신이 전부 한 몸 안에 들어오는 것입니다. 그러므로 한울님께서도 '내 마음이 곧 네 마음'이라 말씀하셨습니다.

또 우리 도는 무위이화라. 그 마음을 지키고 그 기운을 바르게 하고 한울님 성품을 거느리고 한울님의 가르침을 받으면 자연 한가운데 화하여 나오는 것입니다. 내가 내 마음을 공경하지 않는 것은 천지를 공경하지 않는 것이요, 내 마음이 편안하지 않은 것은 천지가 편안하지 않은 것입니다.

내 마음을 공경하지 않고 내 마음을 편안하지 못하게 하는 것은 천지 부모에게 오래도록 순종하지 않는 것입니다. 이것은 불효와 다름이 없습니다."

시형은 다시 말했다.

"사람이 포태하자 한울님을 모시게 되었는가? 태어날 때 모신 것인가? 아니면 대선생님이 득도할 때 모신 것인가를 생각해 보십시오."

그리고 유명한 향아설위*를 처음 개접에 붙였다.

"제례를 행할 때 지금까지 제수 상을 벽을 향해 차렸는데 그러한 차림이 옳은가? 아니면 나를 향해 차리는 것이 옳은가 생각해 보시오.

죽은 조상의 영이 어디에 있겠소? 내 밖의 허공에서 오고 가는 것일까? 그렇다면 제수 상은 벽을 향해 차리는 것이 옳습니다.

그러나 가만히 생각해 보면 한울님의 마음이 바로 나의 마음일진대 죽은 조상의 영은 한울님께 돌아갔고 내가 나의 존재 속에 한울님을 모셨으니 조상도 내 존재 속에 함께 있을 것입니다. 그러므로 제수 상은 나를 향해 차리는 것이 옳지 않겠습니까?

우리 도인들은 항상 우리에게 익숙한 것들을 낯설게 보는 진지함을 유지해야 합니다. 남들이 만들어 낸 오래되고 거대한 담론에서 벗어나 진정으로 자유로운 존재로 자신과 사물을 대한다면 모든 것을 있는 그대로 볼 수 있는 힘이 생깁니다.

여기에서 오래된 잘못된 제도나 체제에 대한 저항의 힘도 나오게 되는 것입니다."

---

* 제수 상을 벽이 아닌 제사 지내는 나를 향해 차리는 것.

동학을 하는 사람들이 항상 염두에 두어야 할 자세를 향아설위로 에둘러 가르친 것이다.

78.

고종 16년, 을묘년, 1879년, 초.

을묘년 이월.

시형은 강시원과 김용진을 데리고 경주를 다녀왔다. 친지들을 만나는 중 강시원은 아버지의 안부를 들었다.

삼월 이십육 일.

역시 강시원과 김용진을 데리고 영서 쪽으로 떠났다. 이 해에는 삼월에 윤달이 들었다. 영춘에 들러 며칠 머물고 윤삼월 초하루에 의풍을 거쳐 영월 하동면 거석리로 넘어와 노정식의 집에서 유숙했다.

시형은 이날 밤 삼경에 꿈에서 수운을 만났다. 훗날 그 얘기를 이렇게 전했다.

"내가 비몽사몽 중에 스승님을 뵙고 손을 모아 절하며 스승님을 보니 머리에는 검은 관을 쓰고 몸에는 푸른 옷을 입었으며 동자 너댓 명이 벌려 서 모시고 있었다.

그 옆에서 백발노인이 무릎을 꿇고 앉아 삼층대를 설치하고 있었다. 스승님은 높이 상대에 앉았고 스승님이 앉은 뒤에 학발의 노승이 지팡이를 짚고 공손히 서 있었다.

스승님이 나를 불렀다.

'자네 이리 오게.'

내가 즉시 예 하고 대답하고 대에 오를 때 어느 사이 도인 십여 명이 옆에 있었다. 부름에 따라 대에 오를 때 강시원과 유시헌을 같이 서서 절하라 했다. 스승님이 우리 세 사람의 의복이 남루함을 보고 다른 사람을 둘러보며 말했다.

'의식의 분은 각기 그 정함에 있으나 이 세 사람의 의복은 이와 같이 남루하고 그대들의 옷은 이와 같이 넉넉한가?

이에 이르러 무리를 사랑하는 나머지 어찌 서로 구하는 도리가 없겠는가?'

주위 사람들은 부끄러워 머리를 숙이고 대답하지 못했다.

이때 스승님이 잠시 일어나 걸음을 옮기는 데 내가 머리를 들어 스승님의 의대를 올려본즉 삼색으로 끝을 매어 대를 이루었다.

내가 물어보았다.

'스승님의 복대가 어찌해 삼단으로 되었습니까?'

'창졸간의 일이라 이렇게 되었다.'

내가 매고 있던 띠를 풀어 바쳤다.

'이것이 가히 좋구나.'

스승님은 그대로 삼단의 대를 둘러 허리에 찼다.

내가 드린 허리띠를 차시라 하니 아직 그만 두라고 했다.

스승님이 좌우를 돌아보며 말했다.

'어떤 별은 이와 같고 어떤 조화는 이와 같으며 또 어떤 별을 이와 같고 어떤 사람과 더불어 어떤 조화로써 이와 같고 또 모년 모 조화로서 모인에게 주면 이와 같다.'

세 사람으로 특별히 상재를 제수하고 어떤 다섯 사람으로 모년 모월에 이리이리 하라고 말씀하셨다.

이 외 이십여 사람에게는 일후에 차차 정해 주겠다고 하셨다.

스승님이 일어나 대 아래로 내려가니 네 개의 대문이 있고 상대에는 이십여 명이 있고 중대에는 백여 명이 있고 하대에는 몇 사람인지 알 수가 없었다.

스승님이 북문에 서서 천문개탁자방문 일곱 자를 썼다. 이것을 세 번 입으로 외고 세 번 손으로 북문을 치니 그 소리가 우레 같았다.

내가 물었다.

'저희도 북문을 칠까요?'

스승님이 말씀하셨다.

'후일에 반드시 칠 일이 있을 것이다.'

스승님은 나를 북문에 제수하고 강시원을 남문에 제수하고 유시헌을 동문에 제수하고 또 한 사람을 서문에 제수했다. 스승님이 즉시 일어나려 하기에 내가 물었다.

'스승님, 어찌 이리 서두르십니까?'

'내가 바쁜 일이 있다. 상제와 더불어 논의할 일이 있는데 다하지 못하고 왔기 때문에 급히 가려 한다.'

이때 어떤 사람이 밖에서부터 급하게 들어오는데 윗옷을 벗고 스승님을 뵈었다. 내가 그 사람을 책망했다.

'존귀한 분 앞에서 어찌 가슴을 드러내고 뵙는가?'

스승은 용서했다.

'그대는 그를 꾸짖지 말아라. 이 사람의 성은 모이다.'

스승님이 寒(한) 溫(온) 飽(포) 석 자를 써주며 추우면 온 자를 사용하고 굶주리면 포 자를 사용하고 더우면 한 자를 사용하라고 했다."

사월 초순.

시형은 정선에 돌아와 강시원에게 말했다.

"지난번에 스승님의 몽교가 있었는데 이 역시 일찍 들었던 가르침이오. 내가 뜻을 가지고자 했으나 이루지 못한 것이 오래라오.

지금 이에 장차 인등의 설법을 하고자 하는데 어떻게 생각하시오?"

강시원이 말했다.

"도의 진실된 근원이 실로 형에게 있는데 제사를 베풀고 베풀지 아니함을 어찌 저에게 묻습니까?"

"인등의 절차를 오직 이런 까닭으로 베풀지 아니하려 했는데 지금 때의 일을 보면 마침내 급한 단초가 있어 먼저 소인등을 시험 삼아 행하려 하오."

시형은 즉시 유시헌의 집에서 인등제를 행했다. 또 홍시래와 최시경의 집에서도 행했다.

제례 음식을 차리는 부담이 적지 않았다. 그래서 생쌀과 천으로 제수를 대신하게 했다.

지극히 정성을 내어 스승님의 선령을 위로하고자 관건을 갖추고 의복을 마름질해 축원으로 제사하고 모양으로 불태우니 모두 스승을 위하는 의가 아님이 없었고 제자의 예가 아님이 없었다.

여러 지역에서 스스로 이와 유사한 인등제를 올리기 시작했다. 이것은 동학이 다시 조직을 강화하는 기폭제가 되었다.

동짓달 초하루.

수운이 남긴 기록을 정리하기 위해 정선 남면 방시학의 집에 수단소*를 설치했다. 십 일에 도차주 강시원을 비롯한 몇 사람이 편찬 작업에 착수했다.

시형은 그동안 보물처럼 간직했던 수운의 필적을 보따리에서 꺼내 놓았다. 수운이 정운구에게 잡혀가기 전에 시형을 피신시키려 책으로 만들라고 준 글들이다.

종이에 먹으로 쓴 글들이라 세월이 흐르다 보니 글도 희미해지고 가장자리가 톱 이빨처럼 떨어져 너덜너덜했다.

안교상이 글을 쓰고 신윤한과 안교백이 글자를 팠다. 홍시래와 최창식이 나무를 구하러 다녔다.

목활자에 필요한 나무는 결이 곱고 치밀하고 단단해야 한다. 대추나무나 가래나무 또는 배나무나 도장나무 그리고 박달나무를 사용한다. 정선 인근에 잎이 다 진 아름드리 가래나무가 흔했다. 군을 풀어 필요한 만큼 베어왔다. 나무를 적당한 크기로 잘라 나무에 글자를 새기는 일은 윤종헌이 맡았다.

목활자는 큰 나무판자에 많은 글을 새겨 책을 찍던 목판과는 달리 나뭇

---

* 도의 근원과 도적을 편찬하기 위해 설립한 곳.

가지로도 간단히 새겨낼 수 있고 작업 공간이나 비용 등 작은 규모로도 일을 할 수 있어 민간에서 많이 활용했다.

목활자는 두께 한 치 정도의 나무판자를 만들고 이를 다시 네모난 한 치 평방으로 모기둥으로 켜, 웅덩이에 한 달 잉상 넣어 나무 기름을 빼야 한다.

그다음 글자를 새길 면을 대패질해서 글자를 쓴 종이를 뒤집어 붙여 글자를 새기거나 때로는 나무 면에 거구로 직접 써서 개기기도 한다.

글자가 새겨지면 글자마다 톱으로 잘라내 옆면과 뒷면을 다듬어 활자를 완성한다.

작은 활자는 나뭇가지를 같은 방법으로 만든다.

활자 모양은 등이 뾰죽한 것, 평평한 것, 등을 파 경상다리같이 된 것이 있는데 신윤한과 안교백은 협의해 평평하게 만들기로 했다.

책을 만드려면 닥나무 종이가 필요했다. 종이 구입은 김원중이 맡았다.

수단소 정리는 방시학이 했고 전체 과정을 최기동과 안교일이 감독하고 조율했다.

교정은 신시일이 보았고 교정된 글의 판짜기는 신시영이 맡았다.

밀초로 밑을 깔고 그 위에 판을 짰다.

여기에 필요한 자금 조달은 도접주 유시헌이 하고 도차주 강시원과 도주가 기억을 살려 다시 교정을 보았다.

이렇게 여러 사람이 각자 일을 맡아 분주하게 움직였다. 일이 쉽게 진행되지는 않았다.

가래나무를 베어온 산의 산지기가 시뻘겋게 달은 얼굴에 땀을 뻘뻘 흘리며 수단소에 왔다. 얼마나 화가 났는지 반벙어리 축문 읽듯 말이 잘 나오지 않았다.

"왜 말도 없이 남의 땅에서 까막뒤짐 해갔소?"

나대지인 줄 알았던 산이 주인이 따로 있었다. 홍시래와 최장식이 대책이 없어 절절 매고 있자 수단소 안에서 글을 새기던 신윤한이 시끄러운 소리에 놀라 밖으로 나왔다.

"아니 형님 여기 웬일이오?"

신윤한이 산지기에게 뒤설레 쳤다. 산지기가 뚱한 얼굴로 신윤한을 쳐다보았다.

"자네는 여기 웬일인가?"

"형님 나 좀 봅시다."

신윤한이 산지기 등을 밀고 마당 구석으로 갔다.

"내가 모시는 선생님이 문집을 낸다고 하기에 내가 사람을 보내 나무를 잘랐소. 형님 내 얼굴 봐서라도 모른 척 좀 해 주시오."

"이 사람아 벽에도 귀가 있고 방바닥에도 눈이 있다는데 나더러 어쩌라고?"

신윤한이 옆구리에서 엽전을 몇 개 꺼내 슬쩍 산지기 손에 얹었다.

"형님 가시다가 주막에 들러 목이나 축이시오."

산지기 눈이 샛바람에 게 눈 감기듯 꿈적거리더니 돼지 멱 따던 목청이 은근해졌다.

"시원찮은 귀신이 사람 잡아가는 법이다. 다음부터는 조심해라. 내가 관에다 고변하려다 그냥 여기로 왔으니 그거나 알아다오."

나무는 구했는데 이것을 가지런히 잘라 목활자를 만드는 일이 또 쉬운 일이 아니었다. 윤종원이 나무를 잘라 소금물에 넣어 저렸는데 열에 다섯 장이 휘어지고 갈라졌다. 여러 곳을 돌쩌귀에 불이 나도록 찾아다녀 결국 해결책을 얻어냈다.

나무를 자르기 전에 소금물에 넣어 끓이면 휘지 않았다.

종이를 구하는 일도 수월하게 넘어가지 않았다. 김원중이 안동 지물상에 견적을 보았는데 워낙 양이 만만치 않아 지물상 주인이 곤댓질을 하며 값을 올려 쳤다.

김원중이 한양 칠패 장터로 가 견적을 보니 안동보다는 반값을 불렀다. 그러나 운반 길이 천 리가 가까웠다. 김원중이 이도 저도 못 하고 전대 자루만 쥐고 손에 땀을 냈다.

시형이 김원중을 불러 터일 안쪽 올금당 마을로 보냈다. 김원중은 가장 싼 가격으로 닥나무 종이를 구했다. 올금당 마을에서는 일부러 짐꾼을 붙여 종이를 날라다 주기까지 했다.

오래된 인연은 참으로 가까운 친척보다 정이 깊었다.

자른 가래나무 모기둥을 웅덩이에 넣었으나 겨울철이라 항상 물이 얼려 아침저녁으로 냇물을 끓여 가져다 웅덩이에 부었다.

신윤한과 안교백은 글자를 파다 자주 손을 파냈다. 두 사람 모두 무명천을 허옇게 오른손에 감았으나 항상 천에 벌겋게 피가 배어 있었다.

그래도 한동 추위에 땀을 흘리며 고생을 마다하지 않았다.

큰일은 종이에 글자가 지워진 부분이 여러 군데 있어 신시일이 도무지 문맥에 맞추지 못해 애를 먹었다. 이럴 때는 시형이 미간을 찌푸리고 기억을 더듬었고 강시헌이 고전을 살펴 겨우 문장을 만들었다.

　모두 한겨울에 추위도 잊고 미친 듯이 작업에 열중했다.

　굳은 사명감이 없이는 할 수 없었던 처절한 작업이었다.

　두 달여 동안 동경대전과 도원기서를 동시에 작업해 섣달그믐에 먼저 『동경대전』 백 부를 완성했다.

79.

고종 16년, 기묘년, 1879년, 7월 9일.

중국 북양대신 이홍장이 영중추부사 이유원에게 편지를 보내 왔다.

'이월에 객이 도착하여 작년 섣달 보름에 보낸 해서를 받았습니다.

외교 문제를 가지고 이득과 손실에 대해 구명하고 정세에 대한 분석을 되풀이해 가면서 설명한 것은 충성스러운 시책과 커다란 계획으로써 감복하는 마음이 한량없습니다.

요사이 많은 나이에 건강하게 지내고 나랏일도 잘 처리하여 국토를 보전하고 외적을 방어하는 조처가 모두 합당하니 매우 칭송하고 뜻을 받들게 됩니다.

일본이 귀국과 교섭하는 여러 가지 절차에 대해서는 왜인의 성정이 포악하고 탐욕스러운 까닭에 한 걸음이라도 앞으로 내디디려는 계책을 쓰는 것을 귀국이 그때마다 응수하기란 틀림없이 쉽지 않을 것입니다.

작년에 왜국에 주재한 공사 하시독이 글을 보내 왔는데 왜인들이 소개해 줄 것을 청하면서 귀국과 진심으로 친하게 지내고 서로 속이지 말기를 바란다고 여러 차례 말하였습니다.

제가 또 생각하기에 자고로 교린의 도는 진실로 타당하다면 구적이 원조자가 되고 진실로 타당하지 않다면 원조자가 구적이 될 것입니다.

왜인의 말이 비록 반드시 마음속에서 나온 것이 아니라고 하더라도 아직은 기회를 맞아서 잘 유도하여 그들의 트집을 막고 영원토록 화목하기를 바랍니다.

이 때문에 일찍이 편지를 부쳐서 먼저 의심을 보여서 구실이 되도록 하지는 말라고 권고하였던 것입니다.

최근에 살펴보면 왜국의 처사가 잘못되고 행동이 망측해 미리 방어해야 하므로 감히 은밀히 그 개요를 아뢰지 않을 수 없습니다.

왜국은 근래 서양 제도를 숭상하여 허다한 것을 새로 만들면서 벌써 부강해질 방도를 얻었다고 스스로 말합니다.

그러나 이로 말미암아 창고의 저축은 텅 비고 국채는 쌓이고 쌓여서 도처에서 말썽을 일으키면서 널리 땅을 개척하여 그 비용을 보상하려고 하지 않을 수 없습니다.

그 강토가 서로 바라보이는 곳이 북쪽으로는 귀국이고 남쪽으로는 중국의 대만이니 더욱 주의해야 할 것입니다.

유구도 역시 수백 년의 오랜 나라이고 모두 왜국에 죄를 지었다고 들어본 적이 없는데도 올봄에 갑자기 병선을 출동시켜 그 나라 임금을 폐위시키고 강토를 병탄했습니다.

우리와 귀국에 대해서도 장차 틈을 엿보아 제멋대로 행동하지 않으리라고 담보하기 어렵습니다.

우리는 병력과 군량이 왜국의 열 배나 되기 때문에 스스로 견뎌 낼 수 있겠지만 귀국을 위해서는 여러 가지로 생각하게 됩니다.

지금부터 은밀히 무비를 닦고 군량도 마련하고 군사도 훈련시키는 동시에 방어를 튼튼히 하면서 기색을 나타내지 말고 그들을 잘 다루어야 할 것입니다.

그런데 귀국은 이전부터 문화를 숭상하는 나라로는 불렸지만 반면에 경제력은 대단히 약하기 때문에 즉시 명령을 내려 신속히 도모하려 한다 해도 짧은 시일에 효과를 거두지는 못하리라고 생각합니다.

요즈음 왜국이 봉상호·일진호 군함 두 척을 파견해 오랫동안 부산포 밖에 정박시키고 대포 사격 훈련을 하고 있는데 무슨 생각에서인지 알 수 없습니다.

만일 사태가 엄중하여지면 중국이 힘을 다해 돕겠지만 거리가 멀기 때문에 제시간에 미치지 못할까 봐 우려됩니다.

더욱이 걱정되는 것은 왜국이 서양 사람들을 널리 초빙해다가 해군과 육군의 병법을 훈련하고 있으므로 그들의 대포와 군함이 우수한 면에서는 서양 사람들에 만 분의 일도 미치지 못한다고 하더라도 귀국으로서는 대적하기 어려울 것입니다.

더군다나 왜국이 서양의 여러 나라에 아첨하면서 그들의 세력을 빌려서 이웃 나라를 침략하려는 생각을 하지 않은 적이 없습니다,

작년에 서양 사람들이 귀국에 가서 통상을 하자고 하다가 거절당하고 갔으니 그들의 마음은 종시 석연하지 못할 것입니다.

그런데 만약 왜국이 뒤에서 영국·프랑스·미국 등 여러 나라들과 결탁해 개항에 대한 이득을 가지고 유혹시키거나 혹은 북쪽으로 러시아와 결탁하여 영토 확장의 음모로 유인한다면 귀국은 고립되는 형세가 될 것이니 은근한 걱정이 큽니다.

시무를 알고 있는 청국 사람들은 모두 의논하기를 사건이 벌어진 다음에 뒤늦게 가서 구원하는 것이 사건이 벌어지기 전에 다른 대책을 생각해 보는 것만 못하다고 합니다.

말썽도 없게 하고 사람도 편안하게 하는 도리로 과연 능히 시종일관 문을 닫아걸고 자체로 지켜낼 수 있다면 어찌 좋지 않겠습니까?

서양 사람들은 가볍고 편리하고 예리한 자기들의 무기를 믿고 지구상의 여러 나라를 왕래하지 않는 곳이 없으니 사실 천지개벽 이후에 없었던 판국이며 자연적인 추세이니 사람의 힘으로는 막아내지 못할 것입니다.

귀국이 이미 할 수 없이 왜국과 조약을 체결하고 통상을 한다는 사실이 벌써 그 시초를 연 것이니 여러 나라도 반드시 이로부터 생각을 가지게 될 것이며 왜국도 도리어 이것을 좋은 기회로 삼을 것입니다.

지금의 형편으로는 독으로 독을 치고 적을 끌어 적을 제압하는 계책을 써서 이 기회에 서양의 여러 나라와 차례로 조약을 체결하고 이렇게 해서 왜국을 견제해야 할 것입니다.

저 왜국이 사기와 폭력을 믿고 고래처럼 들이켜고 잠식할 것만 생각하고 있다는 것은 유구를 멸망시킨 한 가지의 사실에서 단서를 드러내 놓은 것입니다.

귀국에서도 어떻게 진실로 방비책을 세우지 않을 수 없는데 왜국이 겁을 내고 있는 것이 서양입니다.

조선의 힘만으로 일본을 제압하기에는 부족하겠지만 서양과 통상하면서 왜국은 견제한다면 충분하고도 남음이 있을 것입니다.

서양의 일반 관례로는 이유 없이 남의 나라를 멸망시키지 못합니다.

대체로 각 나라가 서로 통상을 하면 그사이에 공법이 자연히 실행되게 됩니다.

작년에 터키가 러시아의 침범을 당해 사태가 매우 위험할 때 영국·이탈리아와 같은 여러 나라에서 나서서 쟁론하자 비로소 러시아는 군사를 거느리고 물러났습니다.

저번에 터키가 고립무원이었다면 러시아인들이 벌써 제 욕심을 채우고 말았을 것입니다.

또 구라파의 벨기에와 덴마크도 다 아주 작은 나라이지만 자체로 여러 나라와 조약을 체결하자 함부로 침략하는 자가 없습니다.

이것은 모두 강자와 약자가 서로 견제하면서 존재한다는 명백한 증거입니다.

또한 남의 나라를 뛰어넘어서 먼 곳을 치려 하는 것은 옛사람들도 어려운 일로 여겼습니다.

서양의 영국·독일·프랑스·미국 등 여러 나라가 귀국과 수만 리 떨어져 있고 본래 다른 요구가 없으며 그 목적은 통상을 하자는 것뿐이고 귀국의 경내를 지나다니는 배들을 보호하자는 것뿐입니다.

러시아가 차지하고 있는 고엽도·수분하·도문강 일대는 다 귀국의 접경이어서 형세가 서로 부딪치게 되어 있습니다.

만약 귀국에서 먼저 영국·독일·프랑스·미국과 관계를 맺는다면 왜국만 견제될 뿐만 아니라 러시아인들이 엿보는 것까지 막아낼 수 있습니다.

러시아도 반드시 뒤따라서 강화를 하고 통상을 할 것입니다. 참으로 이 기회를 타서 계책을 빨리 고치고 변통한 도리를 생각할 것이지 따로 항구를 열 필요는 없습니다. 다만 왜국이 통상하고 있는 지역에 몇 개 나라의 상인이 더 오겠다는 문제에 대해서는 일본의 무역을 나누어갈 뿐이지 귀국에는 큰 차이가 없을 것입니다.

만약 관세를 정하면 나라의 경비에 적으나마 도움이 될 수도 있으며 상업에 익숙하면 무기 구입도 어렵지 않게 될 것입니다.

더욱이 조약을 체결한 나라들에 때때로 관리들을 파견하여 서로 빙문하고 정의를 맺어두어야 할 것입니다.

평상시에 관계를 맺어둔다면 설사 한 나라에서 침략해 오는 것과 맞닥트려도 조약을 체결한 나라들을 모두 요청하여 공동으로 그 나라의 잘못을 논의하여 공격하게 될 것입니다.

그러면 아마 왜국도 감히 함부로 날뛰지 못할 것이며 귀국에서도 먼 지방의 사람들을 접대하는 방도로서도 옳을 것입니다.

사건마다 강구하여 강유를 적절하게 하는 것을 힘쓰고 모두 협력하도록 조정한다면 왜국을 견제할 수 있는 방도로서는 이보다 더 좋은 계책이 없으며 왜인을 방어할 수 있는 계책으로도 이보다 더 좋은 것은 없습니다.

요즘 각국의 공사들이 우리 총리아문에다 자주 귀국과의 상무에 대해 말해 오고 있습니다.

생각건대 귀국은 정사와 법령을 모두 자체로 주관해 오고 있으니 이런 중대한 문제에 대하여 우리가 어떻게 간섭하겠습니까?

단지 우리와 귀국은 한 집안과 같으며 우리의 동삼성을 병풍처럼 막아주고 있으니 어찌 입술과 이가 서로 의존하는 그런 정도뿐이겠습니까?

귀국의 근심이 곧 우리의 근심입니다.

그렇기 때문에 주제넘은 줄 알면서도 귀국을 위한 대책을 대신 생각하여 진정으로 솔직히 제기하는 것입니다.

바라건대 곧 귀국 임금에게 올려서 정신들을 널리 모아서 심사원려하여 가부를 비밀리에 토의하기 바랍니다,

만일 변변치 못한 말이지만 틀리지 않았다고 생각되면 먼저 그 대강을 알려주기 바랍니다.

우리 총리아문에서도 그런 내용을 서로 알고 있어야 여러 나라가 이 문제를 언급할 때에 기회를 보아 가며 말을 하여 국면이 전환되어 가고 있다는 뜻을 서서히 보여줄 수 있는 것입니다.

종전에 서양의 여러 나라가 우리 내부가 어수선한 틈을 타서 힘을 합쳐 압력을 가하려고 하였으며 조약을 체결할 때에도 옥백으로 하지 않고 무력을 썼던 것입니다.

그런 조약을 오랫동안 이행해 오면서 제재를 받았던 것이 매우 많았다는 것은 원근에서 다 충분히 들어서 아는 바일 것입니다.

귀국에서 만약 무사할 때에 조약을 체결하는 것을 허락한다면 저들은 뜻밖의 일에 기뻐하여 당치않은 요구를 제기하지 않을 것입니다.

아편을 판매한다든가 내지에 선교하는 여러 큰 폐단들에 대해서 엄하게 금지시켜도 아마 저들은 말하지 못할 것입니다.

우리로서 만약 다른 견해가 있게 되면 또한 수시로 한두 가지 적당히 참작해서 충고의 의견을 올려 전반적 국면에서는 잘못된 것이 없게 할 것입니다.

대개 정사하는 데서는 때맞게 하는 것을 귀하게 여기는데 그렇게 해야

정사가 오래 유지되는 것입니다.

지피지기하여 이해를 잘 도모하는 것이 병가에서 중하게 여기는 것이니 오직 집사만이 실제로 도모할 수 있습니다.

프랑스 선교사 드게트가 귀국에 나금되어 있는데 북경에서는 해국의 사신이 우리나라의 예부에 공문을 보내 석방시키도록 청해 달라고 간곡히 요구하였습니다.

사실은 이 사건을 조정해서 말썽을 없애려는 생각이었는데 아마 이미 조사해서 시행하였으리라 생각합니다.

편지를 받는 족족 이웃 나라를 사귀는 도리에 대하여 친절히 말해주는데 어찌 번거롭다고 해서 마음속에 있는 말을 그대로 털어놓지 않겠습니까?

문안을 드립니다.

글로는 간곡한 뜻을 다하지 못합니다.'

80.

며칠 뒤 이유원이 회답했다.

'이중당 문화전 태학사 숙의백야작께 올립니다.

그동안 헌서 계관 이용숙의 편에 삼가 글을 써서 부치면서 유태수에게 부탁해서 가져다 전하게 하라고 하였는데 시월 이십 일에 이용숙의 수본을 받았습니다.

이미 그 글이 전달되었으리라고 짐작되지만 자세한 것은 모르기 때문에 궁금한 생각이 맺혀 있습니다.

이제 공문을 바치러 가는 사신 편에 외람되이 마음속에 품고 있던 바를 고백하면서 꼭 전달될 것을 바랍니다.

올해 칠월 구 일에 보내준 편지를 팔월 그믐에 받아 읽었으나 그 후 또 이럭저럭 하다가 지금까지 회답을 올리지 못하였습니다.

비록 예사 소식을 알린 것이라고 하더라도 이처럼 태만해서는 안 될 것인데 더구나 거듭 말한 사연이 순전히 우리나라의 기밀에 속하는 것을 깨우쳐 준 것인데도 멍청히 듣지도 알지도 못한 죄과를 얼마나 책망하게 되겠습니까?

이제 외람되게 심정을 털어놓으며 더욱 시간을 재촉하게 되는 것입니다. 혹시 양해하여 줄 수 있겠습니까?

최근에 와서 우리나라에서 왜국과 화친하고 조약도 맺고 통상도 하는 것은 사실상 어찌할 수 없어서 하는 일이지만 그들과의 접촉에서 부디 의심하는 뜻을 보이지 말라고 한 높은 가르침은 그대로 지키고 있습니다.

참으로 겉으로 유순하게 대하는 것은 사나운 체하는 성기를 꺾자는 것인데 그들의 언동에는 엉뚱한 요구가 없지 않습니다.

규정한 이외의 다른 항구를 지적하여 개방해 달라는데 어디나 중요한 지역이기 때문에 두 시간이나 승강이한 뒤에 원산진으로 승낙해 주었습니다.

인천은 수도 부근에 속하기 때문에 마침내 그들 요구에 응하지 않았더니 어느 정도 불평을 품게는 되었으나 교제가 파탄되지는 않았습니다.

그들의 탐욕스럽고 교활한 수작으로 말하면 순전히 고래처럼 들이켜 잠식하자는 것입니다.

올봄에 유구국을 멸망시킨 것이라든지 요즘 대포와 군함을 연습한 일들은 이렇게 비밀리에 기별하여 알려주지 않았더라면 눈과 귀를 다 막고 앉아 있는 우리로서 어디서 얻어 듣겠습니까?

당신이 어진 덕으로 작은 우리나라를 돌보아준 지는 매우 오래전부터이지만 우리를 대신해서 이렇게 위험이 닥치거나 환난이 일어나기 전에 방지할 대책까지 강구해 주는 것이 이런 정도에까지 이를 줄이야 어떻게 생각이나 했겠습니까?

오늘 서양 사람들의 판국은 사실상 자연적인 기운입니다.

우선 환난을 방어해야 할 중요성에 대하여 가르쳐주고 또 독으로 독을 치고 적을 끌어 적을 제압하는 계책에 대해서 찬찬히 보여주니 아무리 볼품없는 인물로 소견이 암둔하다고 하더라도 그처럼 자세히 설명하는 데야 어찌 환히 깨닫지 못하겠습니까?

서양 각국과 먼저 통상을 맺기만 하면 왜국이 저절로 견제될 것이며 왜국이 견제되기만 하면 아라사가 틈을 엿보는 것도 걱정 없을 것이라는 것은 바로 당신의 편지의 기본 내용입니다.

이 밖에 관세를 정하는 데 대한 문제, 장사 형편을 알았다가 적용하는 데 대한 문제, 각종 폐단을 엄격히 금지할 데 대한 문제들에 이르기까지 어쩌면 대책이 그리도 세밀합니까?

참으로 황송하고 감사합니다.

어찌 감히 그 말대로 하지 않겠습니까?

다만 스스로 생각건대 우리나라는 한쪽 모퉁이에 외따로 있으면서 옛 법을 지키고 문약함에 편안히 거처하며 나라 안이나 스스로 다스렸지 외교할 겨를이 없었습니다.

더구나 서양의 예수교는 오도와 달라 사실 인간의 윤리를 그르치는 것으로서 사람들은 이미 그것을 맹렬히 타오르는 불처럼 두려워하고 독한 화살처럼 피하고 귀신을 대하듯 조심하고 멀리합니다.

요사이 몰래 숨어들어온 불량국 사람을 체포하였다가 자문을 받고 해송하였지만 우리나라 사람으로서 예수교에 물든 자에 대해서는 절대로 용서한 적이 없습니다.

이것을 미루어 보아도 잘 알 수 있을 것입니다.

아편을 판다든지 예수교를 퍼뜨린다든지 해도 바로 약하고 순한 우리의 힘으로는 성난 짐승처럼 덤벼드는 저들을 당해 내지 못하리라는 것을 밝게 알 수 있습니다.

옛날 나라를 다스리는 사람들은 먼 나라와 교류하고 가까운 나라를 친다고 하였고, 또 오랑캐를 끌어들여 오랑캐를 친다고 하였으니 이것이 바로 적을 끌어 적을 막는 계책인 것입니다.

그러나 목전의 형편은 옛날과 달라서 아무리 강성하여 힘 있는 나라라고 하더라도 아침에는 외교 저녁에는 무력 두 방면에서 상대하다가는 장차 분주한 통에 힘이 다하여 자기부터 먼저 패하고 말 것입니다.

우리처럼 문약한 나라가 어떻게 옛일을 본받을 수 있겠습니까?

실로 할 수 없는 것이지 하지 않는 것은 아닙니다.

신농씨는 백 가지 풀을 맛보다가 독을 만나 죽었다가 다시 살아났다고 하나 신농씨가 아닌 사람이 그대로 본받아 했다가는 한번 독을 만나 죽으면 그만이지 다시 살아날 사람은 드물 것입니다.

지금 우리는 적을 제어한다는 노릇이 먼저 적의 공격을 받게 되고 독을 치려는 노릇이 먼저 독에 중독이 될 것입니다.

은근히 걱정되는 것은 한번 독에 걸리면 다시 일어날 수 없으니 어느 겨를에 적을 제어하겠습니까?

당신의 위엄과 명망이 천하에 떨치고 계교와 책략이 내외의 정세에 들어맞아 저 강대한 아라사나 복잡한 서양 나라들이나 변덕이 많은 왜국 사람들도 진심으로 굽혀 들어 무릎 꿇지 않는 자가 없으니 왜국 사람들이 대만을 노린다고 하여도 해를 입을 턱이 없을 것입니다.

우리나라 역시 오랫동안 당신의 덕을 입어 왔고 지금도 믿고 있기에 두렵지 않습니다. 그런데 서양의 공법은 이미 이유 없이 남의 나라를 빼앗거나 멸망시키지 못하도록 되어 있기 때문에 아라사와 같은 강국도 귀국에서 군대를 철수하였으니 혹시 우리나라가 죄 없이 남의 침략을 당하는 경우에도 여러 나라에서 공동으로 규탄하여 나서겠습니까?

한 가지 어리둥절하여 의심이 가면서 석연하지 않은 점이 있습니다.

왜국 사람들이 유구 왕을 폐하고 그 강토를 병탄한 것은 바로 못된 송나라 강왕의 행동이었습니다.

구라파의 다른 나라들 중에서는 응당 제나라 환공처럼 군사를 일으켜 형나라를 옮겨 놓고 위나라를 보호하거나 혹은 왜국을 의리로 타이르기를 정나라 장공이 허나라의 임금을 그대로 두게 한 것처럼 하는 나라가 있음 직한데 귀를 기울이고 들어봐도 들리는 말이 없는 것은 무슨 까닭입니까?

터키를 멸망의 위기에서 건져준 것으로 보아서는 공법이 믿을 만한데 멸망한 유구국을 일으켜 세우는 데는 공법이 그 무슨 실행하기 어려운 점이 있는 것입니까?

아니면 왜국 사람들이 횡포하고 교활하여 여러 나라를 우습게보면서 방자하게 제멋대로 행동해서 공법을 적용할 수 없는 것입니까?

벨기에와 덴마크는 사마귀만 한 작은 나라로서 여러 큰 나라들 사이에 끼어 있지만 강자와 약자가 서로 견제함으로써 지탱되는데, 유구왕은 수백 년의 오랜 나라로서 그대로 지탱하지 못하였으니 이것은 지역이 따로 떨어져 있고 여러 나라와 격리되어 있어서 공법이 미치지 못하기 때문에 그렇게 된 것입니까?

우리나라는 기구하게도 지구의 맨 끄트머리에 놓여 있어 터키·유구국·벨기에· 덴마크와 같은 작은 나라들보다도 더 가난하고 약소합니다.

게다가 서양과의 거리도 아주 멀어 무력으로 대항한다는 것은 더욱 어림없는 일이고 옥백으로 주선하려고 하여도 자체로 감당이 어렵습니다.

저 왜국 사람들은 통상에 경험이 있고 영업에 재능이 있어서 부강하게 되는 방도를 다 알고 있지만 오히려 저축이 거덜 나고 빚만 쌓이게 된 것을 탄식한답니다.

설령 우리나라가 정책을 고쳐서 항구를 널리 열어 가까운 나라와 통상하고 기술을 배운다고 하더라도 틀림없이 그들과 교제하고 거래하다가 결국 창고를 몽땅 털리고 말 것입니다.

저축이 거덜 나고 빚이 쌓이는 것이 어찌 일본 사람의 정도에만 그치겠습니까?

하물며 우리나라는 토산물도 보잘것없고 물품의 질이 낮다는 것은 세상이 익히 아는 바입니다.

각국에서 멀리 무역하러 온다 하여도 몇 집끼리 운영하는 시장과 같아서 천리 밖에서 온 큰 장사를 받아주기는 어려우니 주인이나 손님이나 무슨 이득이 있겠습니까?

자체로 어떻게 하기가 어렵다는 것은 사실이 그러한 것입니다.

절름발이로서 먼 길을 갈 것을 생각하기보다는 차라리 외교란 말을 하지 말고 앉아서 제 나라나 지키는 것이 더 낫지 않겠습니까?

대체로 청국의 규모는 비유하면 하늘과 땅처럼 광대하기 때문에 크건 작건 한 풀무로 불어 치우고 곱건 밉건 한 모양으로 만들어 기린이건 봉황이건 뱀이건 용이건 모두 다 포함하여 그때그때의 형편에 부합시켜도 태산반석에 올려지고 따라서 모든 나라가 따라가고 있는 것입니다.

그러나 우리나라는 섣불리 본받으려고 한다면 이것은 하루살이가 큰 새처럼 날아보려는 것과 같지 않겠습니까?

　당신은 진심으로 타일러주어 되도록 우리를 잘되게 하고 해를 면하게 하려는 생각이 간절하고 진지하니 부형이 자제에게 대한 생각인들 어찌 이보다 더하겠습니까?

　그러나 형편이 허락지 않아 그대로 받들어 실행하지 못하니 워낙 어리석은 사람은 종신토록 깨닫지 못한다는 말이 바로 저를 두고 하는 말이 아니겠습니까?

　그러나 제 딴에 의탁하고 믿는 것으로 말하면 서양 나라와 왜국도 당신의 위엄 아래에서는 감히 방자하게 놀지 못하는 만큼 우리나라가 길이 당신의 덕을 입어 중요한 일이 있을 때마다 지도를 받는 바로 그것입니다.

　이것이 밤낮으로 바라는 소원입니다. 생각이 궁하고 말이 모자라 더 쓸 바를 모르니 어리석은 사람을 가엾이 여기어 그 죄를 용서 바랍니다.

　다 쓰지 못하니 살펴 주기 바랍니다.'

81.

고종 17년, 경신년, 1880년, 초.

정월.

시형은 인등제를 집단으로 하지 말고 대신 도인 각자가 자기 집에서 봉행하도록 했다. 그리고 창도 제례는 접 단위로 봄과 가을에 정기적으로 올리도록 정했다.

기묘년 가을부터 시형은 대선생의 도원을 잇고저 하는 뜻이 있었다. 대선생의 일과 자취를 수단해 보니 두미가 착잡하고 전후가 문란해 쓰려고 하나 능히 붓을 범하지 못했다.

먼 곳을 궁구해 잇고자 했으나 이치가 기연에 가깝지 않고 근원을 탐색해 근본 됨을 캐고자 했으나 불연에 같이 하지 못했다.

이에 기연을 알아 기록하자 했으나 그 본체를 알지 못했고 불연을 믿고 쓰고자 했으나 그 끝을 살피지 못했다.

도로써 이를 말하려 했으나 이치가 묘연해 측량할 수 없고, 덕으로써 이를 논하려 했으나 실로 빛에 밝음이 있었다.

이에 강시원이 시형과 협의해 글을 적어 나갔다. 기묘년 동짓달부터 도차주 강시원과 강릉 유시헌·영월 신시일이 문장을 만들었다.

한 권만 써 비밀리에 보관하다가 경신년 정월 초에 정선 수단소에서 『최

선생문집도원기서』가 한 권의 책으로 나왔다.

인등제가 정착되면서 도인 수가 늘어나자 경전을 찾는 이가 많아졌다. 필사로 경전을 보급해 왔으나 탈자가 생기고 오자가 들어가 원본을 손상하는 일이 적지 않았다.

시형은 사월에 각 접에서 비용을 모아 다시 『동경대전』을 간행하기로 했다.

삼월.

시형의 집에 마을 도인 부인들이 모여 못자리에 뿌릴 볍씨를 골랐다.

김씨 부인이 도인 아낙들을 보고 고향 이야기를 꺼냈다.

"예전 내가 살던 곳에서는 못자리에 뿌릴 볍씨를 고를 때 맏며느리 고르듯 하라는 속담이 있었다오.

볍씨를 고를 때 물에 담가 보고 떠오르는 것은 가려 버리듯이 차림새는 날렵하나 입이 가볍고 일에 끈기가 없는 처녀는 뜬 볍씨라 불러 며느리 고를 때 가려 버렸다오.

볍씨의 하복부가 육후하지 못하면 골라 버렸는데 처녀가 허리가 가늘고 엉덩이가 빈약하면 아이 들어앉을 공간이 좁다고 여겨 무자상으로 골라 버렸다오.

볍씨 색깔이 희고 노르스름해도 골라냈지. 처녀의 혈색이 붉고 노르스름해야 아들을 잘 낳고 희고 노르스름하면 아들을 못 낳는다고 골라냈다오."

다른 아낙이 말을 이었다.

"우리 마을에서는 사람이 병들면 마을 뒤에 있던 몇백 년 묵은 팽나무 아래에 데려다 눕혀 놓았다오. 아픈 사람이 그 팽나무를 보면 그 팽나무도 아픈 사람을 보았다오.

세상에 살아 있는 것들은 모두 통하는 게 있는 모양이라오. 며칠 지나면 팽나무의 신선한 생명력이 아픈 사람에게 들어가 병을 낫게 해 주었다오."

또 한 아낙이 말을 이었다.

"우리 마을에서는 추운 겨울이 지나고 봄이 오면 마을 사람들이 경작지 두둑에 모여 풍년이 오게 해 달라고 제사를 지냈다오.

무당을 불렀는데 무당은 거의 벌거벗고 춤을 추었지요. 부부가 밤에 일을 치르는 모양을 그대로 흉내 내는 춤을 추곤 했어요.

그러면 마을 남자들은 노골적인 노래를 같이 불렀답니다. 아마 그런 춤과 노래를 불러주면 곡물도 흥분해 빨리 자라는 모양이지요."

아낙들은 재미있어 자주 웃었다. 힘든 피신 생활도 그 시간만큼은 잊어버린 듯했다.

82.

고종 17년, 경신년, 1880년, 8월 28일.

조선이 개국하고 사백팔십구 년이 지났다.

삼월 이십삼 일.

왕은 예조참의 김홍집을 수신사에 임명해 왜국에 보냈다. 왜국과 맺은 조약 중 불리한 조항을 개선하기 위해서였다. 인천 개항을 철회하고, 부산항에서 관세를 받고, 미곡 수출 금지는 해제가 불가하고, 왜국 공사가 요구한 미리견국과의 통상을 거부하라는 명을 받았다.

오월 이십팔 일.

김홍집은 부산으로 출발했다.

한학당상 이용숙, 군관 윤웅렬, 서기 이조연, 특별수행원 지석영이 합세했다. 김홍집은 왕복 경비 십만 원과 식량으로 쓸 쌀 마흔다섯 가마, 팥 일곱 가마, 건어 서른 묶음과 식기를 받았다.

유월 이십오 일.

김홍집은 부산에서 왜국 기선 천세환 호를 타고 가 칠월 육 일에 동경에 도착했다.

칠월 팔 일.

김홍집은 미리견국과의 통상을 거부하고 미곡 수출 문제와 해관세칙 개정에 대한 문서를 왜국 외무성 관리에게 전달했다. 왜국은 이에 대한 회답을 차일피일 미루었다. 현안은 기약 없이 보류되었다.

칠월 십육 일.

김홍집은 공자묘에 참배하고 청국 공사관을 방문했다. 청국 공사 하여장과 참찬관 황준헌을 만나 환담했다. 황준헌은 늦좇처럼 몸이 작았지만 근육은 단단해 보였다. 황준헌은 그가 지은 『사의조선책략』을 선물로 주었다.

칠월 십칠 일에는 이노우에 왜국 외무상과 이토 히로부미를 만났고 이십육 일에는 천황을 예방했다. 별다른 성과 없이 김홍집은 팔월 사 일 동경을 떠나 팔월 십일 일 부산에 도착해 한양으로 출발했다.

팔월 이십 일.

김홍집은 왕에게 『사의조선책략』을 올렸다.

왕이 말했다.

"세금을 정하는 일을 아직 바르게 귀결 짓지 못하고 돌아왔는가?"

홍집이 말했다.

"별단에서 이미 대략 진달하였지만 그 나라에서 한창 조약을 수정하는 일이 있다는 말을 들었기 때문에 갑자기 정할 수가 없었습니다."

"개항 등에 관한 일을 다시 먼저 말하던가?"

"하나부사 요시토모가 한 번 사적으로 묻기에 조정의 의견은 전과 다름이 없다고 대답했더니 더는 말하지 않았습니다."

"아라사가 두만강에서부터 곧바로 산동으로 향해 간다고 하는데 만일 정말 전쟁이 일어난다면 응당 멀지 않은 듯하던가?"

"왜인들은 그렇게 말하나 청나라 사신에게 물어보니 그들의 일은 잘 마무리될 듯합니다."

"그렇다면 응당 무사할 것이라고 말하던가?"

"숭후를 이미 석방하고 죄를 주지 않았다고 들었으므로 이리 지방을 끝내 아라사에게 허락하고서야 끝날 듯하다고 하였습니다."

"숭후를 어째서 죄 주지 않았는가?"

"숭후가 제멋대로 땅을 떼 줄 것을 허락한 것은 참으로 그의 죄입니다. 청국이 이미 그에게 전권을 위임해 놓고 그가 허락한 것을 뒤따라 어긴다면 이것은 이웃 나라에 신의를 잃는 것이기 때문에 죄를 줄 수 없다고 하였습니다."

"우리나라가 피해를 입을 것이라고 하는 것은 혹시 우리를 꼬이고 놀래키려는 단서가 아닌가?"

"저들이 말하기를 '이것은 조선을 위해서 대신 도모하려는 것이 아니라 실은 우리나라를 위하여 그러한 것'이라고 하였습니다."

"이미 스스로 저희 나라를 위한 것이라고 하였다면 그 말이 혹 그럴듯하다."

"청국 사신에게 물어 보니 또한 그 실정이 그렇다고 하였습니다."

"왜국에서 각국의 말을 배우는 학교를 널리 설치하여 가르친다고 하는데 그 학교의 규모는 어떻던가?"

"신이 일찍이 그곳에 가 보지는 못하였지만 각국의 언어를 모두 학교를 설치하여 가르친다고 합니다."

"우리나라의 역학과 같던가?"

"그렇습니다. 그 나라 조사의 자제들은 모두 취학하게 하였습니다."

"사람을 파견하여 외국말을 배우는 것을 돌아가서 조정에 보고하라고 하던가?"

"이 일은 대체로 우리나라를 위해서 하는 말이었고 시행 여부는 오직 우리 조정의 처분에 달려 있으므로 돌아가서 보고하겠다고 대답하지 않을 수 없었습니다."

"남쪽 섬에서 검은 연기가 난다고 하는데 그런가 안 그런가?"

"그 지역에 화산이 있어 항상 지진이 일어난다고 합니다."

"지진이 과연 잦고 크게 나던가?"

"몇 달 간격으로 문득 지진이 일어나며 십여 년쯤 사이를 두고 큰 지진이 나 집과 사람과 물건들이 손상을 많이 입는다고 합니다."

"몇 해 전에 사쓰마 사람이 우리나라를 침범하려고 하는 것을 그 대신 이와쿠라 도모미가 막아서 뜻을 이룰 수 없었다고 하는데 이 일이 사실인가?"

"이 말은 진실로 확실합니다."

"청국 사신에게 물어보았으면 자세히 알 수 있었을 것이다."

"비록 여러 청국 사신에게는 미처 물어보지 못했지만 이와쿠라 도모미를 만나 이 일을 언급하니 스스로 사실 이런 일이 있었다고 하였습니다."

"저 사람들이 모두 근실하고 게으르지 않는 것을 위주로 하기에 그 일은 이렇게 되었을 것이다."

"참으로 그렇습니다."

"저 나라의 육십육 개 주를 지금 모두 통합하였다고 하던가?"

"육십육 개 주를 폐지하고 나누어 삼십삼 개 현으로 만들었으며 현에는 합을 둔 것이 마치 우리나라의 감사 제도와 같았습니다."

"각 주를 세습하던 사람들이 지금은 모두 지위를 상실했는데 원망하는 뜻이 없던가?"

"그들이 마음속으로는 좋아하지 않는 듯하나 모두 녹봉을 후하게 받으면서 도성 아래에서 산다고 합니다."

"부세를 많이 경감했다고 하던가?"

"참으로 그렇습니다. 무릇 백성들을 이롭게 하는 정사는 반드시 들어서 행한다고 합니다."

"육군을 조련하는 것은 그 방법이 어떻던가?"

"모든 동작이 자못 군사 규범에 맞았습니다."

"저 나라는 과연 아라사를 몹시 두려워하던가?"

"온 나라에 그것을 위급하고 절박한 걱정거리로 여기지 않는 자가 없었습니다."

"저들이 통상하는 것이 십칠 개국이라고 하던가?"

"전하는 말이 그렇습니다."

"저들의 무기가 지금 서양 각국을 대적할 수 있다고 하던가?"

"저들이 배운 것이 서양의 병법이므로 스스로 서양에 미치지 못한다고 합니다."

"그 병법에는 마땅히 다시 화란을 따라야 한다고 하였는데 이는 어떤 나라인가?"

"화란은 서양에서도 가장 작은 나라로서 면적이 우리나라의 반의 반에 지나지 않는다고 합니다."

"나라는 이처럼 작은데 무슨 방법으로 능히 이와 같은가?"

"나라가 크건 작건 관계없이 무기가 정예한 것은 또한 스스로 강하게 하고 실제에 힘쓰는 것에 달려 있을 따름입니다."

"순사들이 거리를 단속하는 것이 자못 엄숙하다고 하던가?"

"그렇습니다."

"저 나라에서는 각기 그 재주에 따라서 사람을 가르치기 때문에 비록 부녀자와 어린아이라도 모두 공부시키니 그렇다면 한 사람도 버릴 만한 사람이 없을 것이다."

"그래서 한 사람도 놀고먹는 백성이 없었습니다."

"그곳에서는 잘못을 저지른 자가 스스로 자기 배를 가른다고 하던데 정말인가?"

"왜국에서는 귀족이 규범과 관례에 어긋나는 행위를 하면 할복을 하게 했습니다. 죄진 귀족은 방석에 앉아 짧은 칼로 자신의 아랫배를 열십자로 긋습니다. 우선 왼쪽에서 오른쪽으로 그리고 위에서 아래로. 그러나 이 과정을 모두 수행한 사람은 왜국이 생긴 이래 한 사람도 없습니다.

대부분 옆으로 긋는 과정에서 정신을 잃었고 그렇게 되면 그의 가장 가까운 친구가 뒤에 장검을 들고 서 있다가 그의 목을 쳐 고통을 없애 줍니다. 그들은 그런 행위를 우정의 표시라고 여깁니다. 할복은 남자들에게만 주어진 특권입니다. 여자들은 자결할 때 단도로 자신의 목을 찌르거나 동맥을 끊는다고 합니다."

"건축 제도가 달라진 것이 많이 있던가?"

"지붕은 간혹 서양식 제도를 쫓은 것이 있기도 했으나 역시 옛날 제도대로 지은 것이 많았습니다.”

“더러는 아직도 옛날식 옷을 입고 그 풍속을 고치지 않는 사람들이 있다는데 그중에는 틀림없이 볼 만한 사람이 있을 것이다.”

“그 가운데에는 문사들이 많았으니 자못 숭상할 만합니다.”

“다른 나라로 나가서 머무는 전권공사와 영사관은 그 숫자가 일정하지 않다고 하던가?”

“상세히 듣지는 못하였지만, 간혹 해당 나라에 대한 사무가 많고 적음으로 인하여 그런 것 같습니다.”

“조선에만 유독 판리공사을 두고 하나부사 요시모토를 판리로 승진시켜 임명한 것은 무엇 때문인가?”

“이것은 품계를 올리려고 그런 것 같습니다.”

“우리나라와 상의하지도 않고 한 것은 그 뜻이 국서를 보내려고 그러는 것인가?”

“변리공사는 응당 국서를 가지고 간다고 들었기 때문에 신이 하나부사 요사타다에게 묻기를 ‘병자년에 국서를 가지고 다니지 말 것을 약속했는데 지금 어째서 우리나라와 상의하지도 않고 갑자기 시행하는가? 단지 외무성의 서계만 가지고 오는 것이 좋을 것이다.’ 하니 그의 대답도 자못 그렇게 생각한다고 하였습니다.”

“저곳에 연로의 시장과 백성들의 거주지가 과연 어떻던가?”

“보이는 것이 자못 번화하고 풍성하였습니다.”

“저들도 농사에 힘써서 올가을에 큰 풍년이 들었다는데 과연 무슨 곡식을 중하게 여기던가?”

"그들도 쌀을 중히 여깁니다."

"아라사가 청국을 침략하려고 하는데 어느 길을 경유할 것이라고 하던가?"

"저 나라에서 들은 바로는 대체로 우리나라의 동남 바닷길을 거쳐 중국으로 돌아 들어갈 것이라고 하였습니다."

"그들의 동정을 살피건대 저 나라는 우리나라에 대하여 과연 악의가 없던가?"

"지금 본 바로는 우선 가까운 시일 안으로는 걱정할 것이 없습니다. 신이 이 일에 대해서 청국 사신에게 물어보니 또한 실정은 그러하다고 하였습니다."

"그렇다면 영원히 별일이 없으리라는 것을 보장할 수 있겠는가?"

"이 일은 신이 감히 확정지어 대답할 수 없지만 향후에 우리가 그들을 응접하는 것에 옳은 방도를 얻는 데에 달려 있을 따름입니다. 이 때문에 청국 사신도 스스로 힘쓰라는 말로 권면하였습니다."

"스스로 힘쓴다는 것은 바로 나라를 부강하게 만드는 것을 말한 것인가?"

"나라를 부강하게 만드는 것만 스스로 힘쓰는 것으로 되는 것일 뿐 아니라 우리의 정사와 교화를 잘 닦아서 우리의 백성과 나라를 보호함으로써 외국과의 관계에서 불화가 생기지 않도록 하는 것 이것이 바로 실로 스스로 힘쓰는 데에 제일 급선무인 것입니다."

"청국 시신도 또한 아라사 때문에 근심하고 있는데 우리나라 일을 많이 도와줄 의향이 있던가?"

"신이 청국 사신을 몇 차례 만났는데 말한 것이 다 이 일이었으며 우리나라를 위한 정성이 대단했습니다."

"저 사람들이 비록 우리나라와 한마음으로 힘을 합치고자 하나 이것이 어찌 깊이 믿을 만한 것이겠는가? 요컨대 우리도 또한 부강해질 방도를 시행해야 할 뿐이다."

"저들의 마음을 참으로 깊이 믿을 수는 없지만, 오직 우리나라가 바깥에서 일어나는 일을 모르고 있는 것을 안타깝게 여기고 있었습니다."

"유구국은 그동안에 나라를 회복하였다고 하던가?"

"이 일은 혐의가 있어서 일찍이 사람들에게 물어보지는 못하였으나 전하는 말로는 벌써 그 나라를 폐하고 현으로 만들었다고 합니다."

83.

고종 17년, 경신년, 1880년, 9월 8일.

왕이 말했다.

"왜국에 갔던 수신사가 무사히 돌아왔으니 다행이다."

이최응이 말했다

"과연 무사히 갔다 돌아왔습니다."

"수신사의 말을 들으니 왜국 사람들이 매우 다정하고 성의가 있었다고 한다."

"신도 역시 들었습니다. 병자년에 김기수가 갔을 때 그들의 실정을 알지 못했는데 이번에는 자못 특별한 우대를 받았으니 호의를 믿을 수 있습니다."

"왜국 사람과의 문답 중에 아라사의 일은 우려됨이 없지 않았다."

"아라사가 근래에 자못 강성하여 청국에서도 능히 제어하지 못합니다."

"청국이 오히려 이와 같은데 하물며 우리나라는 더 말할 것이 있는가?"

"몇 년 전에 미야모토 쇼이치가 연향 때에 바싹 다가앉아서 아라사 문제를 언급했는데 그것은 진정이었습니다. 그런데도 우리나라 사람들은 과연 의심하였으니 이번 수신사 편에 청국 사람이 보낸 책자를 보면 그 실정을 증명할 수 있습니다."

"아라사가 비록 우려된다고 하더라도 왜국 사람들은 과연 극진한 모습이다."

"이번 수신사에 대한 연회의 기물과 사행 중의 역관과 종자에 대한 우대
는 병자년과 달랐으니 이것으로도 그들의 실정을 알 만합니다."

"우리나라 사람들은 공연히 믿지 않고 근거 없는 말을 많이 한다."

"성교가 지당합니다."

"수신사 편에 가지고 온 책자는 청나라 사신이 전한 것이니 그 후한 뜻이
일본보다 더하다. 그 책자를 대신도 보았는가?"

"왜국이 오히려 이처럼 성의를 다하는데 청국 사람이야 더 말할 나위가
있겠습니까? 반드시 들은 것이 있었기 때문에 우리가 대비하게 하는 것입
니다. 우리나라의 인심은 본래부터 의심이 많아 장차 그 책을 덮어놓고 연
구하지도 않을 것입니다."

"그 책을 보니 과연 어떻던가?"

"신이 과연 그 책을 보았는데 그기 여러 조항으로 분석하고 변론한 것이
우리의 심산과 부합되니 한 번 보고 묶어서 시렁 높이 얹어 둘 수는 없습니
다.

대체로 아라사는 먼 북쪽에 있고 성질이 또 추운 것을 싫어하여 매번 남
쪽을 향해 나오려고 합니다. 다른 나라의 경우에는 이득을 보려는데 지나
지 않지만 아라사 사람들이 욕심내는 것은 땅과 백성에 있으며 우리나라
의 백두산 북쪽은 바로 러시아 국경입니다.

비록 큰 바다를 사이에 둔 먼 곳이라도 한 척의 돛단배로 순풍을 타면 오
히려 왕래할 수 있는데 하물며 두만강을 사이에 두고 두 나라의 경계가 서
로 접한다면 더 말할 것이 있겠습니까?

보통 때에도 숨 쉬는 소리까지 서로 통할 만한데 얼음이 얼어붙으면 비록 걸어서라도 건널 수 있을 것입니다. 바야흐로 지금 아라사 사람들은 병선 열여섯 척을 집결시켰는데 배마다 삼천 명을 수용할 수 있다고 합니다.

만약 추워지게 되면 그 형세는 틀림없이 남쪽으로 향할 것입니다. 그 의도를 진실로 헤아릴 수 없으니 어찌 대단히 위태롭지 않겠습니까?"

"왜국 사람들의 말을 보면 그들이 두려워하는 바는 아라사로서 조선이 대비하기를 요구하는 것 같지만 사실은 조선을 위한 것이 아니라 그들 나라를 위한 것이다."

"사실은 초나라를 위한 것이고 조나라를 위한 것은 아닌 것과 같습니다. 우리가 만일 방비하지 않으면 그들 나라가 반드시 위태롭기 때문입니다.

비록 그렇더라도 우리나라야 어찌 아라사 사람들의 뜻이 왜국에 있다고 핑계 대면서 심상하게 보고만 있겠습니까? 지금 성곽과 무기, 군사와 군량은 옛날만 못하여 백에 하나도 믿을 것이 없습니다. 마침내 비록 무사하게 되더라도 당장 방비를 어찌 조금이라도 늦출 수 있겠습니까?"

"방비 대책은 어떠한가?"

"방비 대책에 대하여 우리 스스로가 어찌 강구한 것이 없겠습니까마는 청국 사람의 책에서 논한 것이 이처럼 완벽하고 이미 다른 나라에 준 것은 충분한 소견이 있어서 그런 것입니다. 그중 믿을 만한 것은 믿고 채용해야 할 것입니다.

그러나 우리나라 사람들은 틀림없이 믿지 않을 것이니 장차 휴지가 되고 말 뿐입니다.

지난 유월에 미리견국 사람들이 동래부에 왔었는데 본래 원수 진 나라가 아니었으므로 그들이 만약 서계를 동래부에 바친다면 동래부에서 받아도 잘못된 것은 없으며 예조에 바친다고 한다면 예조에서 받아도 역시 괜찮았을 것입니다.

그러나 서양 나라라고 해서 거절하고 받지 않았기 때문에 이내 신문 지상에 널리 전파되어 마침내 수치가 되고 모욕을 당하게 된 것입니다. 미리 건국에 대해 무슨 소문을 들은 것이 있어서 원수 진 나라라고 하겠습니까?

먼 지방 사람을 회유하는 의리에 있어서 불화가 생기지 않도록 해야 할 듯합니다.”

“우리나라의 풍습이 본래부터 이러하므로 세계의 웃음거리가 된다. 비록 서양 나라들에 대해 말하더라도 본래 서로 은혜를 입은 일도 원한을 품을 일도 없었는데 애당초 우리나라의 간사한 무리가 그들을 끌어들임으로써 강화도와 평양의 분쟁을 일으켰으니 이는 우리나라가 스스로 반성해야 할 바이다.

몇 년 전에 서양 사람들을 청국에 들여보낸 것은 청국의 자문으로 좋게 처리하였다. 대체로 양선이 우리 경내에 들어오기만 하면 대뜸 사학을 핑계 대는 말로 삼지만, 서양 사람들이 모두 사학이라고 말하는 것을 아직 들어보지 못하였다. 이른바 사학이란 배척해야 마땅하지만, 불화가 생기게까지 하는 것은 옳지 않다.”

조정의 입장이 조금씩 변하고 있었다.

『조선책략』은 수백 권이 필사되어 시중에 돌았다.

이에 유림이 일어났다. 병조정랑 유원식이 시월 초하루 상소를 올려『조선책략』을 배척하고 천주교의 잔당을 뽑고 서원을 복구할 것을 요청했다. 왕은 시월 초이틀 유원식을 귀양 보냈다.

김홍집은 유원식이 자신을 탄핵하자 시월 초사흘 사직을 청했다. 동짓달 십이 일. 김홍집은 오히려 예조참판으로 승진했다.

이날 왜국 공사 하나부사가 군함 천성호를 타고 부산에 들어왔다. 김홍집은 다시 강수관 겸 반접관이 되어 왜국 사신을 접대했다. 하나부사는 왜왕의 국서를 왕에게 전달했다.

섣달 이십일 일은 홍선의 생일이었다. 길 아래 돌부처 흉내를 내던 왕은 억지로 홍선을 중회당으로 불러 인사를 차렸다. 민비는 잔치에 쓸 비용 만 냥과 정주 세 통, 무명과 베 각각 백아홉 동을 운현궁으로 보냈다.

"깊은 물이 얕아지니 오던 고기도 아니 오는구나."

홍선은 투덜거렸다.

이날 왕은 삼군부를 폐지하고 통리기무아문을 설치하면서 개화 준비에 착수했다. 통리기무아문 총리에 영의정 이최응이 겸임했다. 당상관에 경기감사 김보현, 지사 민겸호, 상호군에 김병덕 윤자덕 이재긍 조영하, 대호군에 정법조 신정희, 행호군에 민영익을 임명했다.

84.

고종 18년, 신사년, 1881년, 2월 26일.

해가 바뀌자 나라의 유생들이 느럭느럭 개화를 반대하는 움직임을 보였다. 유생들 사이에 궐기를 호소하는 통문이 나돌았다.

조정은 신사유람단을 구성했다. 왜국에 파견해 새로운 문물과 제도를 시찰하기 위해서였다. 어윤중이 대표가 되고 수행원으로 박정양·이상재·홍영식·윤치호·유길준·엄세영·심상학이 선발되었다. 그러나 인원을 구성하고도 유림의 시선을 의식해 출발을 미루고 있었다.

경상도 유생 이만손 등이 척사하는 뜻과 황준헌의 『사의조선책략』을 공박하는 「만인소」를 올렸다.

'신들은 모두 영남의 소원한 종적으로 유신의 정치를 도운 적이 없습니다.

곧 삼가 수신사 김홍집이 받아 온 황준헌의 사의조선책략 한 책이 유전하는 것을 보니 깨닫지 못하는 사이에 머리털이 쭈뼛해지고 담이 떨리며 이어서 통곡하여 눈물이 흐릅니다.

부정한 도로 뭇 사람들을 미혹시키는 것은 형벌이 국법에 드러나 있고 한통속이 된 자들을 먼저 다스린다는 가르침이 춘추에 실려 있으니 이를 따르면 다스려지고 이와 반대로 하면 어지러워지는 것은 백 대의 뒤에서 백 대의 왕을 차등해 보건대 똑같아 혹시라도 어긋남이 없습니다.

널리 생각해 보건대 우리 국조는 열성이 서로 계승하여 유학을 높이고 도를 중시하여 이에 지금에 이르러 아름다우니 삼대 이후로 이같이 성대함에 이른 적은 없었습니다.

그런데 불행히도 예수의 사교를 행하는 자들이 바다 밖의 오랑캐 종족에서 나와 예의와 염치는 말할 것도 없고 윤강과 이칙마저 일체 다 쓸어 없애 버리니 다만 일개 금수일 뿐이고 개와 양일 뿐입니다.

그러므로 우리 정종과 순조로부터 현묘에 이르기까지 앞에서 타이르고 뒤에서 거듭하여 그 범위를 넓혀 간범한 자는 반드시 죽이고 용서해 주지 않으며 잘못이 비록 작더라도 용서해 주지 아니하여 간악한 무리들이 모두 현륙에 나아갔습니다.

우리 성상이 즉위하심에 이르러 이에 선왕의 뜻과 일을 추수하시어 병인년 심도의 변고에 천토를 크게 행하시매 여러 추악한 무리들이 놀라서 달아났습니다.

그런데 일찍이 십 년이 못 되어 요사한 양인들과 추악한 왜인들이 어지럽게 왕래하여 전에 몰래 서로 속이어 꾀려고 하던 말을 지금 이에 버젓이 책에 쓰고 전에 사사로이 서로 전습하던 것을 지금 이에 드러내 놓고 우리에게 전파하니 주공과 공자를 능간할 수 있다는 말과 우리 정자와 주자를 업신여기는 구절은 어쩌면 그리도 성인을 무함하며 어쩌면 그리도 나라를 욕되게 한단 말입니까.

아! 자고로 임금에게서 옷을 얻어 입고 임금에게서 얻어먹고 유자의 관을 쓰고 유자의 옷을 입고서 사신의 임무를 맡아 오랑캐 지역을 빙문하여 나라를 욕되게 하는 글을 받들어 가지고 와서 조정에 전파하고 성인을 속이는 말을 간직하여 가지고 와서 중외에 퍼뜨리는 자는 과연 어떠한 죄에 해당되며 다스림에 마땅히 얼마나 엄하게 해야 하겠습니까?

청컨대 다시 이른바 사의책략이란 것을 가지고 조목에 따라 분별하겠습니다.

그 말에 이르기를 조선의 오늘날의 급선무는 아라사를 막는 것보다 먼저 할 것이 없고 아라사를 막는 계책은 청국과 화친하고 왜국과 결탁하고 미리견국과 연합하는 것보다 먼저 할 것이 없다고 하였습니다.

청국은 우리가 번국이라 칭하며 섬겨 온 나라이니 신의가 서로 두터운 지가 거의 이백 년이나 되었는데 하루아침에 황제라 하고 짐이라 하여 거만하게 두 존귀함을 칭하고 사양하고 받음이 없으며 그 사람을 용납해 주고 그 글을 남겨 두니 만에 하나 이것을 잡고 힐문하여 꾸짖고 책한다면 어떻게 해명할 수가 있겠습니까?

우리의 관문과 요새의 험하고 평탄함을 저들이 이미 익숙히 알고 있으며 수륙의 요충지를 저들이 이미 점거하고 있으니 만에 하나라도 우리나라가 대비가 없음을 엿보고 제멋대로 쳐들어온다면 장차 어떻게 저지할 수 있겠습니까?

미리견국은 우리가 평소 잘 모르는 바입니다.

저들에게 사주를 받아 공연히 우리나라를 끌어대어 풍랑을 헤치고 온갖 험난함을 무릅쓰고 와서 우리 신료들을 피폐하게 하고 우리 재물을 자꾸 없애니 만에 하나 우리나라가 비었음을 엿보고 우리의 약함을 업신여겨 따르기 어려운 청을 강요하고 계속 대기 어려운 비용을 떠맡긴다면 장차 어떻게 응할 수 있겠습니까?

아라사는 우리가 본래 혐의하지 않던 바입니다.

공연히 남의 이간질하는 말을 믿고서 우리의 체면에 손상을 주면서 먼 나라는 치고 가까운 나라와는 친교를 맺어 조처가 전도되었으니 헛소문이 먼저 퍼져서 이것을 구실 삼아 틈을 만들어 전쟁의 단서가 이어진다면 장차 어떻게 구원할 수 있겠습니까?

또 하물며 아라사와 미리견국과 왜국은 똑같은 오랑캐이니 그 사이에 후박을 두기가 어렵습니다.

두만강 일대는 국경이 서로 연접하였으니 만에 하나 왜국이 이미 행했던 전례를 따르고 미리견국이 신설한 조약을 끌어다 대어 땅을 청하여 와서 살고 재화를 교역하기를 청한다면 장차 어떻게 거절할 수 있겠습니까?

또 하물며 넓은 바다 안팎에 왜국이나 미리견국과 같은 나라들이 헤아릴 수 없을 정도로 많을 것이니 만에 하나라도 제각각 흉내 내어 땅을 청하고 화친을 청하기를 왜국이 했던 것과 같이 한다면 장차 어떻게 막을 수가 있겠습니까?

허락하지 않는다면 전공이 다 쓸모없게 되어 원수가 되고 온갖 원한이 모여서 적이 될 것은 다만 아라사 한 나라뿐만이 아닐 것이요 만일 허락한다면 한 모퉁이의 우리나라는 장차 용납될 곳이 없을 것입니다.

만약 아라사가 황준헌의 말처럼 힘이 능히 병탄할 수 있고 뜻이 침략하는 데에 있다면 장차 만 리의 구원을 앉아서 기다려야 하겠습니까? 아니면 장차 홀로 도성의 군대를 일으켜 대적해야 하겠습니까? 이는 그 이해가 분명합니다.

그런데 오늘날 조정에서는 어찌 괴롭게 이런 백해무익한 일을 하여 아라사의 무심한 마음을 계도하고 미리견국의 일 없는 일을 생겨나게 하여 도적들을 초치하고 오랑캐를 부른단 말입니까?

그 말에 또 서학에 종사하면 치재에 진력하며 권농에 진력하고 공부에 통달하는 데 진력한다고 했는데 재용과 농공은 원래 선왕의 훌륭한 법과 아름다운 법규가 있으니 당우 시대에 즐비한 집들을 모두 봉해주고 성주 시대에 남아 있는 자들은 노적가리가 있고 길 떠나는 자들은 쌓아 놓은 곡식이 있었던 것은 어찌 일찍이 서학에 종사하였기 때문이겠습니까?

더욱 애통한 것은 저 황준헌이라는 자는 자칭 청국 태생이라고 하면서 왜국의 유세객이 되어 야소를 선한 신이라 하여 난적의 효시가 되니 아마도 지난번 사당과 비류가 심도의 패배를 분개하여 병력으로써 승리를 취할 수 없음을 알고서 요행히 차츰차츰 먹어 들어가려는 욕심을 부려 전전하여 물들게 하려는 것이 아니겠습니까?

만약 그렇지 않다면 그 말이 감언이설로 달래어 꾀는 것이 너무 지극하고 위협하는 말로 두렵게 함이 너무 지극합니다.

또 교의를 전파하는 것이 무해하다는 말을 글 뒤에 붙인 것은 그 의도가 사교를 우리나라에 퍼뜨리려는 것에 불과합니다.

삼가 바라건대 깊이 생각하시고 과단성 있는 정사를 행하시어 그 사람은 모두 쫓아 버리고 그 글은 물과 불속에 던져 넣어 좋아하고 싫어함을 분명히 보이고 중외에 포고하시어 온 나라의 백성들로 하여금 성상의 뜻이 어디에 있는지를 분명히 알게 하고 주공과 공자 정자와 주자의 가르침을 더욱 밝게 한다면 사람들이 모두 윗사람을 가까이 하고 어른을 위해 죽어 백성들이 성을 이루어 비류와 사당이 간악한 짓을 하는 것을 용납하지 않아 우리나라의 옛 풍속이 장차 천하 만세에 할 말이 있게 될 것입니다.'

왕이 말했다.

"상소를 보고 잘 알았다. 사교를 물리치고 정도를 지키는 것은 어찌 그대들의 말을 기다리겠는가. 다른 나라 사람이 사사로이 모의한 글에 이르러서는 애당초 족히 깊이 연구할 것도 못 되거늘 그대들이 또 잘못 보고서 들추어낸 것이다.

이것을 구실삼아 또 번거롭게 상소를 올린다면 이는 조정을 비방하는 것이니 어찌 선비로 대우하여 엄중히 처벌하지 않을 수 있겠는가? 그대들은 그리 알고 물러가도록 하라."

김홍집은 예조참판 직 사임을 청했다. 왕은 허락하지 않고 예조와 통리기무아문의 일을 겸해 보라 지시했다. 김홍집은 다기지게 출사하지 않았다.

삼월 육 일.

왕은 명소패를 어기고 출사하지 않는 김홍집을 통신사 직에서 파면했다. 유림의 상소에 이어 무과 급제자인 황재현과 홍시중이 또 각각 상소를 올렸다. 왕은 황재현을 의금부에 잡아 신문하고 홍시중을 형조에서 엄한 고문을 한 뒤 두 사람을 귀양 보냈다.

의금부에서는 이때 이만손과 전 참판 강진규를 잡아 고문하고 있었다.

이런 와중에도 조정은 칠월에는 김윤식 등 여든여섯 명을 영선사로 청국에 보내 새로운 제도와 기술을 배워 오게 했다.

85.

고종 18년, 신사년, 1881년.

유월.

인제 접에서 비용을 전담해 단양 남면 천동에 있는 여규덕의 집에서 수운의 가사 여덟 편을 모아 『용담유사』를 간행했다.

이곳 샘골은 경상도와 충청도 경계를 이룬 소백산 줄기 도솔봉 북쪽 산자락에 있었다. 시형이 살던 송두둑에서 오 리쯤 안쪽으로 들어간 산등성이에 있는 조그만 마을이다.

시월.

시형은 정선 무은담 유시헌 집에 도인들이 모인 자리에서 오래전에 어육주초를 금지하던 것을 풀었다.

어육주초 금지는 팔 년 전 박씨 부인이 돌아가자 죄송하고 비통한 마음을 함께 하자는 뜻에서 내려졌었다. 그러나 어육주초를 금하면 동학하는 도인이라고 남에게 쉬이 드러나 관의 지목을 받을 수 있다는 우려가 점점 늘어 이때 해금했다.

물론 수행하기 쉽도록 계율을 세속화하는 것도 고려한 조치였다.

축문도 만들었다.

'도를 받드는 제자가 되어 외람되게 남을 가르치는 대열에 참여하여 의

발을 전해주는 은혜를 입어 참된 심학에 귀의하여 수련하게 되었습니다. 경신년 여름, 운수가 이루어진 지 몇 해 되지 않아 갑자년 봄에 일어난 일은 몹시 통탄스럽습니다. 무극대도가 선생에게 강령하신 날에 정성을 다한 마음 한 조각을 담아 추모하려 제사에 임합니다.'

이에 덧붙여 제사를 모시는 방법도 정했다.

'떡쌀은 일곱 번 찧은 정미 한 말을 하얗게 쪄서, 양을 재서 한 말 들이 그릇에 담아서 쓴다.

흰쌀은 일곱 번 찧은 정미 한 말을 위와 같이 한 말 들이 그릇에 담아서 쓴다.

채소는 세 가지 색을 함께 담아서 위와 같이 한 말 들이 그릇에 담아서 쓴다.

밥하는 쌀은 일곱 번 찧은 정미는 택하고, 쌀알이 없거나 나쁜 쌀은 버린다. 밥을 할 때에는 작은 솥을 큰 솥단지 속에 넣어 끓는 물에 저절로 밥이 되게 한다. 제사에 쓰기 전에는 뚜껑을 열지 않도록 조심한다.

과일 종류는 삼색의 제철 과일로만 하되 한 그릇을 넘지 않는다.

제수를 삶고 익힐 때 땔나무를 때고 마른 풀이나 썩은 풀을 쓰지 않는다. 생목이나 생초를 미리 베어 모아 정갈하게 말려 쓴다.

제수를 삶고 익힐 때 부녀자들은 별도로 목욕재계한다. 소변을 본 뒤에는 단지 손만 씻고, 대변을 본 뒤에는 다시 재계하는 옷으로 갈아입고 제사를 지낸다.

제수를 삶고 익힐 때 반드시 입을 조심하고 잡담하지 않는다.

제사를 지낼 때 제실은 반드시 물을 뿌리고 쓴다. 흙집에서 모시면 부서진 벽에 다시 진흙을 발라 반듯하게 만들어 반드시 지극히 정결하게 모신다.'

86.

고종 18년, 신사년, 1881년.

팔월 이십구 일.

왕은 숙종의 묘인 명릉과 철종의 묘인 예릉을 참배하고 대궐로 돌아왔다.

돈령부 영사 홍순목과 판사 한계원, 영부사 이치응, 좌의정 김병국, 의금부 지사 홍종운이 전 승지 안기영과 채동술·권정호·이철구가 역모를 꾸몄다고 보고했다. 총융청 광주산성 군교 이풍래가 고변했다.

전 승지 안기영은 홍선이 집권할 때 승지를 지냈고 형조참의로 있으면서 최익현을 탄핵하다 파직당하고 귀양 간 자였다.

안기영은 홍선의 서장자 이재선을 추대하려 했다. 이재선은 왕의 이복형이었다. 이들은 팔월 이십일 일, 과거장에 들어가 유생들에게 척왜를 선동해 바로 대궐로 쳐들어가려 모의를 짰다. 그러나 서로 의견이 맞지 않아 과거장 거사는 포기하고 강화도를 점령한 후 전국 유림에 통문을 띄워 일제히 봉기하려 했다.

왕은 도승지를 불러 의금부에 추국청을 설치하고 신문관에 한계원을 임명했다. 아울러 형조판서에 이명응, 사헌부 대사헌에 이세재, 사간원 대사간에 심상목, 의금부 판사에 윤자덕을 제수했다.

좌우 포도대장을 불러 한성 부내의 경비를 강화하게 하고 금군별장 민태호를 불러 궐문 수비를 단단히 하게 한 후 병조판서 조영하에게 역모의 진상을 밝히라 지시했다.

대궐 수직은 용호영에서 맡고 있었다. 민태호는 내금위 무사들을 동원해 대궐 요소요소에 배치했다. 대궐 문마다 붉은 금군장인기가 펄럭였다.

구월 초사흘.

영문을 모르는 이재선이 홍선을 찾아갔다.

"아버지 제가 역모를 꾀한다고 홍순목이 고변했답니다. 저는 그런 적이 없습니다. 이 일을 어떻게 하면 좋겠습니까?"

끈 떨어진 홍선인들 무슨 수가 있겠는가?

"설마 네 형이 너를 죽이기라도 하겠느냐? 네가 먼저 의금부에 자수하는 것이 좋겠다."

구월 오 일.

이재선은 홍선의 말을 믿고 의금부에 자수했다. 한계원은 이재선과 안기영에게 간단한 공술을 받고 자복한 것으로 공초를 올렸다.

구월 구 일.

추국정이 다시 열려 시월 십 일, 판결문을 올렸다.

왕은 이재선은 제주도로 귀양 보내고 안기영과 권정호·이철구는 능지처참했다. 승정원에서 반발하는 차자를 올렸다. 좌승지 박정양, 좌부승지 이유승, 동부승지 홍영우가 이재선에게 사약을 내리라고 요청했다. 빈청에서도 홍순목·강노·이최응·김병국이 차자를 올려 이재선의 사사를 요청했다.

왕은 듣지 않았다.

빈청에서는 네 번 차자를 올렸고 삼사는 세 번 접견을 요청했다.

시월 이십칠 일.

빈청에서 다섯 번째 차자를 올렸다. 이재선의 역모를 이조판서로 있는 이재면과 흥선과 연결하려는 의도가 보였다. 왕은 할 수 없이 이재선에게 사약을 내렸다.

이재선은 무과에 급제해 별군으로 한직을 전전해 왔다. 서자라는 차별과 벼슬이 낮은 것에 자주 울적해 하곤 했다. 그러나 역모를 꾀할 인물은 아니었다.

이재선은 서소문 밖 초가에서 사약을 받았다. 이재선은 사약을 마실 때까지 자신이 무슨 죄명으로 죽는지도 몰랐다.

87.

고종 19년, 임오년, 1882년.

작년 신사년 사월.

왕은 군제를 개편해 신식 군대인 별기군을 새로 만들었다. 별기군은 왜국 군인 호리모도를 초빙해 남산 밑 하도감에서 신식 군사 훈련을 받았다.

오 영에서 팔십 명을 선발하고 진신의 자제로 무과에 급제한 총명하고 준수한 사내 백여 명을 뽑아 사관생도로 삼아 군사 기술을 학습시켰다.

별기군은 머리를 짧게 깎고 초록색 군복에 착검한 신식 소총을 받았다. 서대문 밖 모화관에서 제식부터 훈련했다. 총을 메고 행군하는데 먼지가 날려 공중을 덮으니 장안 사람들은 처음 보는 일이라 모두 놀랐다.

십이월에는 종전의 오군영을 없애 무위영과 장어영 두 영으로 축소했다. 이경하를 무위대장으로 신정희를 장어대사로 삼았다.

그런데 두 영에 속한 이른바 구식 병사들은 심한 차별 대우를 받았다. 이들은 벌써 십삼 개월 동안 봉급인 쌀을 한 번도 받지 못하고 있었다. 홍선 치하에서는 국방이 중시되고 병사에 대한 대우도 좋았지만 민 씨가 들어선 후부터 점차 대우가 나빠진데다 봉급마저 제때 받지 못하게 된 것이다.

원인은 정부의 재정난 때문이었다. 조정은 이들에게 나누어줄 쌀이 부족했다. 개항 후 쌀이 대량으로 왜국으로 빠져나갔기 때문이었다.

왜국의 무관세 무역을 허락한 강화도 조약 이후 왜국은 막대한 이득을 취하고 있었다. 정축년부터 임오년까지 육 년 동안 수출품 순위를 보면 쌀, 금, 피혁, 콩류, 곤포, 생사, 해삼 순이고 그중 쌀은 전체 수출품의 삼 할에 달했다.

왜국 상인들은 한 섬에 사십 전에서 사십오 전의 싼값으로 조선 쌀을 사다가 왜국에서 육 원 내지 팔 원으로 팔아 막대한 이익을 남기고 있었다. 그 결과 조선에는 쌀이 부족하고 가격이 치솟았다. 왜국의 무관세 무역은 계미년까지 계속되었다.

임오년 정월에 흰빛이 하늘을 지나갔다. 백기가 하늘을 지나간 것은 예로부터 병란이나 천민들의 난이 일어날 조짐으로 거론되었다.

민비는 두려움을 느꼈다. 궁중에 기도회를 크게 열었다. 궁궐 뜰에 무당과 소경 악사가 가득 모였다. 국내 명산과 대천, 산사와 불당에도 돈을 뿌렸다. 금강산은 일만이천 봉 봉우리마다 각각 쌀 한 섬과 베 한 필 돈 일천 냥씩 시주했다. 이것이 한두 번에 그치지 않았다.

그런 가운데에서도 연회와 유흥은 거의 매일 열렸다. 광대와 기녀가 밤낮으로 흥청거리며 놀았다. 음식과 하사한 상으로 쓴 비용이 거만금에 달했다.

흥선이 그동안 축적해 놓았던 창고가 모조리 비어 버렸다.

조세 수입으로는 일상적인 비용에도 부족했다. 내탕금이 모자라면 선혜청에서 가져왔다. 선혜청에도 돈이 떨어지면 벼슬을 팔았다.

세금을 거두어들이는 관원 중 파산해 도주하는 자가 속출했다. 백관들에게 녹봉을 주지 못한 것이 오륙 년에 이르렀다.

삼군은 군량을 받지 못한 지 십삼 개월이 넘었다. 병사와 그의 식솔들은 배가 등짝에 붙었다. 선혜청 당상과 어영대장, 호조판서는 오로지 자신의 살만 찌우면서 병사와 백성을 돌보지 않았다. 이들 집에는 개도 허연 쌀밥을 먹는다고 소문이 났다.

군인들은 견디다 못해 다시 홍선을 생각했다.

홍선은 앞일을 예측하고 아들 이재면을 시켜 보부상 조직과 접촉시키고 천하장안은 오 군영의 병사들을 접촉했다. 이재면은 보부상 조직 관리 실무를 그가 믿는 북청 도가 행수 김정태에게 일임했다. 그리고 나서 자신은 천하장안과 군영의 병사들을 만나 사사로이 뒤를 보아주며 조직을 다졌다.

김정태는 이재면에게 김용권과 박희성을 소개했다. 이재면은 두 사람을 수용해 두 사람 중 한 사람은 한양에서 항상 대기하며 자신과 연락하게 했다. 김용권이 산채로 내려가 필제와 함께 세력을 확장하기로 하고 박희성이 한양에 남아 이재면을 수행했다.

그렇게 십여 년의 세월이 흘렀다.

사월부터 계속 비가 내리지 않았다.

유월 초닷새.

전라도에서 세금으로 거둔 쌀을 실은 세선 여러 척이 경창에 도착했다. 유월 들어서는 비가 잦았는데 이날은 오시에 비가 내리더니 신시에는 빗줄기가 굵어졌다.

유월 구 일.

다시 날이 개었다. 햇살이 뜨거워 길가를 지나는 사람들 이마에서 땀이 줄줄 흘렀다.

선혜청의 경창 광흥창 앞으로 군인들이 모여들었다. 도봉소의 문이 사시 초에 열리더니 무위영 소속 병사들에게 우선 한 달 치 군량을 지급하기 시작했다.

호남에서 올라오는 세미는 중간에서 농간이 잦았다. 관리들이 세미 운반선이 바다에 침몰했다고 거짓말을 해 빼돌리기도 하고 세미를 운반하는 배꾼들이 인근 섬에 정박해 쌀에다 모래를 섞어 빼먹기도 했다. 그래서 경창에 들어오는 쌀들은 수량도 적었고 내용도 부실하기 일쑤였다.

선혜청 당상관은 민겸호였다. 창고를 지키는 민겸호의 사인이 농간을 부려 안 그래도 오래되어 썩은 쌀에다 겨와 모래를 반 이상 섞어 군인들에게 지급했다. 한 섬이 열 되도 못 되었다.

분개한 훈련도감의 병사 박흥근이 고지기에게 항의했다.

"개도 하루에 겨 세 홉 녹은 있다는데 우리는 일 년이 넘도록 녹 구경을 못했다. 우리가 개보다도 못하다는 말인가?"

고지기는 도봉소 책임이지 자기는 모르는 일이라고 뺐다. 눈에 핏발이 선 박흥근과 옆에 섰던 장태진이 고지기를 때려 죽여 버렸다. 일이 커졌다. 군사들은 함께 모여 외쳤다.

"일이 이미 여기까지 이르렀으니 우리는 반드시 죽임을 면치 못할 것이다. 차라리 죽음을 결심하고 거사하여 나라를 위해 우리 한 몸을 희생하자."

동 별영의 장교와 기병 및 각 군영이 하나로 투합해 무기고를 파괴하여 군기를 꺼내 무장했다. 함성이 하늘 높이 올라갔다.

이 일은 바로 민겸호에게 보고되었다. 사직단에서 기우제를 지내던 민겸호는 포졸들을 데리고 도봉소로 달려와 항의한 병사들을 체포해 포도청에 가두었다.

"군인들이 감히 내란을 일으키다니 내 이놈들을 곧 죽여 버리고 말겠다."

소식을 들은 이재면은 박희성에게 김용권과 수하들을 무장시켜 한양 인근으로 집결시키라 지시했다. 산채에 모인 사람들이 이미 삼백 명을 넘었다. 박희성의 전갈을 받은 김용권은 신속하게 움직였다.

잡혀간 병사 가족들은 동료 군인들에게 통문을 돌렸다. 김흥엽은 병사들을 모아 무위대장 이경하에게 호소하고 민겸호의 집으로 찾아가 진정하려 했다. 이경하는 낙동염라라는 별호를 가지고 있을 정도로 겉으로는 기개가 대단한 자였다.

이경하는 빈청에 들어가 영의정 홍순목에게 사정을 보고했다. 홍순목은 왕에게 보고했다. 왕은 대책이 없었다. 그저 지방 관리들을 엄하게 신칙하는 공문을 보내라고 했다. 이경하는 중희당을 나와 의정부로 갔다.

병사들은 기다리다 못해 민겸호의 집으로 몰려갔다. 민겸호는 무위영 군사들을 잡아 곤장을 쳤다. 병사들이 흥분해 웅성거렸다. 민겸호를 죽이자는 의론이 일었다. 겁을 먹은 민겸호는 담을 넘어 궁궐로 도망갔다.

민겸호의 고래등같은 기와집에는 진귀한 물건이 가득 차 있었다. 김흥엽이 소리를 질렀다.

"우리는 군인이다. 여기 있는 돈 한 푼이라도 손대는 자는 모두 죽이겠다.”

그들은 집안에 쌓였던 물건들을 모조리 꺼내 뜰에 모아놓고 불을 질렀다. 비단과 구슬이 타 그 불빛은 오색을 띠고 인삼과 녹용·사향 등이 타는 냄새가 몇 리 밖까지 풍겼다. 집에도 불을 놓았다. 기와집은 금방 화염에 휩싸였다.

일이 여기까지 벌어지자 병사들은 모두 흥분했다.

“굶어 죽으나 처형당해 죽으나 죽기는 마찬가지다. 그렇다면 차라리 죽어야 할 놈을 찾아 죽여 억울함이나 풀자.”

병사들은 포도청에 갇힌 동료를 구해내고 서대문 밖 경기감영을 습격해 무기고를 털어 무장했다. 이들은 무리를 이 대로 나누었다.

일 대는 김보현과 민태호를 비롯한 권세가들의 집을 습격했다. 민창식은 옷을 바꾸어 입고 도망가다가 길에서 김한복에게 맞아 죽었다.

박만길은 훈련도감 기병대 소속이었다. 그는 다른 일 대를 이끌고 왜국 공사관으로 갔다. 길가에서 왜인 어학생 셋을 죽이고 천연정에 있던 왜국 공사관을 포위했다. 당황한 공사관 경비병이 총을 쏘자 같이 응사해 공방전을 벌였다.

왜국 공사 하나부사 요시모토는 고종 팔 년에 조일 교역 교섭에 관여하고 대리공사 겸 관리공사로 있었던 자였다. 공사관에는 왜인 스물여덟 명이 있었다.

병사들은 공사관에 돌을 던지고 불화살을 쏘았다. 하나부사는 공사관에 불을 지르고 그 틈에 경비병과 빠져나와 민비에게 보호를 구하러 궁궐로 향했다. 그러나 남대문이 굳게 닫혀 있어 할 수 없이 양화진을 통해 제물포로 도망갔다. 그들은 포를 쏘고 칼을 휘둘러 가까이 오는 사람들을 위협했다.

별기군 교관 호리모토는 훈련장에서 구리개 입구로 도주하다 돌에 맞아 죽었다. 성안에서 서성이던 왜인 일곱 명도 졸지에 이승을 하직했다.

낮부터 내린 굵은 빗줄기가 병사들의 묵은 한을 씻어주듯 우렁찼다.

병사들은 성 밖의 절도 불 지르고 헐어 버렸다. 중들은 권력에 기생해 독사로 재물을 허비하다 지옥 불에 떨어졌다.

밖이 이렇게 병사들의 분노로 어지러울 때 궁중에서는 연회와 유흥이 어우러져 가관이었다. 병사들이 일어났다는 소식을 듣자 술에 취한 왕은 놀라 어쩔 줄을 몰랐다. 가까이 있던 신하에게 명하여 임시방편으로 왕의 뜻을 백성에게 알리는 선유를 하도록 했다. 신하가 급히 선유했으나 병사들이 들을 턱이 없었다.

병사들은 일단 무리를 정돈해 히도갑에 주둔했다. 분노를 잠시 누르고 이후의 진행에 대해 서로 의논했다. 정치적인 해결을 위해서 흥선을 만나자는 의견이 나왔다.

이윽고 날이 어두워졌다. 굵은 빗줄기는 계속 이어졌다.

왜국 공사 하나부사는 인천을 향해 밤새도록 도망쳤다. 도중에 열세 명이 죽었다. 새벽녘에 인천에 이르자 부사 정지용에게 거짓말을 했다.

"우리는 공무로 급히 경상도 동래로 가야 하니 공은 지체하지 말고 배를 마련하시오."

정지용이 증명을 보여 달라고 하자 하나부사는 증명을 제시했다. 당시 김보현이 경기 관찰사로 있었는데 무슨 일이 터지면 정지용이 막을 것을 예상해 하나부사에게 미리 증명을 발급해 주었었다.

하나부사는 영국 측량선 플라잉 피쉬 호를 타고 겨우 왜국으로 도망쳤다. 그 모양이 상갓집 개나 그물에서 요행히 빠진 물고기 같았다.

다음날 추격한 병사들이 인천에 도착하자 정지용은 약을 먹고 자살했다.

하도갑에 주둔하던 군인들은 이제 소속이 없어졌다. 일을 이미 벌였으나 막다른 길에 몰려 다음 수순이 난감했다.

이튿날은 병사들이 더 모여들었다. 병사들의 수는 삼천 명을 헤아렸다. 이번에는 민비와 왜국 상인들에게 불만을 가졌던 왕십리와 이태원 일대의 주민들까지 합세했다. 무위영은 왕십리에 있었고 장어영은 이태원에 있었다. 구식 병사들의 가족들도 모였다.

홍선이 머무는 운현궁 주위에는 오 영에서 차출한 군인들과 김용권이 산채에서 데려온 장정들이 대기해 홍선의 지시를 기다렸다.

왼쪽 다리에 목발을 해 운신이 불편한 필제는 산채에 남아 산 사람들의 가솔을 돌보기로 했다.

김용권은 부하들을 격려했다.

"물동이는 우물가에서 깨지고 화적은 화살에 맞아 죽는다. 오늘은 우리를 산으로 보낸 놈들에게 복수하는 날이다.

태평한 세월은 본디 군인들이 만들지만, 군인은 태평세월을 즐기지 못한다. 오늘이 지나면 우리도 다시 제도권에 들어가 떳떳하게 사람 행세를 하며 살 수 있다. 단단히 벼르고 매사에 임하도록 하자.”

병사들은 홍선에게 몰려가 선처를 간청했다. 홍선은 손을 가로저으며 일단 빠졌다.

“내가 비록 너희들의 괴로운 사정을 모르지 않으나 당장 구제할 방법이 없으니 물러가 조정의 조치를 기다리는 것이 옳지 않겠는가?

머리 없는 뱀은 기지 못하고 날개 없는 새는 날지 못한다. 나는 끈 떨어진 지 오래고 이미 늙었는데 나라의 일을 어찌 알겠는가? 그러나 성상께서 인자하니 다른 일은 없을 것이다.”

정치적인 해결이 어려워지자 병사들이 갈 곳은 외길이었다.

신흥만은 병사들을 이끌고 동별영으로 달려갔다. 동별영은 훈련도감의 본영으로 인의동에 있었다. 병사들은 무기고를 탈취하여 무장을 보강하고 동별영을 본부로 삼았다.

그들은 홍인군 이최웅의 집을 포위했다. 이최웅은 홍선의 맏형이었다.

이최웅은 정경석이 내지른 창에 찔린 후 그래도 살아보겠다고 담을 기어 넘다가 땅바닥에 떨어져 다리 마등갱이가 부러지고 불알이 터져 죽었다.

빈부귀천은 팔자에 달렸고 사생은 명에 달렸다 하더니 어제까지 민비 편에 붙어 떵떵거리던 그가 이렇게 비참한 죽음을 맞을지 과연 누가 짐작이라도 할 수 있었겠는가?

오시까지 맑던 하늘이 날이 어두워지면서 신시 초에는 달구비가 내리기 시작했다.

군인들은 비를 맞으며 돈화문으로 향했다. 병사들의 옷이 빗발에 젖고 길은 흙탕물이 붉었다. 돈화문이 닫혀 있자 그들은 총으로 대문짝을 쏘았다. 그 소리가 콩이 튀듯 멀리까지 들렸다.

수천 명의 병사가 몰려오자 수문장은 겁을 먹고 도망쳤다. 문이 열리자 무리는 벌떼처럼 안으로 달려들었다.

왕은 대경실색해 이경하와 도봉소 당상관 심순택, 선혜청 당상관 민겸호를 파면했다. 그러나 말뿐인 무마책은 병사들을 달래기에 이미 늦어 버렸다. 불 가까이 있는 놈이 먼저 타는 법이라 대궐 뜰에는 선혈이 낭자했으며 예리한 칼날과 창끝이 빽빽이 늘어서 번득거렸다.

궁중 호위병은 모두 도주했고 네다섯 명의 대신들도 사색이 되었다.

유복한 자도 급하면 박복한 자를 앞세우려 한다더니 왕은 급히 중사를 파견해 흥선을 불렀다. 흥선은 왕명을 받자 무위 대장 이재면과 부인을 동반하고 병사들을 이끌고 입궐했다. 이재면은 김용권과 박희성을 대동하고 흥선을 따라갔다.

궁전에 들어가다 민겸호와 만나자 병사 한 사람이 그의 머리를 잡아끌었다. 민겸호는 당황해 호소했다.

"대감 나를 좀 살려 주시오."

흥선은 쓴웃음을 지었다.

"내가 어떻게 대감을 살릴 수 있겠소. 원한이 적으면 군자가 아니고 지독하지 않으면 대장부가 아니라 했소. 형장을 등에 지고 그동안 지은 죄를 병사들 앞에서 사죄하시오."

이 말이 채 끝나기도 전에 김용권이 민겸호를 계단 밑으로 잡아끌어 총

개머리와 칼로 내리쳐 한 덩어리 고기로 만들어 버렸다.

흥분한 병사들은 고함을 질렀다.

"중궁은 어디 있느냐?"

그들은 민비가 별기군을 창설해 자신들을 무시했다고 믿었다.

이때 흥선과 같이 입궐한 민씨 부인은 흥선과 떨어져 민비를 찾아다녔다. 민씨 부인은 창덕궁 소주방에 무수리 차림으로 변복해 숨어 있던 민비를 찾아내 자신이 타고 온 사인교에 숨겼다. 남편 흥선이 틀림없이 이 상황에서 정적인 민비를 제거하리라 생각하자 마음이 조급했다.

민비는 사인교 뒤쪽에 포장을 두르고 대궐 밖으로 도망치려 했다. 이를 본 어떤 궁인이 병사들에게 소리쳤다.

"당신들이 찾는 왕비가 저 사인교 안에 있소."

병사들이 우루루 달려가 사인교을 에워쌌다. 병사들은 사인교의 포장을 찢고 민비의 머리채를 잡아 땅에 내동댕이쳤다.

이를 본 무예별감 홍재희가 칼을 뽑아 들고 고함을 질렀다.

"그 여인은 상궁으로 있는 내 누이이니 오인하지 마라."

그리고 황급하게 민비를 업고 도망치려 했다. 무예청 병사들이 홍재희를 호위했다. 병사들은 의심하면서도 나무공이 등 맞춘 듯이 홍재희를 놓아 주었다. 수리를 잡아야 활을 거둔다는데 병사들은 수리는 잡지도 못하고 활을 거둔 격이 되고 말았다.

홍재희는 나중에 이름을 홍계훈으로 바꾸고 훈련대 연대장으로 승진한다.

홍재희는 민비를 업고 돈화문을 향해 나무칼로 귀를 베어도 모르게 정

신을 놓고 뛰었다. 등에서 식은땀이 도랑물처럼 흘렀다. 돈화문을 지키던
병사가 창검을 겨누었다.

홍재희는 또 거짓말을 했다.

"소주방에 일하던 내 여동생이 역병에 걸렸다. 그래서 내가 직접 업고
밖으로 나가는 중이다."

홍재희는 이 말을 하면서 민비의 엉덩이를 살짝 꼬집었다. 민비는 눈치
채고 앓는 소리를 냈다.

궁에서 빠져나온 민비는 변장한 채로 화개동 윤태준의 집으로 갔다. 윤
태준은 민비를 옆방에 들이고 익찬 민응식과 진사 민긍식은 문밖에서 대
기했다. 윤태준은 민비에게 한양 장안에서는 필시 발각되리라 여겨지니
인근 시골로 피난하자고 권했다.

이때 김용권은 홍선의 지시를 받고 민비를 추적했다. 홍선은 민비를 죽
여 시체를 가져오라 했다. 그러나 민비는 꽁지를 빼고 도망친 지 오래였
다.

그는 민비가 숨을 만한 척족 집을 수색해 나갔다. 그가 화개동 윤태준의
집에 도착했을 때 이미 민비는 민응식의 집으로 피해 있었다.

민응식의 집도 안전하지 못하기는 마찬가지였다. 윤태준은 전 승지 조
충희에게 부탁하여 말을 판 돈 오백 원을 빌렸다. 그는 그것으로 혼자 타
는 가마를 세내어 민비를 여주의 전 판서 민영위의 집으로 보냈다. 후일
조충희는 이 공으로 영광 군수를 제수 받았다.

민응식과 민긍식 그리고 이용익이 민비를 따라갔다. 이용익은 하루에
백 리 길을 왕복하는 자였다. 평소에 민비는 그를 비각이라 불렀다. 함경

도 명천 출신으로 북청 도가 김정태 밑에서 물지게를 지다가 발탁되었다.

이들은 광나루에 이르렀다. 사공이 막았다.

"도성에서 강을 차단하라는 지시를 받았소. 나는 배를 띄울 수 없소."

민비는 끼고 있던 금반지를 빼 가만히 가마 밖으로 떨어뜨렸다. 민응식이 반지를 주워 사공에게 건네자 사공이 비로소 강을 건네주었다.

민응식이 투덜거렸다.

"나도 사또 너도 사또. 아전이 없는 세상이 되었다."

그날 밤은 임천 군수인 이근영 소유의 광주 집에서 잠을 잤다.

민비는 여주 민영위의 집에 며칠 숨어 있다가 다시 충주목 장호원 민응식의 시골집으로 숨었다. 방이 세 개 있는 단출한 기와집이었다. 민비는 이용익을 시켜 자신의 거취를 왕에게 연락하게 했다.

경기 관찰사 김보현은 경기 감영에 있다가 변이 생겼다는 소식을 듣고 예궐을 서둘러 승정원에 들렀다. 그의 조카 김영덕이 승지로 입직 중이었는데 들어가지 말라고 말렸다.

"오늘 사변을 알지 못하고 들어가시렵니까?"

김보현이 풀이 죽은 채 말했다.

"내가 재상의 위치에 있고 경기 관찰사 직책까지 맡고 있는데 누가 감히 건들겠는가?"

그러나 김보현은 입궐하던 중 돌층계에서 대기하던 박희성의 칼에 맞아 죽었다. 병사들은 시체를 발로 차고 입을 찢어 엽전을 넣고 개머리판으로 마구 쑤셔 엽전이 가슴을 열고 튀어나왔다. 시신은 민겸호의 시체와 함께 궁궐 개천에 버렸다.

큰비로 물이 개천에 가득하고 날씨는 흐리고 더웠다. 시체는 개천에 여러 날 동안 버려져 살이 하얗게 불려 흐느적거렸는데 고기를 썰어 놓은 것 같기도 하고 씻어 놓은 것 같기도 했다.

다급한 왕은 홍선을 붙들고 늘어졌다.

"아버지, 어떻게 해야 군인들을 진정시킬 수 있겠습니까?"

홍선은 서두르지 않았다.

"전들 무슨 대책이 있겠습니까? 다만 이경하가 평소에 군인들의 환심을 얻고 있으니 그를 한번 써 보시지요."

이에 왕은 이경하를 불러 동 별영으로 가 병사들을 타이르게 했다. 그러나 이경하가 나타나자 병사들은 오히려 그를 죽이려 덤볐다. 이경하는 앗 뜨거라 하고 도망쳤다.

왕이 이렇게 우왕좌왕하는 동안 병사들은 대궐에서 나와 사방으로 흩어졌다. 성내 외에 여러 민 씨 중에 개 발에 진드기 끼듯 그동안 악행을 저질렀던 자들이 목숨을 구할 방도를 찾아 두더지처럼 헤매고 다녔다. 그들의 집은 모두 부서지고 재물은 불에 탔다.

전 참판 민창식은 민정중의 제사를 받드는 사촌으로 음탕한데다 탐욕하고 잔인하기로 유명했다. 동료들과 잘 어울리지도 않았고 색만 밝혔다.

처음 승정원에 입직할 때 양경을 어루만지다 창문의 문종이를 뚫었던 자였다. 이로 인해 항상 동궁관에서 벼슬했다.

그는 대낮에 집 골방에 숨어 하녀와 합방하던 중 하초도 제대로 거두지
못하고 신천석이 이끄는 군인들에게 끌려 나와 맞아 죽었다.

민영익은 삭발하고 중이 쓰는 삿갓을 머리에 쓰고 짚신을 신고 뒤뚱거
리며 도망쳤다. 그는 하루에 팔십 리를 걸어 양근 땅, 김 오위장 집에 도착
했다. 김 오위장은 민영익의 집에 식객으로 드나들었던 자였다. 민영익은
보리밥에 부추김치와 깍두기를 배불리 먹고 기분이 풀려 말했다.

"보리밥과 깍두기가 이렇게 맛이 좋은 줄 몰랐네."

김 오위장이 웃었다.

"영감께서 이런 변이 없었다면 어찌 이 맛을 아시겠습니까? 소인의 음식
은 비록 거칠고 좋지 못합니다. 그렇지만 영감이 식객들에게 준 음식에 비
하면 잘 차린 것이지요. 집에 돌아가면 밥을 짓는 찬비를 꾸짖어 삼가게
하면 좋겠습니다."

민영익은 부끄러워 얼굴을 들지 못했다.

대책이 없는 왕은 결국 홍선에게 병사들을 진정시키는 전권을 위촉했
다. 홍선은 병사들에게 책임을 묻지 않겠으니 물러가라고 말했다. 그러나
병사들은 홍선의 말을 믿지 않았다.

"대원위 대감의 말에도 불구하고 만약 왕비가 살아 있다면 돌아와 반드
시 우리를 찾아 죽일 것이다. 그러니 왕비를 내놓으시오. 그 여자를 죽이
고 나면 우리도 그 말을 믿겠소."

홍선은 거짓말을 했다.

"왕비는 창졸간에 이미 승하했으니 누가 그대들에게 해를 줄 것인가. 그

러니 그리 알고 그대들은 이만 물러가라. "

민비를 찾지 못한 병사들은 중궁전 상궁들을 죽이고 부용정, 애란청, 자경전을 짓밟았다.

왕의 권위는 땅바닥에 떨어졌다. 홍선은 승정원에 명해 국상령을 반포했다.

입직 승지 조병호가 민비의 시체가 없다는 이유로 반대했다. 왕은 시신도 없는 왕비의 장례를 서둘렀다.

시체가 있는 듯 가장해 미시에 목욕을 시키고 신시에 초렴을 했다.

십팔 일에 성복하고 전각 칭호 대안으로 휘경, 시호 대안으로 인성, 능호 대안으로 정릉이라 정했다.

국상령이 내려지자 백관들과 선비 모든 백성이 상복을 입었다. 우스운 모양은 계속되었다.

왕비의 시신이 혼란 중에 없어졌으니 의관장으로 하자는 의논이 있었다. 선비들은 의관장은 상경에 크게 어그러지는 일이며 또한 임의로 제도를 바꾸는 것은 위험하다고 반대했다.

홍선은 영의정에 홍순목을 유임하고 우의정에 신응조, 예조판서에 이회정, 호조판서 겸 훈련대장으로 이재면, 어영대장에 신정희를 임명했다. 동래부사였던 정현덕을 도총부 부총관에 임명해 병권을 장악했다. 오위도총부는 오 영을 통솔할 수 있었다.

십이 일 밤.

보부상 수만 명이 홍인문 밖에서 성안에 들어와 사람들을 도륙한다는 소문이 번졌다. 이 소문으로 성내가 물 끓듯 했고 남녀노소가 부축을 받으며 급히 피하는 소동이 벌어졌다. 서로 다투어 성문을 빠져나가려 했으나 성문이 이미 닫혀 있었으므로 남북의 산마루에 올라갔다.

서로 부여잡고 통곡하는 소리가 밤새 끊이지 않았다. 왕은 내시에게 업혀 별전으로 피신했다.

홍선은 이재면을 시켜 평소에 보부상을 관리해 왔다. 이재면은 김정태에게 실무를 맡겼다. 이재면이 김정태를 불렀더니 김정태는 그럴 리가 없다고 펄쩍 뛰었다.

홍선은 도대체 무슨 일인가 싶어 걸어서 돈화문 밖으로 나왔다. 일단 만나는 백성들에게 무기고에서 병기를 가져다 스스로 지키라 했다. 백성들이 무기고로 다투어 달려가는 난리가 났다.

하늘은 어둡고 길이 캄캄해 길가를 지나가는 사람들이 모두 보부상으로 오인돼 길을 가다 맞아 횡사한 시체가 이곳저곳에 즐비했다.

그러나 헛소문이었다.

정권을 장악한 홍선은 궁내에 거처하며 통리기무아문과 무위·장어 두 군영을 폐지하고 오군영을 부활시키고 군량을 지급하도록 했다. 무위영을 종전대로 훈련도감이라 호칭하고 나머지 각 영도 일제히 옛 규례를 복구하게 했다. 대사면령을 내리자 병사들은 안심했다.

이재면이 훈련대장이 되어 선혜청 당상과 호조판서를 겸했다. 김용권과 박희성은 복권되어 이재면의 부장으로 특채되었다. 조령 산채에 남아있던 필제에게 백여 명을 보내 근거를 보존하고 나머지 백 명은 경군 병사로 수용했다.

홍선 편에 있던 이희정·임응준·조병창·정현덕·조채하·이원진·조우희가 다시 등용되었다. 홍선은 서정 개혁을 시도하고 새로 함녕전을 짓던 공사를 중지했다.

군란은 일단락되는 것처럼 보였다.

나라 안 백성들이 민비의 장례를 치른답시고 상복을 입은 지 달포가 넘었다.

전 판서 신응조는 광주 고향 집에 은퇴하였다가 홍선에게 좌의정으로 발탁되었으나 끝내 사양해 나가지 않았다. 상복도 입지 않았다. 평안도 순찰사 김병덕은 국상령을 반포하지도 않았다.

민비는 충주에 있으면서 자주 이용익을 왕에게 보내 소식을 전했다. 찾을 때는 무쇠 신발이 닳아 없어져도 보이지 않더니 죽었다고 하니 노력을 안 들여도 저절로 찾아온다고 왕은 실없이 웃었다.

왕은 민태호에게 밀사를 보내 청국에 사태의 급박함을 알리라고 했다.

청국 주왜 공사 여서창은 조선에 군란이 일어났다고 본국에 보고했다. 이보다 먼저 김윤식과 어윤중이 천진에서 군란의 소식을 듣고 청국 서리 직례도독 장수성에게 급히 알렸다.

그들은 속히 파병하여 난군을 평정하고 죄상을 심문해 줄 것을 청했다. 또한 있을 수 있는 왜국의 행동도 제압해 달라고 요청했다. 이에 청 조정은 북양해군제독 정여창에게 명해 군함 제원호를 인솔하게 했다.

광종수사제독 오장경이 육영병을 이끌고 남양만에 도착했으며 참의 마건충이 육군 일백 명, 해병 오십 명을 거느리고 한양에 들어와 종주국 행세를 했다.

후선도 마건충은 국제공법학자였다. 조선에 대한 청국의 종주권을 유지하기 위해서는 조선이 개화해야 한다고 믿는 사람이었다. 강수관과 김홍집이 나가 그들을 영접했다. 김윤식·어윤중·유길준이 따라가 보좌했다.

정여창은 마건창을 청국으로 보내 증원을 요청했다. 북양대신 이홍장은 청국 총리대신이 되어 조정을 장악하고 있었다. 조선이 왜국에 굴복하면 청국 안보도 위험하다는 판단으로 증원군을 허락했다. 군함 네 척, 기선 열세 척에 육군 사천 명을 인천으로 보냈다.

왜국 공사 하나부사는 인천에서 나가사끼로 도망쳐 왜국 정부에 군란을 보고했다. 당시 내각 총리대신은 이토 히로부미였다. 왜국 조정은 긴급 각의를 열었다. 각의에서는 군대를 보내 싸우자는 논의도 있었고 화의하자는 주장도 나왔다.

유길준과 윤치호는 신사유람단으로 왜국에 갔다가 경응의숙에서 공부하고 있었다. 이들은 경응의숙 창립자 후쿠자와를 움직였다. 후쿠자와는 정계에 들어가지 않았으나 막후에서 막강한 영향력을 발휘했다.

후쿠자와는 태정대신 산조 사네토미에게 홍선을 징치하라고 요구했다. 김옥균은 후쿠자와의 집에서 유숙하면서 왜국 정계 요인들과 접촉하고 있었다. 그는 홍선을 두둔했다. 홍선을 설득해 개화를 이루려 했다. 김옥균은 조선으로 가는 왜국 군함에 올라 급히 귀국했다.

결국 이토 히로부미는 조선 조정과 담판한 후 결정하기로 했다. 외무경이오누에를 시모노세키에 보내 하나부사에게 요령을 전달했다.

칠월 이 일.

도망쳤던 왜국 공사 하나부사는 인천에 도착해 정상현, 고도병지조, 인예경범을 대동하고 호위병 이 개 중대를 인솔하고 한양에 들어갔다. 군란에 대한 책임을 조선 조정에 돌리고 다시 화의하자며 왕에게 책망이 가혹했다.

조정에서는 이유원을 전권대신으로 삼고 함께 관리하게 했다. 오 일에는 왜국 육군 소장 타카시마, 해군 소장 히도레이가 전투병 천 오백여 명을 거느리고 제물포에 상륙했다.

홍선은 난감했다. 권력에서 손을 놓은 지 벌써 구 년이 흘렀다. 그사이 외세는 걷잡을 수 없이 커졌다.

조정 중신들은 두 임금을 섬겨야 하기에 홍선이 탐탁지 않았다. 그동안 과거로 입신한 새 관료들이 요직에 박혀 있었다.

그들은 조선이 개화되기를 원했다. 낡은 시대의 유물이 다시 등장하는 것이 반갑지 않았다.

하나부사는 김윤식과 어윤중을 만나고 병조판서 조영하도 만났다. 이들도 홍선을 싫어했다.

홍선은 하나부사가 왕을 만나게 해달라는 요구를 계속 묵살했다. 하나부사는 최후통첩으로 전쟁을 하겠다고 위협했다. 홍선은 결국 허락했다. 하나부사는 왕을 만나 왜국 정부가 요구하는 일곱 가지 요구 조건을 적은 문서를 전달하고 삼 일 안에 답을 줄 것을 요구했다.

이때 인천항에는 미리견과 영길리국 군함이 도착해 조선이 돌아가는 형편을 정탐하고 있었다.

홍선은 연현각에서 중신회의를 열었다. 대책이 없었다.

하나부사가 홍선을 방문했다. 홍선은 하나부사가 왕에게 전달한 문서를 방바닥에 내팽개쳤다. 오척 단구가 벌떡 일어나니 눈에서 불이 뿜어져 나왔다. 하나부사는 무서워 도망치듯 숙소로 돌아갔다.

왜국 육군 소장 다카시마와 해군 소장 히도레이가 천 명이나 되는 병력을 데려와 한성 거리를 행진했다. 영의정 홍순목이 급히 서간을 하나부사에게 보내자 왜군은 다시 인천으로 돌아갔다. 하나부사는 본국에 급전을 보내 훈령을 기다렸다.

신축성을 가지고 사태에 대처하라는 지시가 왔다.

마건충이 하나부사를 방문했다. 두 사람은 서로 무력으로 부딪치는 것을 경계했다. 마건충은 자신이 조선과 왜국을 중재하겠다고 했다. 여기에서 마건충은 하나부사에게 홍선을 청으로 납치하겠다고 은밀하게 전달했다.

칠월 십삼 일.

마건충은 오장경과 정여창을 데리고 운현궁 사저로 홍선을 방문했다. 운현궁 앞은 청국 병사가 든 깃발로 뒤덮였다. 마건충은 원세개 장군에게 명해 왕궁을 호위하게 하겠다고 했다. 홍선은 고마움을 표시했다.

마건충이 정여창에게 눈짓하자 정여창은 바로 원세개에게 왕궁을 호위하라 명령했다. 원세개는 군사를 몰아 창덕궁을 에워쌌다.

마건충은 홍선에게 고마움을 표시하기 위해 자신의 숙소에서 연회를 열

터이니 방문해 주기를 희망했다. 홍선은 청국 군대의 규모를 살펴려는 의도에서 승낙했다.

저녁에 군사 오백 명을 이끌고 청군 진영에 도착했다. 제독 정여창이 입구에서 맞이했다. 수행했던 군사는 청군 진영 앞에서 머무르고 이용숙과 이조연이 홍선을 수행했다.

홍선은 정여창과 청군을 사열했다. 마건충이 나와 오장경의 부하인 황사림 장군의 막사로 홍선을 안내했다. 여기에서 저녁과 술을 대접받았다.

이후 홍선은 마건충과 마주 앉아 필담을 했다. 이사이 오장경은 홍선을 납치할 군사 백 명과 가마를 준비했다. 이용숙과 이조연은 청병에 잡혀 영내에 구금되었다.

준비를 마치자 드디어 마건충이 본색을 드러냈다.

"당신은 청국 황제가 책봉한 조선 왕을 유명무실하게 만들었으므로 이것은 청국 황제를 능멸한 죄이다. 그러므로 지금 당장 천진으로 가 황제에게 관대한 조치를 애원하라."

홍선은 비로소 함정에 빠졌다는 것을 알았다. 정여창과 오장경이 대기하던 군사를 거느리고 들어와 홍선을 막사 밖으로 끌어내 억지로 가마에 태웠다. 가마는 청군 백 명의 호위 속에 남대문을 빠져나가 양화진을 향했다.

청군 진영 밖에서 기다리던 조선 병사는 무슨 일이 일어났는지 아무것도 모르고 있었다.

가마가 양화진에 이르자 하늘이 밝아오기 시작했다. 정여창은 인천에서 홍선을 기선에 태워 같이 천진으로 가 보정부에 가두었다. 홍선은 삼십삼 일 만에 다시 권력을 잃었다.

그는 이후 사 년간 청에서 감금 생활을 하게 된다.

권력이 다시 바뀌자 세상이 거꾸로 돌았다. 대사를 받았던 죄수가 다시 갇히고 의원을 만나 병을 고친 환자가 다시 병상에 들어가 누웠다. 청국 조정은 이 일을 신속하게 처리해 다른 일이 일어나는 것을 경계했다.

88.

칠월 십칠 일,

조선은 왜국에 오십만 원의 배상금 지불하고 왜군 일개 대대 병력이 서울 장안에 주둔할 것을 명시한 제물포조약을 체결했다. 이와 함께 이 개조의 수호조규 속약도 체결했는데 이는 강화도 조약에 이어 왜국의 침탈을 가일층 넓혀 주었다.

또 왜국에 사절단을 보내 사죄할 것을 요구하자 김만식과 박영효를 보냈다. 이때 이들 일행은 왜국의 힘을 빌려 조선을 개화하는 방법에 뜻을 두게 된다.

김옥균이 은밀하게 그들의 뜻을 왜국에 알리자 왜국 정부는 미끼로 배상금 사십만 원을 감해 주었다.

청과 왜는 시종 조선의 내란을 간섭하거나 부채질했다.

임오군란은 병사들이 녹을 받지 못한지 십삼 개월이 지났는데도 조정은 이를 지급하지 않고 시간만 끌다 보니 결국 병사들의 분노를 사 덧정 없이 위험한 지경으로 치달아 일어난 거사였다.

이것은 나라의 재정 부족도 원인이라 하겠지만 사실은 벼슬아치들의 농간이 극심했기 때문이었다. 관리들의 탐욕은 날로 더해 갔다.

백성의 가죽을 벗기고 살을 도려내는 짓이 굶주린 승냥이보다 더 무섭고 촘촘한 그물보다 더 빈틈이 없었다.

백성들은 오직 생업에 의존해 살아가는데 혹독한 부세로 인해 이미 생업을 상실할 지경에 이르렀으니 어떻게 가만히 앉아 있을 수 있었겠는가? 그러므로 비록 순박하고 어질고 덩둘해 온순하게 복종만 하는 백성이라 하더라도 부득불 만 번 죽는 가운데 한 번 살기 위한 계책으로 관리들을 축출하려 무리로 일어난 것이다.

한 번 외치면 만 사람이 응했고 나라 안에 그렇지 않은 곳은 한 곳도 없었다.

난폭하고 간사한 외세가 이러한 분위기에 편승해 혼란을 더욱 조장해 저들이 원하는 바를 쉽게 빼앗아 갔다.

결국 군란으로 청국과 왜국만 이득을 보았을 뿐 백성들은 더 혹독한 처지로 들어가고 말았다.

청국은 조선에서 세력을 상실하면 동삼성의 울타리가 무너져 만리장성 안, 즉 산해관 남쪽 청국 본토가 하루도 편안하게 쉴 수 없게 된다.

왜국도 조선에서 물러서면 세 개의 섬 속에 틀어박혀 대륙으로 발을 뻗을 여지가 없게 된다. 또 아라사 역시 조선에 진출하지 못하면 동방의 해로로 빠져나와 태평양으로 국세를 확장하기 어렵게 된다.

왜국이나 아라사 또는 미리견국이나 영길리국은 일찍부터 육지보다 해양의 이득에 눈뜨고 있었다. 당시까지 사실상 해양은 문명이 이어지는 가장 첨단에 있었다.

조선 중종 삼십팔 년, 계묘년, 1543년, 팔월 이십오 일.

왜국 규슈의 최남단 가고시마에서도 한참 떨어진 다네가시마의 끝 가도

구라곳에 괴선박 열 척이 바람에 떠밀려 왔다.

커다란 집채처럼 큰 배들은 돛이 여러 개인데 모두 바람에 꺾여 몰골이 흉측했다.

그러나 이 배는 청국인 오봉의 소유였고 오봉은 당시 규슈 연안에 근거지를 둔 왜구 왕직의 다른 이름이었다.

배에서 작은 보트가 내려지고 먼저 사내 다섯이 뭍으로 올라왔다.

이 소식은 도키다카 도주가 있는 니시노오모테에 바로 전해졌다.

사무라이 니시무라가 병사를 거느리고 이들에게 다가갔다.

사내들은 키가 컸고 흰 살결에 머리는 붉은색이었다. 괴상하게 생긴 옷을 입고 처음 보는 가죽신을 신고 있었다. 그중에 청국인으로 보이는 사람이 있었다.

니시무라는 한자로 필담을 시도했다.

"어디서 온 사람들인가?"

"우리는 남만국 장사꾼이다. 장사를 하러 이 낯선 곳으로 왔다."

도키타카 도주는 난파선을 예인하라 지시했다. 니시무라는 열 척의 배를 밤새도록 예인해 아코우기로 끌고 갔다. 배에서 무려 백열 명이나 되는 사람이 내려왔다. 니시무라는 이들에게 인근의 시온지에 거처를 마련해 주었다. 이들이 배를 수리해 다시 떠나려면 상당한 시일이 소요되리라 생각했다.

이들의 남만인의 대표로 한 사내가 도키타카 도주에게 불려 갔다. 그는 손에 이상한 긴 쇠막대기 같은 물건을 들고 있었다.

도키타카가 물었다.

"그것은 무슨 물건인가?"

사내는 물건을 고추 세우고 자랑했다.

"총이오."

도키타카는 가신들을 데리고 이 물건을 시험했다. 말뚝 위에 조개를 올려놓아 표적을 만들었다. 사내는 막대기에 검은 가루와 둥근 구슬을 넣고 방아쇠를 당겼다.

쾅 소리가 나면서 조개는 산산조각이 났다.

도키타카는 그것이 새로운 무기임을 간파했다. 도키타카의 모친은 사쓰마번 번주 시마즈의 딸이었다. 그녀는 도키타카에게 늘 위급한 사태에 참착하도록 교육시켰다.

도키타카는 직접 막대기에 검은 가루와 쇠구슬을 넣고 방아쇠를 당겨보았다. 비록 조개를 맞추지는 못했으나 위력이 대단하다는 것은 충분히 알 수 있었다.

이것이 왜인에게 처음 총이 전달되는 장면이었다.

도주는 총을 사들였다. 지금 돈으로 환산하면 대략 십억 엔에 해당하는 거금을 주고 총 한 정을 샀다. 남만인 사내는 기분이 좋아 자신들을 거두어준 답례로 총 한 정을 더 주었다.

도키타카는 오 개월 전 건너편 뭍 오스미 반도의 네지메 다카시게와 싸워 패배를 당해 자신이 지배하던 섬 야쿠시마를 내주었다. 그는 이 총만 있으면 네지메 다카시게에게 설욕하고 그가 잃은 땅을 다시 찾을 수 있다고 확신했다.

"이 총만 있으면 전투는 해 보나 마나다. 어떤 일이 있더라도 이와 똑같은 물건을 즉각 만들도록 하라."

도주의 명령을 받은 철장 야이타 긴베이는 밤잠을 못 자며 움직여 대충 비슷한 형태를 만들어냈다. 그러나 총열 안쪽의 복잡한 나사홈을 깎을 도리가 없었다. 야이타 긴베이는 고민하다 못해 시온지로 남만인을 찾아갔다.

남만인은 엉뚱한 요구를 했다.

"내가 그 기술을 가르쳐 줄 터이니 그 대가로 당신의 딸 와카사를 나의 아내로 주시오."

야이타 긴베이는 거절하고 돌아갔다.

당시 열여섯이었던 와카사는 이 소식을 듣자 아버지에게 말했다.

"도주의 명을 받은 아버지를 위해 제 몸을 던지겠습니다."

와카사는 자진해 남만인의 첩으로 들어갔다.

결국 남만인으로부터 기술을 전수받은 야이타 긴베이는 무수한 시행착오 끝에 완전한 총을 만들어냈다.

이 총이 수십만 정의 총으로 번지면서 왜국이 동아시아의 역사를 흔들게 될 줄은 당시 아무도 예상하지 못했다.

해양은 이렇게 문명이 이어지는 가장 첨단에 있었다.

주변 나라들이 바다에 눈을 떠 국운을 걸고 날뛰고 있을 때 공도 정책을 추진하던 조선의 위정자들은 세종 때 정벌한 쓰시마조차 농사도 짓지 못하는 불모지로 인식해 내팽겨 쳤고, 숙종 때 바다에서 활동한 안용복을 나라의 허락 없이 국제 문제를 일으켰다고 귀양 보냈다.

89.

고종 19년, 임오년, 1882년.

군란이 한창일 때 민비는 충주 장호원 민응식의 집에 숨어 있었다. 민응식은 대문을 잠그고 두문불출했다. 민긍식과 이용익만 조용히 드나들었다.

민비의 식사 수발은 민응식의 아내가 했다. 이용익은 이삼 일에 한 번씩 도성을 왕래하며 서로의 소식을 전달했다.

칠월 이십오 일.

왕은 국상을 철폐하라고 지시했다. 백성들은 상복으로 입었던 옷을 벗고 평상복으로 갈아입었다.

팔월 일 일.

민비는 창덕궁으로 돌아왔다. 여주와 충주로 민 씨를 따라갔던 사람들은 일약 고위직에 올랐다. 민응식·민병석·민형식·민영기 등 살아남은 척족은 다시 권세가 불꽃 튀듯 했다.

홍선이 행한 달소수 짧은 기간의 행정은 모두 물거품이 되고 운현궁 대문은 다시 작라가 설치되었다. 큰집이 기울어지는데 나무 하나로 버티어 내겠는가? 홍선이 믿고 썼던 이희정·조채하·정현덕 등 십여 인은 모두 처형되었다.

이재면이 훈련대장에서 물러나자 김용권과 박희성은 수하를 데리고 다시 조령으로 들어가 후일을 기다렸다.

민비가 충주 장호원에 피난하고 있을 때, 제천과 청풍 사이에 살던 만향 비구니가 찾아왔다. 그녀는 무당을 겸하고 있었는데 민비가 초조해 안절부절 못하면서 대궐로 들어갈 시기를 묻자 점을 쳤다.

그녀는 목욕재계하고 참선을 한 다음 엽전을 던져서 점을 쳤다.

"과히 염려할 일은 아닙니다. 넉넉히 잡아 팔월이면 입궁하겠습니다."

점쟁이가 거짓말로 먹고사는 세상이라 민비가 반신반의하자 만향은 자신 있게 말했다.

"국모의 사주는 천강성입니다. 그런데 올 팔월에 서변봉황의 운수가 있으니 이는 쥐가 변해 봉황이 되는 운수입니다. 그러므로 곧 환궁하게 됩니다."

민비는 만향에게 금붙이를 주어 보냈다. 그날 이용익이 돌아와 민태호와 민영익이 살아 있다고 알렸다.

또 흥선이 청국으로 잡혀갔다는 소식을 듣자 민비는 어쩌면 곧 환궁할 수 있다는 확신이 들었다.

팔월 일 일.

민비는 궁궐로 돌아갔다. 민비는 만향을 신비하게 여겨 데리고 환궁했다.

"네가 공을 세웠으니 소원을 말해 보아라."

만향은 엎드려 절하며 말했다.

"쇤네는 관운장의 영을 받은 딸입니다. 관운장의 묘를 지어주시면 그곳에서 국모의 만강을 빌며 살겠습니다."

민비는 이 말을 기특하게 여겨 묘를 지어주고 그녀를 진령군에 봉했다. 진령군은 복장을 웅장하게 차리고 시도 때도 없이 왕과 민비를 만났다.

왕과 민비는 그때마다 그녀를 가리키며 웃었고 금은보화를 주었다.

화와 복이 그의 말 한마디에 있다 보니 종종 수령과 번곤*이 그녀의 손에서 나왔다. 관리들은 그녀에게 아첨하느라 서로 그녀와 남매 혹은 양자 관계를 맺자고 청했다.

진령군은 버리떼기였다.

빈곤한 집에서 아이를 낳으면 아기 입에 흰죽 빨병을 물리고 생년월일과 성씨를 적은 쪽지와 함께 포대기에 싸서 밤중에 자손이 귀한 집이나 아이 하나 잘 기를 수 있는 잘사는 집 앞에 버렸다. 이렇게 버려진 아기는 버리떼기라 하여 싫든 좋든 전생의 인연이라 생각하고 거두어 길렀다. 딸일 경우에는 여계로 상속되는 무당이나 씨받이 부인의 집 대문 앞에 버리기도 했다.

산문 앞도 버리떼기 장소였다. 절간 문전에 버리는 것은 부처님의 자비심에 의존하려는 속셈이 있었다. 진령군도 일곱 살 때 노란 금부처가 되어 그 앞에 쌓은 사과랑 곶감이랑 집어 먹고 살면 좀 좋겠느냐는 어머니의 꾐에 넘어가 풍경 소리가 댕강댕강하는 통도사 산문 앞에 버려진 버리떼기였다.

그녀는 통도사에서 대궁밥을 먹고 자랐다.

---

* 감사 수사 병사를 통칭하는 말.

이유인은 김해 사람이다,

그는 궁천 무뢰배인데 무과에 천거되어 한양 장안을 돌아다녔다. 진령군이 권력을 휘두른다는 말을 듣자 그는 입술을 비틀고 웃었다.

"나도 나한이지만 이제까지 모래만 먹고 살았다."

사람을 시켜 이유인이란 사람이 귀신을 부리며 능히 풍우를 일으킨다는 소문을 퍼뜨렸다.

진령군이 소문을 듣고 궁금해 그를 집으로 불러 먼저 귀신을 시험해 보자고 했다.

이유인은 목을 꼿꼿이 세우고 말했다.

"그것은 쉬운 일이지만 자네가 무서워 떨까 저어하니 마음을 단단히 먹고 며칠간 목욕해 몸을 정결하게 하도록 하게."

이유인은 진령군 집에서 나와 영남으로 떠돌아다니는 악소배들을 불러 비밀리에 계략을 짰다. 얼마 후 정한 날 밤, 이유인은 진령군을 북산 가장 깊숙한 곳으로 데려갔다.

송림은 깊어 사위가 칠흑 같았다. 공중을 흘러 다니는 불덩어리가 번쩍거려 사람이 사는 곳과 다르게 보였다. 진령군이 무서워 몸을 움추렸다.

"내가 있으니 너무 두려워 말게."

이유인은 머리동이를 휘둘러 동방 청제장군을 불렀다. 그러자 한 귀신이 엄숙히 팔짱을 끼고 앞에 더뻑 나타났다. 몸 전체가 청남색이고 열 걸음 앞까지 오더니 더 다가오지 않았다.

진령군은 작은 목소리로 말했다.

"이 정도 가지고 떨린다고 할 수 있느냐?"

이유인이 큰소리쳤다.

"좀 더 기다려 보시게."

다시 남방 적제장군을 불렀다. 키가 십 척이나 되는 귀신이 나타났는데 전신이 새빨갛고 머리는 풀어 헤쳤고 돌출된 사각 눈은 홍유리 같았다. 입에서는 대살에 바른 듯 붉은 피를 내뿜는데 비린내가 나고 더러운 냄새가 풍겼다. 야차처럼 무서운 소리를 지르며 양 손가락을 펴고 세우니 날개 돋친 범처럼 사나왔다.

진령군이 잠깐 쳐다보더니 벌벌 떨며 이유인의 발을 밟았다.

"속히 거두어 주시오."

이유인이 휘파람을 길게 불자 남방 적제장군은 흔적도 없이 사라졌다. 그들은 어두운 장소에서 가면을 쓴 악소배가 변장하고 연기한 귀신들이었다.

진령군은 뒤도 보지 않고 도망쳤다.

진령군은 왕과 민비에게 이 사실을 고하고 그의 입시를 청했다. 이유인은 한 해 사이에 양주 목사까지 승진했다.

관운장이 두부 장사를 하는 것이 낫지, 웬 반거충이가 다 날뛰는 세상이었다.

90.

고종 19년, 임오년, 1882년.

임오년 이월.

충청도 천원군 목천에서 다시 『동경대전』 백 부를 간행했다. 목천면 복구정 김용희 접주가 간행비를 마련하고 목천 내리 김은경의 사랑방에서 목활자 판을 만드는 작업과 인쇄, 제본 작업을 했다.

삼월 십 일.

수운 순도 제례에 많은 도인이 참석했다. 청주에서 서인주가 오고 이어 보은에서 황하일이 왔다. 서인주는 서장옥이라고도 불렀다. 그는 삼십여 년간 불교 수양을 쌓았다. 몸집은 작으나 용모가 특이하여 사람들이 이인 혹은 진인이라 불렀다.

도인들의 왕래가 잦아지자 데시근하던 단양 관아가 다시 시형을 지목하기 시작했다.

오월.

호서 공주 접에서 발의하고 영남의 여러 접과 강원도의 여러 접이 힘을 모아 경주판 『동경대전』을 간행했다. 간행은 목천에서 하였으나, 도가 발원한 경주를 드높이기 위해 경주판이라 했고, 그런 만큼 여러 접의 힘을 모았다.

유월에 군란이 일어났다.

세상이 어지러워지자 입도 바람이 불어 충청도 북부 지역인 충주·청풍·괴산·연풍·목천·진천·청주·공주·연기에서 여러 사람이 들어왔다. 나라의 변란과 사회적 분위기가 크게 작용했다.

청주군 송산리 출신 손천민을 비롯해 안교선·김영식·김상호·김은경·안익명·윤상오·이일원·여규덕·유경순·이성모·손병희·박인호·안교선·여규신 등 쟁쟁한 인물들이 연이어 시형을 찾아왔다.

경상도와 강원도 도인들은 종교성을 중히 여겼다. 그러나 새로 입도한 충청도 쪽 도인들은 나라를 걱정하고 현실을 중시해 동학을 통한 사회 변혁을 기대했다.

이에 부응해 시형의 설법도 차차 사회 변혁에 무게를 두기 시작했다.

군란이 일어나자 시형은 단양군 대강면 장정리로 이사했다. 동리 바깥쪽 송두둑에 살다가 갈래를 건너 안쪽 장정리로 갔다.

이달, 고산 접주 박치경이 주선해 시형은 가족을 남겨둔 채 홀로 전라도 익산 금마면 미륵산 동쪽 계곡에 있는 사자암으로 들어갔다. 이곳에서 기도를 시작했다.

박치경은 상주 화서면 봉촌리 앞재에 초가삼간을 마련해 은밀하게 시형의 가족을 옮겼다. 보은에서 동쪽으로 약 육십 리 지점인 작은 산성 터였다.

사자암에서 기도를 마친 시형은 시월에 손병희·박인호·송보여를 대동하고 공주 마곡사 북서쪽에 있는 가섭사로 들어갔다. 이것은 박인호의 권유에 따른 것이다.

공주군 사곡면 구계리 마가번두에서 개울을 건너 북쪽으로 가파르게 난 산길을 따라 오 리쯤 올라가면 암자가 보인다. 산세가 묘하여 산 아래에서는 암자를 볼 수 없다. 암자는 서른 평 정도 크기였다. 산비탈에 담장을 높이 쌓고 백 평이 조금 더 되게 터를 닦아 세워 놓았다.

외지고 조용한 곳이었다. 암자는 정면에 툇마루가 있고 안에 방이 두 개 있었다. 왼쪽 끝에 부엌이 있고 부엌 왼편에 방이 하나 더 있다. 부엌을 거쳐 뒤뜰로 들어가면 암벽 밑에 샘이 있다. 시형은 부엌 안쪽의 방을 썼다.

시형은 이 암자에 도착하자 손병희더러 솥을 걸게 했다. 병희는 진흙을 파다 찬물로 이겨 솥을 걸었다. 분명히 제대로 걸었으나 시형은 다시 걸라 했다.

새로 걸면 또 다시 걸라 하므로 뜯어내고 다시 하기를 몇 번이나 되풀이했다.

손병희는 시형이 자신을 시험한다고 짐작했다. 아무 표정 없이 시키는 대로 여러 번 솥을 다시 걸었다. 드디어 시형은 병희가 사람이 그쯤 되면 쓸 만하다고 칭찬했다.

시형은 이곳에서 스무하루 동안 기도했다.

시월 사 일부터 시작한 기도는 스무하루 만인 이십사 일에 끝났다. 박인호도 계미년 초 여기서 사십구 일 기도를 마친다.

여기서 시형은 육임제를 구상했다.

"앞으로 도인 수가 더 늘어나면 동학은 도소가 필요하게 될 것이네. 각 포에서도 각자 도인을 관리하고 처결해야 한다네. 내가 말하는 육임직이란 도소나 포도소에서 자문하고 협의하는 임직을 뜻하네. 교장, 교수, 도집, 집강, 대정, 중정의 여섯 직책이 필요하네.

교장은 덕망 있는 이로 삼고, 교수는 성심으로 수도하여 가히 전수할 만한 이로 삼고, 도집은 기강을 밝혀야 하므로 위풍이 있는 이로 삼고, 집강은 시비를 밝혀야 하므로 가히 선악을 가릴 줄 아는 이로 삼고, 대정은 공평하고 부지런하여 신임이 두터운 이로 삼으며, 중정은 항상 바른말을 하는 강직한 이로 삼아야 할 것이네."

손병희가 물었다.

"바로 시행이 되겠습니까?"

"육임직은 대도소에서 처음 실행하고 나중에 점차 포 단위의 도소로 확대하면 되네."

손병희와 박인호는 고개를 끄덕였다.

91.

고종 20년, 계미년, 1883년, 팔월 팔 일.

경상감사 조강하가 장계를 올렸다.

'성주목 난민들은 결가가 제대로 되지 않았다고 하여 모여들어서 패거리를 만들고 동헌에 난입해서 관장을 들것으로 끌어냈으며 장차 고을 경계를 넘어가려 하였으니 정말 변란입니다.

조사관을 특별히 정하여 엄하게 구핵하고 해당 목사 이용준은 이미 백성들의 변란을 당하였으므로 그대로 두기는 어려우니 우선 파출하도록 하소서.'

왕이 말했다.

"이 장계를 보니 성주의 민란은 놀랍기 그지없어 말하고 싶지도 않다. 수재로 있는 사람이 돌보아주기를 마땅하게 하고 이치에 맞는 정사를 하여 신임을 얻었다면 어찌 이같이 험악한 사변이 벌어졌겠는가?

그리고 백성들의 습속을 놓고 말할 때 설혹 원망스러운 일이 있다 하더라도 감영과 고을에 호소하였더라면 어찌 계책이 없음을 근심하였겠는가마는 무리를 불러 모아 나라의 기강을 범하는 죄를 감히 지었는가? 조사하고 다스릴 방도에 대하여 묘당에서 품처하도록 하라."

묘당에서 성주 목사 이용준을 파직시키고 거사 백성들을 체포하라 좌포도청에 지시했다. 좌포도청은 포도군관을 동원해 관련된 성주 백성을 대거 체포해 한양으로 압송해 심문에 들어갔다.

이러한 처사를 납득하지 못한 상주 천민 원춘식과 홍복동이 구월 초 무리를 이끌고 한양으로 올라가 한밤중에 좌포도청을 습격했다.

근무하던 입직 부장을 타살하고 옥졸을 감방에 가두었다. 그들은 억울하게 체포된 백성들을 구출하고 갇혀 있던 죄수를 모두 석방했다. 남생이 등이 활에 뚫렸다.

조정은 뒷북치며 원춘식과 홍복동을 잡으려 용을 썼으나 이들은 이미 피신해 종적을 찾을 수 없었다.

조정의 체모가 다시 땅에 떨어졌다.

조선 천지 어디에서나 백성들은 관리를 부모를 죽인 원수 대하듯 증오했다.

이해 여름 시형은 『동경대전』 경주판 발문을 냈다.

'오호라! 선생님께서 덕을 펼칠 당시에 그 성덕이 잘못이 있을까 걱정되어 계해년에 친히 나에게 항상 목판에 새기라는 가르침이 있었는데 뜻은 있었으나 이루지 못했다.

다음 해 갑자년에 불행한 일이 있고 나서 세상이 가라앉고 도가 쇠미해진 지 거의 이십여 년이 되어 간다.

이에 일전에 선생님의 가르침과 분부를 생각해 삼가 도인들과 함께 논의를 꺼내어 자문하고 약조하여 수년간 동협과 목천에서부터 정성을 다해 간행했지만, 경주에서 간행했다는 것을 이름으로 삼는 것은 없었다. 이 또한 우리 도(道)에 있어서는 흠이 되는 것 같았다.

우리 경주는 본래 선생님께서 도를 받은 땅이었고 덕을 편 곳이었으니 경주 판간으로 이름을 삼지 않을 수 없다. 그래서 호서 지방의 공주 접내에서 논의를 꺼내 일을 계획하여 영남과 동협이 함께 힘을 합쳐서 찍어 내어 무극의 경륜을 드러내게 되었다.

삼가 두세 명의 도인과 함께 세상의 혐의를 개의치 않고, 모든 일을 다 제쳐두고 힘을 다해서 일을 이루었다. 이것이 어찌 선생님의 가르침을 사모하며 제자들의 바람을 이룬 것이 아니겠는가!'

계미년 중하 도주 월성 최시형

92.

고종 21년, 갑신년, 1884년.

갑신년 정월.

왕은 농사를 장려하는 윤음을 내리고 중희당에서 타케소에 신이치로 왜국 공사와 진수당 청국 총판조선상무 그리고 푸우트 미리견국 공사를 접견했다.

왕은 불면증에 시달리고 있었다. 정무를 신시가 되어야 보기 시작했다. 그러다 보니 일이 밀려 자정까지 정무를 보는 날이 많았다.

당시 왕은 시위 상궁인 엄 씨에게 빠져 있었다. 엄 상궁은 남산골 선비 엄진삼의 장녀였는데 집안이 매우 가난해 아기나인으로 대궐에 들어와 각심이를 거쳐 시위 상궁으로 있었다. 시위 상궁은 왕의 침전을 돌보고 왕의 명을 내시에게 전하는 직책이었다. 나이는 민비보다 세 살 어렸다.

민비는 질투가 뻗쳐 오뉴월에도 손이 시려 눈에 불을 켜고 엄 씨를 감시했다. 이전에 민비는 완화군을 낳은 이 귀인을 궁궐 밖으로 쫓아냈고 의화군을 낳은 장 상궁도 매질을 해 쫓아냈다.

이 귀인은 감찰 상궁에게 태질을 당해 거의 죽기 직전에 밖으로 나갔다. 장 상궁은 결박해 음부의 살점을 도려내고 쫓아냈다. 민비가 완화군을 독살했다는 소문은 아직도 궁내에서 가라앉지 않고 있었다.

열네 살 된 세자 척은 음위에 시달렸다. 궁녀들은 민비가 완화군을 독살

한 벌을 받았다고 뒤에서 고소해했다.

　민비는 엄 상궁을 서온돌로 불러 진령군에게 관상을 보게 했다. 진령군은 이번에는 일목거사 박유붕과 한양에서 관상으로 어깨를 나란히 하고 있었다. 재능이 많은 건지 사기성이 많은 건지 구분하기 어려운 여인이었다.

　진령군은 엄 상궁이 귀인의 상이며 안중에 도화가 몽롱해 색기가 흘러 나중에 큰 화근이 될 것이라 했다.

　민비는 민영익의 집사 최상익에게 명해 대궐 근처에 집 한 채를 구해 엄 상궁을 가두었다. 민영익의 겸인 고영근이 번을 서 지켰다.

93.

고종 21년, 갑신년, 1884년.

왜국이 조선에서 누차 진퇴를 거듭한 저간에는 청이 왜를 눌러 여러 가지로 방해한 연유가 있기 때문이었다. 왜국은 기회를 엿보아 어떤 방법을 쓰더라도 청국을 배제하려 했다.

김옥균·박영효·홍영식·서광범 같은 젊은이들은 왜와 친했고, 민태호·조영하·윤태준·김윤식·어윤중 같은 노장들은 뙤와 친했다. 이들은 서로를 뙤당이니 왜당이니 부르며 폄하했다. 뙤당은 민비를 업었고 왜당 뒤에는 왕이 있었다.

당시 아라사 공관 서기 웨베르의 처는 발에 불이 나도록 궁중을 출입해 민 씨와 친분을 쌓았다. 조정은 김학우를 블라디보스크에 파견해 아라사와의 우의를 증진했다. 한규직과 이조연·조정희는 아라사에 붙었다.

작년 계미년 십일월.

왜국 공사 타케조에가 본국으로 들어가자 김옥균은 차관 도입을 핑계로 왜국에 건너가 청을 배제할 계책을 은밀하게 개진했다. 왜국은 임오군란 때 청산되지 않았던 배상금 사십만 원을 돌려주겠다고 이미 김옥균에게 미끼를 띄운 바 있었다.

김옥균은 학고 이십여 명을 인솔하고 귀국했다. 김옥균은 후쿠자와가 소개해준 고토쇼지로와 이타카키 다이스케의 후원을 받고 있었다. 이들은 모두 정한파 사이고 다카모리의 사람들이었다.

사이고 다카모리는 명치유신의 정신적 지주이고 대정봉환운동을 주장한 요시다 쇼인을 잇는 자였다. 요시다 쇼인이 죽자 사이고 다카모리·이토 히로부미·야마가다 이리모도·오꾸보와 기도고인 등이 그를 계승해 명치유신을 완성했다.

사이고 다카모리는 이전에 조선이 왜의 서계를 계속 거부하자 군부를 충동하여 정한론을 주장했었다. 이 주장이 각의에서 의결되자 태정대신 이와쿠라 도모미는 해외에 있다가 급히 귀국해 보류시켰다.

이에 사이고 다카모리는 고향 가고시마에 낙향해 사병을 양성하여 서남전쟁을 일으켰다. 그러나 정부군에게 패배하여 시로야마에서 오십 세의 나이로 자결했다. 그의 정신은 후쿠자와 유키치에게 계승되었다.

그 후쿠자와 유키치가 지금 김옥균을 돕고 있었다. 무언가 아귀가 맞지 않는 동침이 시작되었다.

마건충은 일이 있어 잠시 청으로 돌아갔다.

갑신년 구월.

다케조에가 다시 조선에 왔다. 이때 청국과 불량국 사이에 전쟁이 일어났다. 청국과 불량국은 당시 안남 문제로 대립했다. 불량국이 안남의 남쪽 월남을 보호령으로 만들자 안남과 국경을 접하고 있는 청국은 위기를 느끼고 자주 충돌해 왔다.

갑신년 유월 이십삼 일.

불량국과 청국 수비대가 하노이 북쪽 관음교에서 충돌했다. 두 나라는 일진일퇴를 거듭했다. 이에 조선에 주둔하던 청군 삼천 명 중 절반이 그쪽으로 옮겨 갔다.

다케조에가 김옥균에게 청국이 이제 조선을 돌아볼 틈이 없게 되었으니 이 기회에 청 세력을 제거하자고 제의했다. 조선이 청의 지배를 벗어나 독립할 기회는 바로 지금이니 기회를 놓치지 말자고 꾀었다.

타케조에는 김옥균이 왜국에 머물며 삼백만 원 차관을 얻으려 바쁠 때 이노우에 가쓰오 외무대신에게 전문을 보내 김옥균이 경박한 인물이라 비방했던 자였다. 이를 아는 김옥균은 타케조에의 말은 믿지 않았다.

김옥균은 왜국 공사관으로 시마무라를 찾아갔다. 그는 시마무라 서기관과는 사이가 좋았다. 왜국은 금릉위 박영효의 정현방 집을 구입해 공사관으로 쓰고 있었다.

시마무라는 전적으로 김옥균을 돕겠다고 약속했다. 이후로 이들은 인천에 자리 잡은 요정 미야케나 마포 나루 숯막에 자주 모여 은밀하게 정변을 모의했다.

구월 십일 일.

타케조에는 인천에 도착해 다음 날 한양으로 들어왔다. 타케조에는 김옥균을 만나 왜군의 도움을 받아 청국을 방어하고 자객을 양성해 친청파를 제거하자고 했다. 만약 거사가 일어난다면 왜국 정부도 군함을 보내 후원하겠다는 보장을 받았다고 설득했다.

다른 한쪽에서 후쿠자와 유키치는 이노우에 가쿠고로오를 김옥균에게 보냈다. 이노우에는 뛰어난 무사였다. 이노우에는 이전에 한성순보를 만들 때 기술고문으로 들어와 편집에 관여했었다.

이노우에는 오카모토 유우노스케를 가담시켰다. 오카모토는 천우협 소속으로 전력이 수상한 낭인이었다. 그는 시마무라와 함께 조직과 무장 그리고 거사 일정을 면밀하게 검토했다.

거사는 시월 십칠 일로 정해지고 거사 자금은 모두 왜 측이 대기로 했다. 타케조에는 인천과 부산 그리고 원산과 한양의 왜국 상인들에게 돈을 거두어 거사 자금을 마련했다.

최시형이 가섭사에서 기도 중이던 갑신년 시월 십칠 일 술시.

우정국 개국 축하연회가 열렸다. 연회는 우정국 총판 홍영식이 주관했다. 홍영식은 영상을 지낸 홍순목의 아들이었다.

청당 거두인 우영사 민영익을 비롯해 좌영사 이조연, 예조판서 겸 외무독판 김홍집, 전영사 한규직, 승지 민병석과 개화파의 김옥균 박영효 서광범 윤치호 그리고 독일인 외교 고문 목인덕, 미리견국 공사 푸트, 서기관 스거딜, 영길리국 총영사 애시턴, 청국 총판조선상무 진수당, 서기관 담갱요, 해관통관 목인덕, 왜국 공사관 서기관 시마무라 등 모두 열여덟 명이 참석했다.

왜국 공사와 독일 영사가 병을 핑계로 가지 않았다. 후영사 윤태준도 궁중 숙직이라 불참했다.

술시에 연회가 시작되었다.

홍영식이 일어나 인사말을 했다. 인사말이 끝나자 박영효가 건배를 제안했다. 모두 일어나 우정국의 앞날을 축원했다.

홍영식은 미리 왕궁 문 앞과 경우궁 안에 사관생도를 매복시켰다. 우정국 앞 개천에도 자객을 숨겨 놓았다. 이들은 서로 방화로 신호하기로 했다. 김옥균이 자주 연회 자리와 밖을 오가면서 은밀하게 지휘했다.

이경이 되자 연회가 무르익었다.

갑자기 문밖에서 불이야 하는 소리가 들렸다. 달이 밝아 환한데다 불길까지 겹쳐 주위는 대낮 같았다. 별궁 방화에 실패한 박제형과 이인동의 별동대가 대신 우정국 주변 민가에 불을 지른 것이다.

이 불은 거사를 시작하는 신호였다.

민영익이 상황을 파악하기 위해 먼저 자리에서 일어나 문밖으로 나왔다. 그는 민비의 친정 사손이자 세자빈의 오라버니였다.

개천에 숨어 있던 이노우에 가꾸고로오가 튀어나왔다. 그는 일본인이라는 신분을 감추려 조선옷을 입고 있었다. 일본도를 높이 들어 민영익을 비스듬히 베었다. 칼날은 민영익의 한쪽 귀를 자르고 어깨에 깊숙하게 박혔다. 민영익은 죽지 않고 피를 흘리며 연회장으로 기어들어가 혼절했다.

사람들이 모두 놀라 비명을 질렀다. 목인덕이 재빨리 민영익을 끼고 달아났다. 애당초 김옥균은 연회 자리에서 친청파를 모두 죽이려 계획했었으나 기껏 민영익만 해치고 말았다. 연회는 아수라장이 되고 모였던 사람들은 뿔뿔이 흩어졌다.

김옥균과 박영효·서광범은 작전대로 창덕궁 왕의 침전으로 급히 달려갔다. 금호문을 지나 금천교를 건넜다. 숙장문 안으로 들어가 함양문으로 가자 파수를 보던 무감이 가로막았다. 그를 밀치고 나가자 합문 앞에서 윤경완이 군사 오십 명과 기다리고 있었다.

김옥균은 그들을 모두 데리고 침전으로 달려갔다. 대조전 월대로 올라가 숙직하는 내시를 불렀다. 미리 내통했던 궁녀 고대수가 문을 열어주었다. 고대수는 여자이지만 힘이 천하장사였다. 온몸을 밧줄로 칭칭 묶고도 한번 끙, 하고 기운을 쓰면 밧줄이 국수 가락처럼 끊어졌다.

박영효가 중희당에 들어가 기침을 하고 나서 말했다.

"청 군사가 난을 일으켜 불빛이 성안에 가득합니다. 그들이 대신들을 모두 죽이고 있습니다. 급히 왜국 공관으로 자리를 옮겨 성체를 피신시켜야 합니다."

왕이 놀라 움직이려고 했으나 민비가 말렸다.

"자세히 알지 못하고 서둘러 가시는 것은 옳지 못합니다."

박영효가 다시 말했다.

"그러시면 경우궁으로 행차하시는 것이 좋겠습니다."

내시 유재현이 어선을 바치려 하자 김옥균이 밥상을 발로 차면서 욕을 했다.

"지금이 어느 시국이라고 한가하게 수라를 올리느냐?"

상황을 대강 짐작한 유재현이 꾸짖었다.

"너희 무리는 모두가 교목 귀경들이 아니냐? 어찌 부족한 것을 걱정해 천고에 있지 않았던 미치광이 반역을 일으키느냐?"

김옥균이 화가 나 칼로 후려치니 재현은 층계 밑으로 떨어져 죽었다.

김옥균이 침전에서 옥새와 옥로를 들춰내어 박영효에게 주었다.

"편한 대로 왕 노릇을 하시오."

이를 본 왕은 벌벌 떨며 겨우 침전을 나왔다. 다리가 풀려 거의 기어 다녔다. 할 수 없이 민영교가 왕을 업었다. 대왕대비 조 씨와 명헌왕후가 옥교를 타고 따라왔다. 민비와 세자 내외는 걸어서 따라나섰다.

김옥균이 이제는 왕이 필요없다고 판단해 왕을 죽이려고 칼을 쳐들자

심상훈이 말렸다.

"대가들이 무능해 공들을 편안하게 해 주었는데 무엇을 꺼리고 무엇을 탄핵하여 천하의 악명을 범하려는가?"

이에 김옥균은 칼을 내렸다.

영숙문에 이르러 갑자기 총성이 일어나자 김옥균은 청 병사가 몰려오고 있으니 서둘러야 한다며 왕을 채근했다.

때맞춰 궁궐 곳곳에서 화약이 터졌다. 이것은 김옥균이 미리 이곳에 군사를 매복시켜 놓았다가 왕이 이르면 소리를 내게 한 까닭이다. 폭발이 이어 터지자 왕은 옥균의 말을 믿었다.

김옥균은 품에서 연필과 종이를 꺼내 '日本公使來護朕'(왜국 공사는 속히 와 짐을 보호하라.)이라 쓰고 인신도 없이 왜국 공관에 보냈다. 곧 왜국 공사 다케조에 신이치로가 왜군 이백 명을 이끌고 경우궁을 포위했다.

왕이 경우궁에 도착하자 왜국 병사가 이미 행랑채에 가득했다. 왜국 역관 아사야마가 왕을 맞이하고 공사 다케조에도 따라 들어왔다. 왕은 정전에 거처하고 왜국 공사와 개화파는 청사에 거처했다. 무라카미 중대장이 왜국 병사들과 경우궁 밖을 경비하고 전영 소대장 윤경완은 당직 병사들을 지휘해 전정 안팎을 에워쌌다. 잠시 후 사관생도 열두 명이 들어가 왕을 에워쌌다.

김옥균은 왕에게 침소에 들라고 주청했다. 서둘러 군불을 때 정전 바닥은 미지근했다. 방안에 청솔 타는 연기가 매캐했다.

십팔 일 새벽.

좌영사 이조연, 후영사 윤태준, 전영사 한규직이 모의해 비밀리에 청 병영에 이 사실을 알렸다. 김옥균은 그들을 수상하게 여겨 이규완과 윤경순을 시켜 후당으로 끌고 가 모두 죽였다.

날이 밝자 김옥균은 교지를 속여 왕이 지사 조영하, 해방총관 민영목과 보국 좌찬성 민태호를 찾는다고 불렀다. 조영하가 민태호를 말렸다.

"사변이 측량하기 어렵습니다. 지금 모든 병영의 군사를 일으켜 원세개 군대와 함께 들어가는 것이 안전할 것 같소이다."

민태호는 그 말을 무시하고 서둘렀다.

"임금의 친필조서인 수조를 급히 알려야 되는데 상감이 포위되어 있어 수조를 알릴 수가 없소. 그러기에 내가 들어가지 않을 수 없습니다. 내가 먼저 들어갈 테니 공은 뒤처리를 잘하고 들어오시오."

민태호는 궁궐에 들어간 즉시 생도 황용택이 휘두른 칼에 맞아 죽었다.

뒤이어 민영목, 조영하, 좌영사 이조연, 우영사 윤태준, 정영사 한규직이 궁에 들어갔다. 입구에서 기다리고 있던 서재필은 생도 황용택·윤경순·이규완·고영석을 시켜 이들을 차례차례 칼로 베어 죽였다.

무예를 익혔던 조영하는 칼을 맞자 바로 죽지 않고 소리를 질렀다.

"조선의 법에 누가 문신은 칼을 허리에 차지 말라고 했단 말인가? 내 수중에 칼이 없어 너희 무리를 만 동강으로 베지 못하는 것이 한이로다."

생도 여럿이 한꺼번에 칼로 찌르니 조영하는 불귀의 객이 되고 말았다.

왕은 대신들이 칼에 맞아 죽어 자빠지는 광경을 바라보자 두려워 눈물을 뚝뚝 흘리며 울었다. 일병 수십 명이 왕을 좌우에서 압박해 왕은 굴신조차 자유롭지 못했다. 어찬 역시 때를 맞추지 못했다.

오전 열 시.

계동궁 이재원의 집으로 어가를 옮기고 파수를 더욱 엄하게 했다. 보국숭록대부 이재원은 왕의 사촌형으로 완림군에 봉해 있었다. 흥선의 맏형인 흥령군 이창응의 아들이었다.

궁문을 출입하는 자가 뚝 그치자 정변을 일으킨 시중들도 왜국 장관의 신표를 휴대해야 궁에 출입할 수 있었다.

김옥균은 중사와 변수를 불러 각국 공사관에 정변이 났음을 통보하라 했다.

미리견국 공사관 해군 무관 버나도가 윤치호와 같이 왔다. 김옥균은 미리견국의 협조를 요청했다. 한 시간 후 푸트 미리견국 공사가 거사를 인정하겠다고 회보를 보냈다.

부상한 민영익은 목건덕이 업고 미리견국 공사관으로 가 공사관 직원 알렌이 급하게 수술해 겨우 목숨을 살렸다. 알렌은 나중에 조선 최초의 병원 광혜원을 설립한다.

김옥균은 왕을 위협해 새 정부를 조직해 조보에 실었다.

좌의정에 이재원, 우의정에 홍영식, 병조판서에 이재완, 이조판서 심순택, 호조판서 김옥균, 예조판서 윤흥연, 형조판서에 이윤응, 공조판서에 홍종헌, 외아문독판에 김홍집, 외아문협판에 김윤식, 전후양영사겸 좌우포장 한성판윤에 박영효, 좌우양영사 겸 협판교섭사무에 서광범, 전영 정령관에 서재필을 임명했다.

왜국 유학생도를 한 부대로 조직했다.

김옥균은 군사권과 재정권을 모두 장악했다. 그러나 임명된 자가 대궐로 들어오지 않아 억지로 끌고 올 수 없었고, 청국 병이 하도감에서 동정을 탐문하고 있었다.

박영효는 어가를 강화로 옮겨 다시 거사를 도모하자 했으나 다케조에 공사는 도섭스럽게 찬성하지 않았다. 김옥균도 그럴 것까지는 없다고 판단했다.

해질녘 왕이 다시 창덕궁으로 돌아와 관물헌에 거처했다.

다음날 시월 십팔 일.

김옥균은 개혁 정강을 발표했다. 주요 내용은 청국과의 관계 단절, 문벌과 양반제도 폐지, 지조법 개정과 재정 기관 일원화, 보부상 단체인 혜상공국 폐지 등이었다.

창덕궁으로 돌아온 왕은 십팔 일 오후 세 시, 혁신 정치를 천명하는 신정령 십사 조를 반포했다. 영의정에 이재원, 좌의정에 홍영식을 비롯하여 박영효·서광범·이재면을 요직에 배치한 새 내각을 출범시켰다. 김옥균은 전, 후 영군과 왜군 일 개 중대 병력으로 왕궁을 방어했다.

시월 십구 일.

하도감에 진을 치고 있던 전권위원 원세개와 통령 오조유가 궁궐로 사람을 보내 상황을 물었다. 원세개는 대궐 안에서 변이 생겼다는 급보를 이미 받았지만 당장은 어찌할 바를 몰랐다.

조선군 반란이라면 바로 진압할 수 있으나 왜군이 가담했다는 첩보가 들어와 망설이고 있었다.

왜군과 싸우면 바로 청·왜 두 나라의 전쟁으로 확대되기 때문이었다. 정확한 정세를 알 수 없어 그들은 갑옷을 걸치고 대기하고 있었다.

원세개는 청병을 보내 김윤식·김홍집·남정철을 불렀다. 그들은 하도감으로 가지는 않고 정변이 일어났다고만 말했다. 정확한 사태를 확인하지 못한 청병은 신시가 되어도 하도감으로 보고하러 갈 수 없었다.

그러던 중 전 승지 이봉구가 보루를 치고 통곡하며 하도감으로 가 원세개에게 급히 구원해 달라고 호소했다. 원세개는 소매를 치며 이천 명의 군사를 몰아 궁궐 문에 이르렀다.

청·왜 양국 군대는 창덕궁에서 충돌했다.

청군 육백 명이 선인문과 돈화문으로 쳐들어갔다. 조선 좌우영 군사들은 원세개가 이끄는 청군을 따라 들어갔다

청군이 쏜 포탄이 천지를 진동시켰다. 왜병은 문루에 숨어 있다가 발포해 서로 사상자가 나왔다. 이어 왜군은 송혈담을 의지하고 전투를 벌였다. 탄환이 비가 퍼붓는 듯했다.

원세개는 변발을 동여맨 뒤 목을 싸매고 뛰어올라 수문 병졸을 죽이고 칼춤을 추며 충돌했는데 살이 붙은 돼지가 발광하는 듯했다. 탄환이 어지럽게 땅에 떨어졌다.

병력 규모로 왜군이 청군을 대항하기가 어려웠다.

밤이 되어 어두워지자 왜군은 나무 뒤에 숨어서 총을 발사했다. 청군은 일단 퇴각했다.

김옥균은 왕과 후원 연경당으로 피신했다. 이에 왕은 민비와 헤어졌다. 왕은 길을 돌아 옥류천 뒤 북장문으로 피했다. 무예 위사와 별초군이 왕을 호위하고 빠져나오려 했으나 김옥균이 가로막았다.

잠시 퇴각했던 청병은 다시 왜국 공사관을 습격해 서른아홉 명을 죽이

고 부녀자를 욕보였다. 공사관은 완전히 파괴되었다. 도성 안의 백성들은 왜인을 만나면 때려죽이거나 병신으로 만들었다.

이미 대세가 청으로 기울어졌을 때, 왕은 창덕궁에는 군인과 무기가 꽉 차 있으니 잠시 북묘에 행차하겠다고 말했다. 홍영식과 박영효의 형 박영교는 아직 정변의 기세가 판가름 나지 않았다고 잘못 판단하고 왕을 따라 북묘로 도두밟아 갔다.

생도 일곱 명도 따라갔다. 북묘에 들어가자 홍영식은 어탑에 둘러서서 어찰을 내리라고 강청했다. 왕은 아직도 두려움이 진정되지 않고 있었다. 잠시 일어서려고 해도 두 사람은 끌어 앉히며 말했다.

"전하께서는 여기서 한 발자국도 떠날 수 없습니다."

이때 많은 군인이 계단 밑에 모여 있었는데 이 모양을 보고 동요했다. 무예청에서 먼저 역적을 죽이라고 소리치자 군인들은 번개같이 달려들어 홍영식과 박영교를 칼로 난도질했다. 홍영식의 도홍띠가 잘려 허공에 날렸다. 군인들은 만세를 외쳤다. 무예청 및 위사 별초군이 들어와 왕을 호위했다

왕은 그 길로 선인문 밖에 있는 청나라 통령 오조유의 영방으로 갔다. 각 전과 각궁도 노원으로 옮겼다. 어가가 떠나자 별초군이 홍영식과 왜학 생도 신복모 외 일곱 명을 칼로 베어 죽였다.

수레가 선인문 밖 오조유의 군영에 이르자 길가의 백성들은 장작불을 붙여 왕의 행차를 밝혔다. 청제독군문 원세개가 병사를 보내 왕을 영접했다.

왜국 공사 다케조에는 병사를 거느리고 거류민을 보호하여 인천으로 도주했다.

다케조에는 서대문을 빠져 마포로 나가면서 길에서 총을 발사해 백성들이 여럿 죽었다. 해 질 무렵 겨우 마포 나루에 이르렀다. 조선인 배를 빼앗아 한강을 건넜다. 그리고 인천을 향해 걸었다.

눈발이 날리는 길을 밤새도록 걸어 진시에 인천 왜국 영사관에 도착했다. 백성들은 교동 왜국 공관을 불태웠고 육군 대위 이소린을 죽였다.

김옥균·박영효·서광범·서재필과 생도 십여 인은 머리를 깎고 양복 차림을 하고 영사관에서 나무 궤짝 속에 몸을 숨겼다가 이십사 일 인천항으로 가 인천 왜국 영사 고바야시의 주선으로 제일은행 지점장 키노시타의 집에 숨었다.

민비는 선전관 이필주에게 내금위 무사를 주어 이들을 잡아 오게 했다. 외무독판 조병호와 협판 목건덕이 타케조에에서 이들의 신병 인도를 요구했다.

왜국 우편선 천세환 호는 타케조에에게 보내는 왜국 정부의 훈령을 가지고 시월 십구 일 인천에 도착했다. 왜국 외무성은 이번에는 태도가 돌변해 조선의 개화파를 선동해 내란을 일으키는 것은 청국과 마찰 우려가 있으므로 불허한다는 내용을 보냈다.

그러나 일은 이미 벌어지고 말았다. 인천 영사 코바야시가 키노시타의 집으로 와 김옥균 일행에게 왜국 옷을 입혀 천세환 호로 데리고 갔다. 목건덕이 천세환 호에 올라 이들의 신병을 요구했다. 타케조에는 망설이며 결단을 내리지 못하다 결국 김옥균에게 하선하라고 요구했다. 절망한 김옥균은 자결할 준비를 했다.

이때 천세환 호 선장 쓰지가 자결을 만류했다. 그리고 김옥균 일행을 배 밑창에 숨겨 주었다.

시월 이십 일.

왕은 하도감의 원세개 군영으로 자리를 옮겼다. 돌바리에 담은 밥을 허겁지겁 먹었다. 드디어 조정은 정변을 일으킨 무리를 체포하라 했다. 가담했던 생도 이창규·서재창·오창모 등 열한 명을 먼저 죽였다.

시월 이십일 일,

왕은 심순택 등의 새 내각을 조직해 정변 중 모든 개혁을 도르었다. 그리고 김옥균을 비롯한 개화파에 대한 체포령을 내렸다.

시월 이십삼 일,

왕이 청군 병막에서 환궁했다. 원세개는 부하를 이끌고 함께 들어와 궁궐 수비를 맡았다. 다음날 병사를 보내 민 씨와 왕세자를 동교로 맞이했다.

지난 십칠 일부터 십구 일까지 내린 왕의 조서와 정사 계사 초기를 환수하여 시행하지 못하도록 명을 내리고 총리군국아문을 없애고 의정부에 합쳤다.

시월 이십사 일.

천세환 호는 왜국으로 떠났다. 김옥균은 마음을 도스르며 후일을 기약했다. 처음 이들이 다케조에와 모의할 때 왜국 정부는 군함을 보내기로 약속했으나 기일을 어기고 오지도 않았다. 이토 히로부미와 이노우에 가오

루는 내각이 반대하자 파병을 포기하고 말았다.

청국과 불량국의 전쟁은 청국에 그다지 타격을 주지 못했다. 내각에서는 타케조에보다 원산 총영사 마에다를 밀었다. 갑신정변의 실패는 김옥균이 아니라 왜국 정부의 배신 때문이었다.

십일월 초하루,

정변을 일으킨 자들과 그 가족들의 관직을 박탈했다.

전 영의정 홍순목은 열 살 먹은 손주와 같이 독을 먹고 죽었다. 홍영식의 처 한 씨도 약을 먹고 자살했다. 박영교의 부친 박원양도 손주와 같이 약을 먹었다.

김옥균의 동생 김각균은 경상도 칠곡으로 도망쳤다가 암행어사 조병로에게 체포되어 대구 감영에서 죽었다. 아버지 김병태는 천안 감방에 십 년이나 갇혀 있다가 소경이 되었다. 부인 유 씨와 딸은 도망처 십 년 동안 유리걸식했다.

서광범의 부친 서상익은 칠 년 감옥을 살면서 날마다 돼지 먹이인 겨를 먹다 죽었다.

서재필의 아버지 서광언과 어머니 이 씨 그리고 부인 김 씨는 독을 먹고 죽었다. 그의 두 살 난 아들은 굶어 죽었다.

개화 세력은 왜국을 끌어들였고 수구 세력은 청국을 끌어들였다. 나라 안은 외세의 갈등으로 동냥아치 쪽박이 깨진 꼴이 되었다.

갑신정변 사후 수습을 위한 교섭이 진행되었다. 십일월 이십사 일부터 시작한 교섭은 청군의 권유에 따라 삼 일 만인 십일월 이십칠 일 한성조약을 체결하고 마무리되었다.

조정은 왜국이 직접 관여해 일어난 정변이므로 왜에 책임을 추궁해야 할 처지였으나 도리어 배상금을 지급하는 굴욕을 당했다. 청국의 간섭을 뿌리칠 힘이 없었고 왜국과 맞설 수 있는 국력도 없었다.

왜국은 갑신정변의 실패로 청국에 조선 문제의 주도권을 빼앗겼다 판단했다. 청국의 전단을 저지하기 위해 다른 외교적 노림수를 찾았다. 그들은 월남에서 일어난 청국과 불랑국 전쟁의 약점을 최대한 이용하기로 했다.

갑신정변을 통해 청과 왜국은 천진조약을 체결했다.

사 개월 이내 청·왜 양군의 철수 및 장래 사건이 있어 출병할 때는 반드시 피차 통고할 것을 약정했다.

이것이 이후 동학혁명이 일어났을 때 왜국이 출병할 근거가 되었고, 역시 청·왜 전쟁이 일어난 단서가 되었다.

94.

고종 22년, 을유년, 1885년, 초.

을유년 정월.

왜국은 조선에서 청·왜 양군이 철수하자고 청국에 제안했다. 왜국은 이토 히로부미를 전권대사로 임명해 청국의 이홍장과 협의하게 했다. 청국은 당장 왜국과 겨룰 처지는 아니라 판단해 이에 응했다.

정월 십칠 일.

왕은 경복궁으로 환어했다. 뒤이어 광화문 안에서 대왕대비와 왕대비가 환어할 때, 왕세자도 따라 나와 예를 행했다. 중궁전과 세자비도 환어했다.

모두가 부끄러워 체신이 예전 같지 않았다.

이월 이십 일.

미시에 왕이 만경전에 나갔다. 흠차대신 서상우, 부대신 묄렌도르프, 종사관 박대양이 입시할 때 좌부승지 서상조, 가주서 박주현, 기사관 이희룡·박두표 등이 차례로 나아가 부복했다.

왕이 말했다.

"사관은 좌우로 나누어 앉으라. 그리고 흠차대신은 앞으로 나오라."

서상우가 앞으로 나갔다.

임금이 말했다.

"날씨가 사나웠는데 무사히 다녀왔는가?"

"염려해 주신 덕분에 무사히 다녀왔습니다. 신은 배에서 내리자 성상의 체후가 편찮으셨다고 들었는데 빨리 회복되셨으니 제 마음에 경사스럽고 다행스럽기 그지없습니다."

"지금은 조금 편안한데 아직 완전히 낫지는 않았다. 경들은 이번 행차에 수고가 많았다."

"어찌 감히 수고로웠다고 말할 수 있겠습니까? 실로 상께서 염려해 주신 덕분입니다."

"그쪽에 가서 보니 사 적이 과연 있던가?"

"사 적이 복택유길의 집에 있다고 합니다."

"왜왕은 몇 차례나 만나보았는가?"

"두 번 만나보았습니다.

"그 위의는 또한 볼 만한 점이 있던가?"

"그의 의복과 모자는 전적으로 양복을 입었고 시위하는 자는 외무경과 식부의 우두머리 등 모두 오류 인이었으며 전어관인 천산현장이 그의 곁에 있었습니다."

"죽첨진일랑과 천산현장은 모두 공사의 직임이 체직되지 않았던가?"

"그 나라에 들어가서는 각국의 공사들을 방문했습니다. 비록 말이 통하지는 않았으나 목건덕이 이따금 의사를 주고받은 것을 보고 얼굴 표정으로 알았습니다. 그리고 장황하게 설명을 하면 각국의 공사들이 매번 고개를 끄덕이며 믿는 듯한 기색을 나타냈습니다."

미리견국 공사는 말이 장황하여 마음에 맞지 않는 점이 있자 벌떡 일어나서 나가며 신에게 함께 가자고 하였습니다. 아라사 공사는 매우 친절하였습니다."

"이번에 목건덕이 과연 큰 공을 세웠구나."

"나라를 위해 애씀에 얼굴이 빛났으므로 왜인 중에는 좋아하지 않는 기색이 있었으나 청국 공사는 그의 공평함을 허여하였습니다."

"사실을 기록해 온 것이 있는가?"

"신이 맡은 직책이 절사의 서장관과는 본래 달라 감히 달리 제본을 만들지 않았습니다."

"신호에도 각국 공사가 모여 있던가?"

"듣지 못하였습니다. 애스턴은 그곳에 있습니다."

"애스턴을 보았는가?"

"듣자니 그가 병이 있다 하기에 감히 가서 보지 못하였습니다."

"불량국의 일은 어떠한가?"

"청국과 불량국 간에 싸움이 생겨서 아직 화해할지는 모르겠습니다."

"왜국에서 사신을 파견하여 한번 담판을 한다던데 과연 그런 사실이 있는가?"

"저 나라의 민권당은 도류가 번다하여서 관권당으로서는 압제하기가 쉽지 않기 때문에 이러한 일이 생긴 것입니다. 먼저 허실을 엿보아 한번 담판한다고 합니다."

"불량국 군대는 언제 온다고 하던가?""삼사 월 사이에 천진에 온다고 합니다. 흑전이 병선을 홍콩에서 살 것인데 돌아오는 길에 여순구를 지나 산해관 동쪽 지방을 둘러본다고 하는 것도 역시 정탐한 데서 나왔습니다."

"각국의 공사가 머물러 있는 것은 몇 나라나 되던가?"

"영길리국, 불량국, 미리견국, 아라사, 이태리, 오스트리아, 화란, 스페인 등의 공사가 있습니다."

"공사는 이등이던가?"

"청국, 불량국, 아라사는 이등이고 그 밖의 공사는 모두 삼등입니다."

"아라사는 언제 나온다고 하던가?"

"미처 알아보지 못하였습니다만 이태리 공사에게 들으니 삼월 말쯤 약조 때문에 나올 것 같다고 하는데 불량국이 약조한다면 청국과 싸우든 화해하든 결말을 낸 뒤에 나온다고 합니다."

"불량국과 청국은 계속 서로 싸울 기세이던가? 화해할 기세이던가?"

"각국이 모두 화해시키는 데 마음을 쓰고 있었습니다만 오직 왜국만 싸울 것이라고 했습니다. 신이 왜국에 있을 때 외무 대보 길전청성이 외무성에서 주연을 베풀고서 신에게 말하기를 이 모임은 귀국의 우정국의 모임과는 다르니 조금도 겁내지 말라고 하기에 신이 귀국이 어찌 우정국에 잔치를 열었던 뜻이 있겠는가, 만약 있다 해도 내가 어찌 겁을 먹겠는가 하였더니 그는 잠자코 말이 없었습니다.

잔치가 끝난 뒤 또 귀국의 시월 변란은 개화하려 하지 않았기 때문에 나온 것이라 하기에 신이 신하 된 자들이 개화를 강구하여 부강하게 하기를 도모하는 것은 그만둘 수 없는 일인데 어찌 구라파의 여러 나라를 본받은 뒤에야 비로소 마음에 흡족하겠는가.

요순우탕의 성스러움으로 자리에서 내려오지 않고도 천하가 다스려진 것은 모두 신하들이 애를 썼기 때문이라 하였더니 그는 고개를 숙이고 아무 말이 없었습니다."

"저 나라의 인심은 어떠하던가?"

"인심은 잗달고 약아빠졌습니다."

"유학생 무리는 전부 데리고 왔는가?"

"여러모로 효유했으나 의심하고 돌아오지 않았습니다. 오직 유성준과 엄주홍 두 사람만 자원하여 돌아왔고 지운영은 신호에 있었는데 역시 뒤따라 왔습니다.

김옥균이 쓴 복택유길의 돈이 십만여 원이고 임오년이 차관 가운데 사용으로 쓴 것이 이만여 원이고 생도의 식비 가운데 추가한 것이 팔천 원이라 하기에 신이 김옥균의 무리가 사사로이 쓴 것을 정부에서 변상할 수 없다고 엄중히 물리쳤습니다."

"저들이 돈을 받고자 한다면 어찌하여 김옥균을 잡아 보내지 않는 것인가?"

"국권을 훼손시키는 일이라고 하며 한마디로 거절하였습니다. 신문을 보니 김옥균과 박영효의 전기를 출판한다고 합니다. 두 역적이 나라에 크게 공을 세웠는데 임오년의 변란부터 임기응변한 것은 모두 그들의 공이라는 것입니다."

"십삼만 원의 일은 어찌했는가?"

"사람들의 말을 듣자니 비록 많은 돈이지만 우선 갚지 말고 단지 앞일을 살펴보다가 우선 기한을 늘리는 것이 매우 좋겠다고 하기에 그대로 두었습니다. 왜국 외무성이 오만 원에 관해 묻기에 신이 미처 대답하지 못했습니다. 목건덕이 비록 삼 개월의 약속을 했지만 우선 가지고 오지 않았으니 늦추어 다시 의논하는 것이 좋겠다고 하였습니다."

"목건덕이 매우 가상하다. 유성준·엄주홍·지운영의 뜻도 가상하다."

"참으로 성상의 분부와 같습니다."

"유길준은 나왔는가?"

"현재 미리견국에 머물고 있는데 그의 행적은 알지 못합니다."

"흑전은 병선을 사는 일로 과연 이미 출발하였는가?"

"이미 홍콩을 향했다고 하는데 불량국 말을 하는 사람을 대동하였으니 불량국으로 향할 듯합니다."

"흠차대신은 먼저 물러가라."

왕이 다시 말했다.

"모두 물러가도록 하라."

승지와 사관이 차례로 물러갔다.

95.

고종 22년, 을유년, 1885년 초.

이월.

서인주가 돈을 내고 황하일이 주선해 손씨 부인을 장내의 전장에 모셨다. 전성의 돌서덜밭에서 나던 소출은 김연국에게 맡겼다.

얼마 후 청주 안서경이 이웃에 이사 왔다.

손씨 부인은 해소병이 깊어져 가사를 전혀 돌보지 못했다.

봄에 심상훈이 충청도 관찰사로 부임하고 그 수하인 최희진이 단양 군수로 임명되었다. 이들은 돈바르기에 이골이 나 조선에서 두 번째 가라면 서러워할 자들이었다. 돈만 보면 동풍이 일어났다.

최희진은 오월부터 교졸을 풀어 동학 지도자를 잡아들이기 시작했다. 결국 그들의 손길은 최시형을 지목했다.

시형은 앞재의 집을 김연국에게 맡기고 보은 장내리로 내려와 은신했다.

그러면서도 시형은 청주와 진천 지역을 순회하며 도인들을 지도했다. 이 일대는 청주 서택순이 포덕하여 도인이 많았다.

시형은 어느 날 금성동을 다녀오다 청주 북이면 금암리 서택순의 집에 들렀다. 시형이 마당에 들어서자 안방에서 베 짜는 소리가 들렸다. 점심상을 물렸는데도 그 소리는 계속 들려왔다. 시형은 서택순에게 베를 짜는 이가 누구인가 물었다.

"제 며느리가 베를 짜고 있습니다."

시형은 웃었다.

"며느리가 베를 짜는가 한울님이 베를 짜는가."

서택순은 시형의 말을 잘 알아듣지 못하고 어리둥절했다.

신분으로 고정된 사회에서 노동은 백성들에게 부과된 의무였다. 그러나 노동은 가정을 만들고 삶을 만드는 고귀하고 창조적 행위이다. 시형은 며느리가 베를 짜는 것은 곧 한울님이 베를 짜는 것과 다를 것이 없다고 가르쳤다.

이것이 '천주직포설'이다.

시형은 돌아다니며 도인들에게 '이천식천설'도 강설했다.

"어떤 한울님이라도 다른 한울님을 먹어 몸을 유지합니다. 자기 생명을 유지 성장시키고 자손을 낳아 길이 이어가기 위해서는 다른 개체 생명과의 이천식천 관계를 잘 유지해야 합니다. 그러므로 함부로 다른 생물을 해치거나 상하게 하지는 말아야 합니다."

사인여천과 천인합일 귀신과 조화의 실체에 대해서도 강론했다.

이 모든 것은 대선생의 가르침이라 강조했다.

유월에 이르자 드디어 충청감사 심상훈이 각 군현에 동학도를 색출하라는 명을 내렸다. 얼마 되지 않아 도인들이 여럿 체포되었다.

단양에 사는 도차주 강시원, 중견 지도자 이경교·김성집이 붙잡혔다. 시형은 장내리에 있는 것이 불안하여 장한주와 함께 공주 마곡사로 피신했다.

팔월.

다시 보은으로 돌아왔으나 김연국은 일이 순조롭지 않다고 염려해 장한주와 김연국 그리고 가족들을 데리고 경상도 영천 불냇마을 산막으로 내려갔다. 여기서 약 한 달간 숨어 있었다. 되수리를 얻어 연명했다.

팔월 말.

강시원이 풀려났다. 이로부터 점차 지목이 가라앉기 시작해 시형은 구월에 상주 화령 전성촌으로 보따리 몇 개만 지고 다시 돌아왔다. 살림은 모두 관에서 빼앗아가고 숟가락 하나 남아 있지 않았다.

시형은 비결 삼수를 내렸다.

"『서경』에서 '하늘이 백성을 내고, 임금을 삼고, 스승을 삼았으니 오직 상제를 돕기 위해서이다.'라고 했다. 임금은 교화와 예악으로 만민을 변화시키고 법령과 형륙으로 만민을 다스리고, 스승은 효제충신으로 후생을 가르치고 인의예지로 후생을 이루게 하니 모두 한울님을 돕는 것이다. 우리 도인들은 경건히 이 글을 받으라.

또 『시경』에서 말하기를 '하늘의 위엄을 두려워해야 자신을 보존한다.'라고 했다. 이것은 한울님을 공경하라는 말이다.

맹자께서 말씀하시길 '억지로 아무것도 하지 않으면서 자연스럽게 하는 것이 하늘이다.'고 했다. 이것은 한울님을 믿으라는 것이다.

그러므로 마음을 바로 하고 몸을 바로 하여 한울님에게 죄를 짓지 말고,

정성을 다하고 충심을 다하여 위에 죄를 짓지 말라.

만물이 생겨나고 자라남이여! 어떻게 그렇고 그렇게 되는가? 조화옹이 가을에 수확하고 겨울에 저장함이여! 스스로 때가 있고 있구나,

물의 깊은 근원이여! 가뭄에도 끊어지지 않는구나.

나무의 단단한 뿌리여! 추위에도 죽지 않는구나.

도깨비가 대낮에 나타남이여! 이것은 어떤 마음이고 어떤 마음인가? 땅 속 곤충이 구멍에 사는 것이여! 이 또한 앎이 있고 있구나.

마른 나무가 봄을 맞이함이여! 때이고 또 때로구나.

불상이 성스러움을 드러냄이여! 정성이고 또 정성이로다.

알고 또 알았노라. 정성스러운 마음과 간교함과 박잡함을 알고 또 알았노라.

그 주인에게 삼가지 않을 수 있겠는가! 이것을 생각하고 이것에 있으면서 상제를 도우면 심히 다행이고 다행이겠다.”

이어 통문을 보냈다.

'통유할 일은 없으나, 그렇지 아니한 단서가 있다. 그러므로 부득이한 심정이 있어 차마 참을 수 없는 글을 쓰니, 하나라도 잘못한 행실이 없는 것이 어떻겠는가?

내가 일을 받들어 행할 때 성실하지 않으면 하늘이 경계하고 벌을 내리니 황공한 처지에 빌 데가 없다. 이것은 나에게만 미치는 것이 아니라 다음 접에도 미치니 그 주인에게 다시 어찌 말을 할 수 있겠는가!

그러나 액운이 있으면 형통이 있으니 운수의 저절로 그러함이고, 막힘이 있으면 통함이 있으니 때의 본래 그러함이다.

아! 도의 근원은 하늘에서 나오는 것이니 하늘이 변하지 않으면 도가 변하지 않고, 도가 변하지 않으면 사람도 변하지 않고, 사람이 변하지 않으면 마음도 변하지 않고, 천도가 변하지 않으면 인심도 변하지 않으는다.

그러니 어찌 액운이 있는 운수와 막힘이 있는 시기를 근심하겠는가! 현재의 형세는 재물이 있은 연후에 일이 없을 수 있고, 일이 없은 연후에 형통하고 트일 수 있으니, 오직 바라건대 여러 접들은 편안하지 않고 성실하지 않은 허물을 특별히 용서하시고, 힘닿는 대로 재물을 모아서 일이 없이 하늘에 보답하는 때를 도모한다면 천만다행이겠다.'

96.

팔월 이십칠 일.

홍선이 청에서 풀려 돌아왔다.

홍선은 이전 임오년 칠월, 원세개에게 구금된 후 천진으로 호송되었다. 이홍장은 홍선을 후하게 대접했다. 그는 홍선과 동양 대세를 논의하고 북경에 보내 청국 황제를 폐현시킨 후 보정부에서 지내게 하였다.

홍선은 말과 안색이 엄정했으며 거동이 태연해 조금도 귀양하는 티를 내지 않았다. 청국 사람들은 그를 대인군자라 불렀다.

보정부는 토양이 척박해 병이 많고 물이 귀했다. 홍선이 가자, 갑자기 물맛이 좋은 맑은 샘이 솟아 부민의 뱃속을 깨끗하게 씻어주었다. 평소에 살모사·도마뱀·지네가 부민 집으로 들어와 침상까지 침범했는데 구제하지 않고도 모두 사라지니 인근 사람들은 조선국 대인이 내린 덕이라 칭송했다.

홍선이 살던 근처에 무기고가 있었고 그 안에 화약이 가득 저장되어 있었다. 하루는 마을에서 불이나 불길이 홍선의 집 가까이 미치게 되었다. 주위 사람들이 피할 것을 권했으나 홍선은 옷깃을 여미고 정색을 하고 말했다.

"내가 한 점 부끄러움이 없거늘 하늘이 어찌 나를 태워 죽이겠는가?"

이 말이 끝나기도 전에 홀연 강한 바람이 불어 땅을 휩쓸어 불을 껐다. 이를 놓고도 마을 사람들은 되승대승 말이 많았다.

원세개가 조선 인심을 살펴보니 백성들이 홍선을 그리워하고 있었다.

또한 홍선의 웅대한 계책은 충분히 위기에 봉착한 상황을 극복할 수 있으리라 여겼다.

당시 청국 조정의 외교 정책은 변화를 예측하기가 어려웠다. 그는 을유년 봄 천진에 들러 이홍장과 홍선의 귀국을 상의했다. 청국 조정에서도 순친왕이 대원군을 돌려보낼 의향이 있었다.

이홍장은 홍선을 환국시킬 터이니 석방 진주사를 파견하라는 자문을 이재면을 통해 보냈다. 민비가 그 소식을 듣고 성을 냈으나 겉으로 나타내지는 못하고 속으로 저지하려 했다. 거상 중이던 민영익이 천진에 가 홍선의 귀국을 막으려 여러 번 원세개를 만났다. 그러나 청국의 결정은 확고했다.

유월 십일 일.

왕은 할 수 없이 민종묵과 조병식을 석방 진주사로 파견했다. 청국은 기다렸다는 듯 홍선의 환국을 허락했다. 왕은 차선책으로 청국에 홍선을 부친 남연군의 묘가 있는 충청도 덕산에 머물도록 해 달라고 청했으나 거절당했다.

팔월 구 일.

홍선은 천진을 출발했다.

팔월 이십칠 일.

총병 왕영승과 보용동지 원세개가 수병 마흔 명을 거느리고 인천에서 홍선을 맞이했다. 원세개는 주자조선총리교섭통상사의 벼슬을 새로 얻었다. 이날 황색 관복에 양모를 쓰고 있었다.

왕은 시종정경 이인응을 먼저 인천으로 보내 문후하게 하고 자신은 남대문에 약차를 세우고 나아가 영근했다. 영의정 심순택, 판부사 김병시,

김홍집이 영접례로 절을 했다.

홍선은 운현궁에 도착했다. 삼층 솟을대문 앞에 부대부인이 서 있었다.

홍선은 비록 늙은 몸으로 몇 년간 청에서 귀양 생활을 하였으나 그동안 수양도 쌓고 습성도 변했다. 천하를 보는 식견도 넓어졌다. 이제 홍선의 나이 겨우 예순여섯이었다.

원세개와 이홍장은 홍선이 다시 정권을 잡아 혁신을 주도하지 않을까 기대했다. 그러나 왕은 홍선이 도착한 지 얼마 되지 않아 궁중에 그나마 남아 있던 홍선이 신임하던 자들을 추려 모조리 제거해 버렸다.

임오군란을 주도했던 김춘영과 이영식이 홍선이 귀국했다는 소문을 듣고 포도청에 자수했다. 그러나 왕은 이들을 능지처참했다.

하루는 원세개가 왕을 만나 좋은 말로 부자간의 의를 보존해야 한다며 두길보기를 권했으나 왕은 되창만 바라보며 홍선이 다른 일에 간여함을 불허했다. 오히려 부친을 받들어 모신다는 핑계로 예의와 절차를 만들어 문 앞에 붉은 나무로 만든 말을 세우고 사람의 출입을 금하게 했다. 홍선은 노해서 말을 뽑아 태워 버렸다.

어쨌든 홍선은 다시 세월을 기다려야 했다.

원세개는 조·아 밀약을 빌미로 왕을 폐하고 대원군의 장손 이준용을 두남두어 추대하는 계획을 꾸몄다. 천진의 이홍장에게 파병을 요청했다.

영의정 심순택과 외무독판 서상우가 원세개에게 조·아 밀약설을 설명했다.

파병 요청은 이홍장의 거부로 실패했다.

97.

고종 23년, 병술년, 1886년.

정월 이 일.
노비 세습제를 정지했다. 노비제는 일대에 한하게 되었다. 노비 매매 금지로 사실상 조선의 노비제도는 혁파되었다.

작년 을유년은 동짓달에 칼바람이 불어도 시형의 식구들은 여름옷을 입고 마냥 떨고만 살았다.
도인 이치홍이 무명 일곱 필을 가져왔다. 풀솜을 넣고 옷을 짓고 이불을 꾸며 겨우 겨울을 났다.
새해부터 시형은 앞재에서 농사일에 매달렸다. 찾아오는 젊은이가 많아 대면하는 데 시간이 적어 애를 먹었다. 서인주·박준관·박인호·손천민·이관영·권병덕·권병일·박덕현·서치길·박치경·송여길·권도관·권윤좌·박시오 등 쟁쟁한 인물들이 이때 찾아왔다.
이들을 맞아 환담할 때 창밖에서 새가 우짖는 소리가 들렸다.
시형이 물었다.
"저 새들의 울음은 무슨 소리입니까?"
사람들은 알 수 없다고 대답했다.
"그것은 한울님을 모시는 소리입니다. 무릇 사람과 생물이 숨쉬는 것이

책

동학을 이야기하다

김동련 대하소설 **소설동학** (전6권)

1권: 352쪽 | 15,000원
2권: 336쪽 | 15,000원
3권: 368쪽 | 16,000원
4권: 376쪽 | 16,000원
5권: 336쪽 | 15,000원
6권: 336쪽 | 15,000원

21세기에, 역사 대하소설이다. "소설 동학"은 동학을 창도한 수운 최제우의 어린 시절부터 성장과 구도 그리고 득도와 포덕, 순도에 이르는 일생을 다루는 1부, 해월 최시형의 동학 입도와 동학 수련, 도통 승계와 고비원주하는 간난신고의 30여 년 역사를 다룬 2부, 그리고 강원에도에 충청도를 거쳐 전라도로 동학이 확산되어 가고, 시대의 격동과 맞부딪치며 교조신원운동과 동학혁명으로 이어지는 세월을 다룬 3부로 구성되고 각 부를 2권으로 나누어, 모두 6권으로 구성되었다.

1부 나라는 것은 무엇인가, 1-2권 / 2부 어떻게 살아야 사람답게 사는 것인가, 3-4권
3부 세계라는 것은 무엇인가, 5-6권

02-735-7173 ▎ sichunju@hanmail.net ▎ http://www.mosinsaram.com/

동학교조 수운 최제우

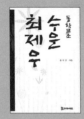

윤석산 | 368쪽 | 20,000원

동학을 창도한 수운 최제우의 탄생에서부터 순도까지 그의 언행을 위주로 살펴보고 동학과 유불선, 한울님, 지기, 동학, 시천주, 성경신, 수심정기, 무위이화, 불연기연, 보국안민, 동귀일체, 후천개벽 등의 키워드를 통해 동학에 새롭게 접근하는 안내서이다.

일하는 한울님

윤석산 | 368쪽 | 18,000원

동학 2세 교주로, 동학을 민중 속에 뿌리 내린 해월 최시형 선생의 생애와 사상을 조명한 평전. 평이한 문체로, 이 시대에 오히려 그 존재감이 그리워지는 해월의 삶과 말과 실천의 여정을 따라간다.

천도교경전 공부하기

라명재 주해 | 848쪽 | 33,000원

한국 근현대사는 물론이고 근대 이후 문명사적인 의의를 지닌다고 평가되는 동학(천도교)의 진수가 담긴 〈천도교경전〉을 공부할 수 있도록 안내하는 지침서다.

개벽파선언

조성환, 이병한 | 352쪽 | 15,000원

개화파와 척사파 사이, 동시에 그 너머에 있는 개벽파를 되살려 문명사적인 전환의 전망을 재발견하고 전파한다. 새로운 눈, 개벽파의 관점으로 우리 역사와 사상, 우리 자신을 재발견하고, 새로운 문명, 새로운 세계에 대한 비전을 제시한다.

모두 하늘의 근원적인 기운에서 말미암기 때문입니다. 그리고 세상 사람들이 저마다 그 모양들을 그려내 산신이니 서낭신이니 조왕신이니 삼신이니 말합니다. 어찌 그렇게 신령이 이름이 많겠습니까? 하나로 묶어서 말하면 한 하늘의 음양입니다. 이제부터 여러분은 이런 점을 깨닫고 마음을 닦고 기운을 바로 잡으십시오.”

박치경이 말했다.

“한 마리 새의 울음만이 근원적인 기운일 뿐만 아니라 무릇 천하의 날고 헤엄치는 모든 동물과 모든 식물이 한울님 모시는 다 같은 몸 아닌 것이 없겠지요?”

시형이 기쁜 얼굴로 말했다.

“바로 그렇습니다.”

사월.

시형은 악질 유행을 염려하여 위생 준칙을 각 포에 전달했다.

묵은 밥을 새 밥에 섞지 말고
묵은 음식은 새로 끓여 먹고
침을 아무 곳에나 뱉지 말고 만일 길이면 땅에 묻고
대변을 본 뒤에는 노변이거든 땅에 묻고
가신 물은 아무 곳에나 버리지 말고
집안을 하루 두 번씩 청결하게 닦는다.

이로부터 도인들 사이에는 부엌이 깨끗해야 한울님이 지나다가 복을 주고 간다는 말이 생겼다.

유월 하순부터 괴질이 크게 유행했다. 마을 곳곳에서 목숨이 죽어 나갔다.

칠월에는 임천 사는 임덕현이 시형을 찾아오다 관기점에서 병이 옮아 끝내 죽고 말았다. 그러나 시형이 살던 봉촌동 일대 사십여 호는 무사히 넘겼다. 동학은 전염병도 침범하지 못한다는 소문이 퍼졌다.

역병은 추석이 지나 찬바람이 불어오자 겨우 가라앉았다.

충청도·전라도·경상도·경기도 등에서 도인들이 다시 시형을 찾아왔다. 권병덕은 충청도 미원과 유구 지역에서 포덕했다.

시형은 그를 청주 접주로 임명했다. 권병덕은 보은 임규호 포에 속해 있었다.

98.

고종 23년, 병술년, 1886년, 7월 24일.

좌승지 어윤중의 상소.
'신은 사리에 어둡다 보니 망령된 짓을 하여 자신이 죄를 재촉하고도 3년이 지나도록 깨닫지 못했습니다.

그러다가 전 대사간 허직이 상소하고 나서야 신의 죄가 드러나게 되었으니 어떻게 감히 태연하게 스스로 감추면서 자수할 것을 생각지 않을 수 있겠습니까?

그래서 도성 밖에 거적을 깔고 엎드려 천벌이 내리기만을 기다리고 있었는데 뜻밖에 은혜로운 임명이 여러 번 내리고 간곡한 신칙이 이를 데 없었습니다.

심지어 물어서 보고하도록 하는 명령까지 받았는데 그 은혜로운 명령이 정중했습니다.

이것은 참으로 전하가 죽여야 할 사람을 구원하여 편안하게 살도록 한 것이니 황송하여 사례할 바를 모르겠습니다.

아, 김옥균과 박영효와 같은 역적들이 불행히도 관리의 반열에서 나왔는데 이들은 바로 온 나라 부녀자와 어린 아이들까지 공동의 원수로 여기는 자들입니다.

명백한 의분이 남에게 뒤지지 않는다고 스스로 여기고 있었는데 어떻게 사은을 베풀기 위하여 그의 아버지를 묻어주자고 할 수 있겠습니까?

신은 갑신년 겨울에 시골의 여막에 있다가 변고가 났다는 소식을 듣고 올라와서 재추와 함께 대궐에서 일을 처리했습니다.

그때 큰 변란을 겪었으므로 응당 먼저 도성을 깨끗이 하기 위해 널려 있는 시체를 모두 들것에 실어 묻게 했는데 박원양 부부는 집에서 죽었으므로 거두어 묻어줄 사람이 없었습니다.

신이 박원양에게 어릴 때에 글을 배운 정의가 있어서만은 아니고 흉측한 물건을 오래도록 궁문 가까이에 그냥 덮어 두어서는 안 될 것이었습니다. 또 국률을 놓고 판단한다 하더라도 드러난 시체의 목을 넘겨준 데 대한 법조문은 없는 것입니다.

그래서 돈냥을 주어 들것으로 내가게 한 다음 여러 사람이 모인 장소에서 말하고 감히 스스로 숨기지 않았으니 이것이 신의 죄입니다.

성은이 아주 극진하기는 하지만 신의 죄는 자신이 진 것이므로 회피할 수 없습니다.

삼가 바라건대 빨리 유사에게 명하여 신에게 시행할 당률을 의논하여 나라의 법을 엄하게 하고 여론에 사죄하게 하소서.'

비답.

'경은 문계에 대한 비답을 보지 못했는가?

이미 용서하여 주었는데 또 이렇게 버티면서 이때까지 신칙하고 명령한 것을 문득 대수롭지 않게 여기고 있으니 이것이 무슨 신하의 분수인가?

다시는 두동싸지 말고 빨리 명에 숙배하도록 하라.'

99.

고종 23년, 병술년, 1886년.

병술년에 조·불 수호조약이 체결되면서 천주교는 겨우 포교의 자유를 얻었다. 용산에 신학교를 개설하고 성 바오로 수녀회가 들어왔다. 성서 활판소도 문을 열었다.

돌이켜 보면 동양에 천주교를 처음 전파한 성직자들은 예수회 신부들이었다. 조선은 임란을 전후해 명에 수차 사신으로 왕래한 이수광이 마테오 리치의 『천주실의』나 『중우론』을 그가 지은 『지봉유설』에 소개한 데에서 알려졌다.

이수광과 같은 시대를 산 허균도 북경에서 십이단*을 가지고 귀국했으니 허균을 조선에서 가장 처음 천주교를 믿은 자라고 해도 과언이 아니겠다.

조선은 건국 초부터 숭유억불책을 써 온 결과 공리공론과 당쟁만을 일삼는 주자학이 성행했고 이러한 풍조에 식상한 일부 학자들이 현실에 맞는 학문 즉 실학을 내세웠다.

이수광이 바로 그런 실학의 선구적 인물이라고나 할까?

어쨌든 실학은 천주교와 결부되어 이때부터 거의 백 년이 지난 후, 이익이 그의 제자 안정복과 천주교를 연구했다. 이익은 마테오 리치의 『천주실

---

* 천주교의 열두 가지 기도문.

의』와 아담 샬의 『주제군징』 그리고 이태리 신부 판도자의 『칠극』을 애독하고 이 책들에 대한 발문을 쓰기도 했다.

이들의 연구는 문인이었던 권철신·권일신 형제와 정약전·정약종·정약용 형제로 이어졌다. 이들은 교리연구회를 열어 권철신의 지도로 학문으로 연구했고 여기에는 권철신의 매부 이벽과 정약전의 매부 이승훈도 참여했다.

이승훈은 교리 연구로 북경으로 갔던 차 갑진년 이월에 예수회 신부 그라몽에게서 세례를 받고 조선 최초로 신자가 되었다. 이승훈은 귀국해 이벽과 권철신 형제에게 대세를 주어, 이들이 조선에서 교회를 창설하는 주동 인물이 되었다.

이승훈은 역관 김범우와 최인길 그리고 상민 출신인 이단원 등 수십 명에게 대세를 주어 갑진년 겨울부터 김범우의 집 대청에서 주일 행사를 했다.

이처럼 외국인 선교사의 전교를 받지 않고 자발해 교회를 세운 일은 세계 선교사에서 처음이었다. 을사년에 교회가 형조 금리에게 발각되어 서적과 성화가 압수되고 김범우가 처형되었다.

이후 병오년에 교회를 재건했으나 신해년에 조상의 제사를 지내지 않는다는 고발로 진산 사건이 터져 정약용의 외종 윤지충과 권상연이 처형되었다.

을유년에 조선에 교회가 창설된 지 십일 년 만에 중국인 신부 주문모가 밀입국해 교세를 확장시켰다. 신도는 사천 명을 헤아렸다.

어떤 이가 주 신부를 관에 고발해 지황과 윤유일이 주 신부를 피신시키고 자기들이 신부 흉내를 내다 포도청에 잡혀가 타살되었다.

신유년에 오가작통법을 써 천주교인을 모두 잡아들이라는 왕의 교서가 전국에 내려져 총회장 최창현과 여회장 강완숙을 비롯해 이단원·이가환·현감 이승훈·승지 정약용·홍낙민·권철신·정약종 등이 잡혔다.

이때 처형된 신도 수는 삼백 명이 넘었다.

나중에 자수한 주문모 신부도 새남터에서 목이 잘려 효수되었다. 이것이 외국인 선교사들이 잡히면 새남터에서 처형되는 선례가 되었다.

결국 천주교는 다시 지하로 잠복했고 이로부터 삼십육 년을 신부 없이 지내게 된다.

신유년 박해 당시 강원도로 피신해 목숨을 구했던 신대보와 그의 고종사촌 이여진이 다시 교회를 재건했고 이여진이 수차 북경으로 가 조선 교회의 사정을 호소했다.

신미년에 왕은 다시 전국에 천주교도를 잡아들이라 명했다. 충청도를 비롯해 경상도와 강원도에서 수백 명이 잡혀 처형되고 귀양 갔다.

이렇게 어수선할 때 신유년에 죽은 정약종의 차남 정하상 바오로가 한양에서 교회를 재건했다.

정하상은 병자년부터 해마다 북경을 왕래하며 신부를 파견해 달라고 요청하는 한편 전교에 힘을 썼다.

정해년에 다시 박해가 일어나 오백여 명이 체포되고 이 중 십여 명이 처형되었다.

신묘년 구월 구 일에 로마 교황 그레고리우스 십육 세가 두 가지 교서를 발표했다. 하나는 조선 교회를 북경교구로부터 분리해 독립된 교구로 승격시킨다는 것이었고 또 하나는 브뤼기에르 신부를 조선 초대 주교로 임명한 것이었다. 조선 교회가 창설되고 사십칠 년이 지난 후에 일어난 조치였다.

그러나 부뤼기에르 신부는 조선에 들어올 길을 찾다가 을미년에 뇌일혈로 급사했다. 이에 불량국 모방 신부가 성직자로서는 처음으로 입국했고 뒤이어 샤스탕 신부가 들어와 전교에 힘썼다.

모방 신부는 외방전교회의 방침에 따라 토착인 성직자 양성에 관심을 기울여 소년 최양업·최프란체스코·김대건을 마카오로 보내 로마 포교성 성 동양 경리부에서 공부하게 했다. 이들은 조선 시대 해외로 나간 최초의 유학생이었다.

정유년에 로마 교황청은 청국 사천성에서 전교 중이던 앵베르 신부를 조선 교구 이대 주교로 임명했다. 앵베르 신부가 무술년에 입국해 조선은 교구 창설 칠 년 만에 비로소 제대로 된 조직을 갖추게 되었다.

당시 세도를 잡았던 김조순이 천주교에 대해서는 관대했으므로 이들 세 신부는 열심히 전교해 이천 명 가까운 사람에게 세례를 주어 전국의 교인 수는 구천여 명에 이르렀다.

그러나 김조순이 죽고 풍양 조씨가 세력을 잡자 기해년에 박해가 일어나 백십팔 명이 체포되어 그 중 정하상과 유진길을 비롯한 육십구 명이 참수되었다. 외국인 신부 셋도 새남터에서 목이 잘렸다.

정하상은 박해가 일어날 것을 예상하고 「상제상서」를 지어 당시 우의정 이지연에게 보냈다. 그는 이 글에서 천주교가 조금도 그릇된 교가 아니라고 변호하고 주자학의 허례허식을 논박했다.

그러나 이지연은 풍양 조씨의 눈치를 보는 신세라 정하상의 글을 묵살했다.

마카오에서 유학하던 김대건은 갑진년에 부제가 되고 이듬해 을사년에 조선 교구 삼 대 주교로 임명된 페레올 주교 집전으로 상해에서 신품성사를 받아 신부가 되었다. 이해 김대건은 천신만고 끝에 페레올 주교와 다블뤼 신부와 함께 귀국할 수 있었다.

귀국 후 김대건은 칠백여 명에게 성사를 주어 교인 수가 갑자기 늘었다. 그러나 이듬해 병오년에 페레올 주교의 명을 받고 앞서 함께 유학했던 최양업 부제와 베스트르 신부를 맞이하러 연평도로 갔다가 체포되어 다시 박해가 일어났다.

최양업은 간신히 도망쳐 마카오로 돌아갔다.

김대건은 새남터에서 목이 잘려 효수되고 현석문과 이십여 명이 잡혀 이 중 아홉 명이 처형되었다.

철종 때 천주교는 보호를 받아 교세가 크게 일어났다. 베르뇌 신부를 비롯한 십여 명의 신부가 입국했고 피신했던 최양업도 신부가 되어 귀국했다. 최양업은 삼천칠백여 명에게 영세를 주었다.

철종이 죽고 고종이 왕위에 오르면서 홍선이 집권하자 병인년에서 신미년까지 거의 만 명이 목숨을 잃었다.

이후에도 외국 함대가 내침하면서 거듭 박해를 받다가 병술년에야 비로소 포교가 허용되었던 것이다.

100.

고종 24년, 정해년, 1887년.

정월 보름.
시형의 아들 최덕기가 청주 율봉에 사는 음선장 둘째 딸과 혼례를 치렀다.

최덕기는 두루미에 술을 가득 채워 마셨다. 음선장은 두룽박에 술을 담아 마셨다. 음선장의 첫째 딸은 이미 서인주와 결혼했다. 음선장은 지난 갑신년에 사위 서인주의 권유로 입도했다. 이번 혼사는 서인주의 중매로 이루어졌다. 시형은 서인주와 인척이 되고 최덕기는 서인주와 동서 간이 되었다.

이월 초.
김씨 부인이 병을 얻어 자리에 누웠다. 시형이 백방으로 약을 써 보았으나 효험이 없었다. 이십사 일 운명하여 원통봉 아래 밭머리에 모셨다. 시형은 마을 사람 박성순에게 논 네 마지기를 사 주어 묘소를 돌보게 했다.

마을 입구에 저수지가 있고 그 건너편 언덕 위에 묘소가 보인다. 주변에 무심한 밤나무 몇 그루가 묘소를 지켰다.

이월 그믐.
시형은 보은 장내리로 나가 손씨 부인과 살림을 합쳤다.

삼월 스무하루.

시형이 환갑을 맞았다. 각 포 도인들이 장내리에 모여 회갑연을 했다. 여기서 시형은 그동안 생각했던 육임직에 대한 논의를 붙였다. 육임직을 임명한다는 것은 동학본부를 설치하는 일이다. 그러자면 건물을 새로 지어야 하고 업무를 보는 육임소 사무실이 있어야 한다. 도인들이 시간을 두고 충분하게 논의하도록 했다.

삼월 하순.

장한주에게 손씨 부인과 식구를 돌보게 하고 시형은 정선으로 갔다.

장한주는 경북 청송군 출신으로 삼십 대에 시형에게 입도했다. 문필이 유려하고 성격이 좋아 도중의 문서 취급을 도맡아 했다. 언젠가 시형의 도 담을 듣다가 졸음을 참지 못하고 졸다가 머리를 상해 도는 좋아하면서도 도를 모르고 잠 잘 자는 장한주라는 핀잔을 들었다.

시형은 당분간 조용한 절간에 파묻혀 있고 싶었다. 유시헌을 찾아가자 갈래사를 주선해 주어 여기서 사십구 일 기도를 마쳤다. 서인주와 손천민 도 동참했다. 시형은 기도를 마치고 시를 한 수 지었다.

뜻하지 않은 사월에 사월이 오니 금사 옥사 또 옥사로다.

오늘, 내일 또 무엇을 알고 또 무엇을 알리.

날이 가고 새날이 오니 천지 정신이 나에게 깨닫게 하는구나.

오월 하순.

시형은 보은 장내리로 돌아왔다.

육임소를 설치하고 육임직을 임명했다. 건물은 장내리 돌담에 마련했다. 장내리 웃말에서 서원 쪽으로 조금 올라가면 오른편에 산기슭으로부터 시작되는 긴 수로가 나온다. 이 길가에서 산기슭 쪽으로 백 미터 좀 더 들어가면 논 가운데 돌담 흔적이 보인다. 여기가 돌담이다.

이 돌담 자리에서 산기슭까지 들어가면 수로는 원줄기의 큰 둑과 합친다.

김연국은 연장자이므로 교수를, 서인주는 교장, 손병희는 도집, 손천민은 집강, 임규호는 대정, 권병덕은 중정을 맡았다. 육임소 설치 후 도인들이 시형을 만나려면 육임소의 인가를 받아야 했다.

장석을 찾는 도인 수가 하도 많아 시형 혼자 감당하기가 어려웠다.

동학이 제시하는 사인여천의 사회를 도인들이 가슴으로 받아들일 때 지금 세상의 모순이 눈에 선명히 들어온다. 그러면 그 모순을 극복하려는 자각이 생긴다. 자연에 대한 자각, 정치에 대한 자각, 질서와 규범에 대한 자각이 생긴다.

그때 비로소 모순을 바로잡을 길이 열린다.

시형은 찾아오는 도인들이 도를 가슴 깊이 받아들이도록 지도해 나갔다.

101.

고종 24년, 정해년, 1887년, 십이월 십 일.

내정 부패가 극도에 이르고 있었다. 외척들은 권세를 믿고 방자한 짓을 하고 탐욕과 사치를 일삼았다. 환관들은 왕의 은총을 도적질해 마음대로 권력을 떨쳤고 시정 무뢰배가 관장을 간섭하고 다투어 거간 행세를 했다.

무당과 점쟁이들이 두발부리로 나쁜 귀신에게 제사 지냈다.

경사를 칭하여 잔칫상을 차려내지 않는 해가 없었고 밤새도록 행한 연회가 낮이 되어도 그치지 않았다. 창우과 기녀들이 백 가지의 유희를 연출했다.

주지육림에 허비되는 비용이 수만 금이나 되었으니 그것은 모두 백성들의 피를 빨아 긁어모은 것이었다. 백성들을 차고 때려 입안의 혀를 빼놓고는 그들의 손과 발이 닿지 않은 곳이 없을 지경이었다.

지방 관리들은 두툼발이처럼 구리 냄새로 벼슬하고 자리를 유지하기 위해 그물로 고기 잡듯이 이득을 취하는 것을 일로 삼았다. 관아의 연못까지 말려 고기를 잡아냈다.

당나귀 밑구멍에서 빠져나온 놈들이었다.

백성들은 생업을 잃고 험한 산간으로 가 무리를 모아 뒤떠서 관리를 축출했다. 백성들은 깊은 물속과 뜨거운 불구덩이에 빠져 소리치고 뒹굴었으나 목숨을 의탁할 곳이 없었다.

개항 이후 조선 땅에 들어 온 왜국 사람 열 중 하나가 전당포를 운영했다. 이들이 설만하게 즐겨 잡았던 저당물이 채무자의 아내나 딸이었다. 돈을 갚지 못하면 이 여인들은 그들의 성적 노예가 되거나 홀아비 왜인들에게 팔렸다.

그 무렵 왜인들이 모여 살던 진고개에 저당 잡힌 여인 수가 천 삼백 명에 이르렀다. 열다섯 살 안팎 용모가 고운 소녀는 몸값이 최고 백 원 나갔다. 스무 살이 넘으면 반값으로 떨어졌다. 당시 황소 한 마리 값이 백 원이었다.

내란의 기운이 잠복하고 장차 우연히 부딪쳐 일이 크게 발생할 위급함이 익어 갔다.

전국이 점차 어두워졌으나 큰소리로 외치고 기력을 다해 광분하는 사람도 보이지 않았다. 전국의 인사들이 귀머거리가 되고 소경이 되고 절름발이가 되고 마비 환자가 되었다. 그러나 그들이 하마 느끼는 바가 없을 것인가? 사사로운 것이 공을 멸하는 법이다.

시비가 뒤바뀌고 공론이 명백하지 않아 둔한 위정자들은 올빼미가 날개를 펴듯 기세를 부려 사람들의 입만 막아 버리면 만사가 해결된다고 믿었다. 이건창·권봉희·안효제·박시순·장병익이 왕에게 이러한 폐단을 건의했으나 모두 뒤변덕스럽게 축출되었다.

사대부들도 이에 말을 조심하고 서로 모이면 바둑이나 두고 도박이나 하면서 술을 마시며 소일했다.

고금을 막론하고 언론을 막아 버리고 대란이 일어나지 않는 경우가 있었던가?

섣달 십 일.

약방이 입진한 후 왕이 대신과 정부 당상을 인견하고 입시했을 때 영의정 심순택이 말했다.

"지난번 전라감사 윤영신이 올린 장계를 보니 부안현의 계미년 조의 거두지 못한 미를 지금 만약 본곡으로 상납하라고 요구하면 형편상 앞으로 곤궁한 백성들에게 할당해서 거둘 수밖에 없습니다. 그렇게 되면 굶주려 부황이 든 백성들의 형편이 다시는 남은 힘이 없게 될 것입니다.

상항의 미 칠백오십 석을 고을에서 받는 대로 대납하도록 묘당에 품하여 분부하게 해 달라고 하였습니다. 정공에 대하여 대납할 것을 청하였으니 이미 법을 어긴 것입니다. 더구나 지금은 재정이 여유가 없어 대번에 허락하기가 더욱 어렵습니다.

그러나 그 납부를 지체시킨 연유를 따져보면 바로 세선이 포흠해 재차 징수하였기 때문입니다. 지금 만약 백성들에게 할당시켜 곡식을 거둔다면 있지도 않은 거북이 털을 깎아 내라고 하고 뿔이 없는 양을 내놓으라고 하는 것과 같으니 궁핍한 백성들의 고통은 마땅히 돌보아야 합니다. 특별히 장계에서 청한 대로 시행하도록 하는 것이 어떻겠습니까?"

왕이 말했다.

"정공에 대해 번번이 대납하게 하는 것이 진실로 경법은 아니지만, 백성들의 정상이 이미 이렇다고 하니 그리하라."

심순택이 이어 말했다.

"『주례』에 보면 만백성을 모으려면 도적을 제거하는 것을 급선무로 삼았다고 하는데 정강성의 주에 의하면 제거한다는 것은 그 형벌을 급히 하여 제거하는 것이라고 하였으니 급히 한다는 것은 제가 볼 때 바로 준엄하게 한다는 것입니다.

옛날부터 도적질을 그치게 하는 정사는 법을 엄격하게 하고 형벌을 준엄하게 했습니다. 그렇게 하지 않으면 그칠 수가 없었습니다.

그런데 서울과 지방에서 도둑맞는 일이 요즘보다 더 심한 적이 없었습니다. 흉년이 들어 굶주리고 추위에 떠는 사람을 핍박할 뿐만 아니라 재물을 빼앗는 것도 부족하여 사람을 죽이고 사람을 죽이는 것도 부족하여 무덤까지 파고 있다는 경악할 소문이 들리지 않는 날이 없습니다.

경기와 충청도가 더욱 심한데 점점 근교까지 미치고 있으니 만약에 『주례』의 도적을 제거하는 법을 쓰지 않는다면 뒷날의 우환이 장차 어떠한 변고를 초래하게 될지 알 수 없습니다.

신이 그동안 연석에서 아뢰어 신칙한 것이 여간 간곡하지 않았습니다. 도적을 염탐하고 없애는 임무를 맡은 사람들은 어떻게 할 수 없다고 여기거나 대수롭지 않게 보고 있습니다. 이와 같은데 나라의 법이 어떻게 설 수 있으며 백성들이 어떻게 견디어 내겠습니까?

원근의 고을에서 점점 더 소요가 일어나 정상이 매우 슬프고 참혹하니 차라리 말하고 싶지 않습니다. 좌변 포도대장과 우변 포도대장을 우선 가볍게 감처하여 월봉 삼 등에 처하고 기일을 정해 놓고 잡아들이도록 하여 남김없이 소탕하도록 해야겠습니다. 다시 이러한 내용으로 말을 만들어 팔도와 사도에 관문으로 신칙해야 합니다.

그리고 지방에서 도적을 토벌해서 잡는 정사는 전적으로 영장에게 달려 있습니다. 이달에 벌써 도목정사를 앞두고 있으니 지금부터 새로 차출하는 사람은 격식과 규례에 구애되지 말고 반드시 강직하고 총명하며 지략이 있는 사람으로 일일이 선발하여 보내도록 해야 합니다.

현재 벼슬자리에 있으면서 일을 제대로 처리하지 못하는 사람은 곧바로 계문하여 파면시키도록 해조와 각도의 도신과 수신에게 분부하는 것이 어떻겠습니까?"

왕이 말했다.

"그리하라. 여러 차례 신칙한 것이 한갓 형식적인 것이 되고 말았단 말인가? 만약 진심으로 독려하였다면 어찌 이와 같은 일이 일어날 리가 있겠는가? 특별히 엄하게 단속하는 것이 좋겠다."

102.

고종 26년, 기축년, 1889년.

정월 초.

시형은 호남 북부 지역 도인들의 요청으로 순회에 나섰다. 전주로 내려가 도인들을 모아 기도식을 봉행했다. 도인이 되려는 사람들이 너무 많이 몰려 마당에서 포덕식을 가졌다. 마당에 멍석과 돗자리를 깔고 청수 한 그릇을 상에 올리고 절을 하는 것으로 입도식을 치러주었다.

새 도인들은 열성이 높았다. 중간 지주도 많이 입도했다. 모두 새로운 세상을 열망하고 있었다.

시형은 도제 십여 사람을 대동하고 삼례리 이몽로 집을 방문했다. 집에 돌아온 후에는 손씨 부인 간호에 성심을 다했다. 손씨 부인은 천식이 점점 더 심해지고 있었다.

이월 하순.

시형에게 새 부인을 맞아 살림을 맡기도록 하자는 육임직의 의견을 강사원이 권했다. 손병희가 자기 누이동생이 올해 스물여섯인데 스승을 모실 만하다 했다.

시형은 자신이 이미 예순둘로 환갑을 지낸 나이인데다 김씨 부인이 돌아간 지 겨우 일 년밖에 안 되었고 손씨 부인마저 병석에 있는데 새 부인을 맞는다는 것은 도리가 아니라고 거절했다.

그러나 손병희는 삼월 초, 청주에서 누이동생을 가마에 태워 데려왔다. 일단 시형에게 인사부터 드리게 했다.

손씨 부인의 병세는 점점 더 위독해졌다. 이에 육임직들은 시형에게 새 부인으로 병희의 누이동생을 강청했다. 시형은 어쩔 수 없이 밀양 손씨 부인을 아내로 맞았다.

삼월 십 일.

시형은 신정절목을 발표했다.

'하나, 법사장이 앉는 자리에서는 감히 어깨를 나란히 하거나 섞어 앉지 말라.

하나, 강론하는 자리에서는 장로와 법사장을 똑같은 예로 존경하라.

하나, 육임 중에 만약에 사리가 밝지 못한 자가 있으면 즉시 다시 정하라.

하나, 육임이 법헌에서 도를 강론할 때에 교·집·정 세 명은 보름마다 교대하라.

하나, 몸을 닦고 도를 행하는데 있어 만약에 부정한 자가 있으면 해당 접주와 규율을 어긴 사람을 함께 벌주라.

하나, 충효가 남다른 행실은 특별히 후한 상을 내리라. 벌은 법헌에 불러다 육임이 면전에서 책망하라. 상은 법헌에 초청하여 경중에 따라 상금을 주라.

하나, 친족과 화목하게 지내고 빈곤한 자를 구제하는 도우는 충효인의 예에 따라서 상을 주라.

하나, 크고 작은 예절에 밝은지 아닌지의 여부는 『인의록』에 자세하게 실려 있으니, 결국 성인이 그것을 입수해서 보는 날이 있을 것이다. 그 사이의 몇 달 동안 마음을 바르게 하고 몸을 바르게 하여 한울님께 죄를 짓지 않으면 이것이 도인이 명을 어기지 않는 일이다.

하나, 법헌장에서 육임과 여러 접주에 이르기까지 각기 표준을 두라.

하나, 춘추로 향례를 봉행하라. 비록 육임이 시임이 아니더라도 우리 도인들과 같이 표준 예에 따른다. 이하 여섯 조목은 도집이 주재한다.

하나, 도인들이 공동으로 사용하는 물건은 하나하나 총괄해서 살피라.

하나, 법헌장 집안의 모든 사무도 총괄해서 살피라.

하나, 혹시 궁핍한 교우가 있으면 편의에 따라 구해 주라.

하나, 각처에서 올라온 물건은 다과를 막론하고 명백하게 기록해서 쓰라.

하나, 장석 시에 장로의 세찬은 매번 팔월 십 일과 섣달 이십 일에 엽전 다섯 냥씩을 어김없이 봉해서 보내라.

하나, 포덕을 엄금하여 지목되는 일이 없도록 하라.'

인제 접의 김병내가 『동경대전』과 『용담유사』를 중간했다. 기축년 들어 입도자가 무척 늘었다. 전라 지역과 충청 지역에 사는 많은 사람이 입도했다.

전봉준도 이때 서장옥의 부하 황해일의 소개로 입도했다. 도인 중 서장옥은 대단히 혁명적인 기질을 갖춘 인물이었다. 익산·전주·금구·만경·고부·임실·순창·진산·고산에서도 입도자가 줄을 이었다.

기축년은 삼남 일대에 큰 가뭄이 들어 농사를 망쳤다. 구월이 되자 기근에 시달리는 사람들이 노상을 배회했다. 시형은 도인들에게 서로 도우라는 통문을 띄웠다.

"그리운 마음은 제기하지 않고 삼가 묻겠습니다. 요즘 한울님 모시는 여러분께서는 도를 지키고 맑고 화목하신지요? 우러러 그리운 마음이 그립고 또 그립습니다. 제가 상복을 입고 옛사람을 그리워하는 것이 크게 다행일 따름입니다.

다름이 아니라 아뢸 말이 있어서 여기에 전달하니 일일이 살펴보셔서 나중에 알지 못하는 폐단이 없게 하는 것이 어떠신지요. 감히 여러 말씀을 올리니 아래와 같이 열거합니다.

무릇 해마다 기근이 들고 풍년이 드는 것은 자연의 늘 그러한 이치이고, 집에 가난하고 부유함이 있는 것은 사람이 늘 겪는 일입니다. 풍년들 때에 축적을 하면 기근들 때에 재앙이 되지 않고, 부유한 자에게 빌리면 가난한 자도 밑천이 있게 됩니다.

지금 하늘이 경고를 내려 온 세상이 다 흉년이 들자, 우물을 파서 두레박으로 물을 길으면서 하늘을 원망하고 사람을 탓하는 무리가 기근과 추위의 구렁텅에 빠지고 윤리를 저버리고 상도에 어긋나는 지경이 극에 달했음은 말할 필요도 없습니다.

아! 우리 도인들은 행운과 불운이 뒤섞여 살고 있고 옥과 돌이 함께 불타고 있지만, 검소하게 해진 솜옷을 입고 있으니 재난을 극복할 중유가 없을 수 없고, 궁핍한 자를 두루 살피고 가난한 자를 긍휼히 여기니 재물을 써서 없앨 복과 장군은 있을 수 없습니다.

스승님께서도 '세간 사람들과는 함께 돌아가지 않으리라.'고 하셨으니, 이처럼 위급한 곤란이 심함을 알 수 있습니다. 우리는 모두 성인 문하에서 함양하는 사람이니 마땅히 함께 돌아가야 할 것입니다. 함께 돌아갈 줄을 모르면 이는 도인이 아니라 세간 사람들입니다.

아! 저 세간 사람들은 차라리 춤과 노래에 재산을 탕진할지언정 친척의 기근을 구제하려 하지 않고, 차라리 잡기와 술을 마시며 도박을 할지언정 이웃 마을의 곤궁을 돌보려 하지 않습니다. 일일이 마음을 구명하면 잔인하고 각박하니 한심스럽지 않을 수 있겠습니까!

『논어』에 '사해의 안은 모두 형제이다.'라고 했습니다. 이것은 우리 도인들의 표준이 되는 말입니다. 무릇 우리 도인들은 함께 연원을 받았으니 마땅히 형제와 같습니다. 형이 배고픈데 아우가 배부른 것이 도리가 되겠습니까? 동생은 따뜻하게 지내는데 형이 얼어 죽는 것이 도리가 되겠습니까?

가만히 생각해 보건대 문에 돗자리를 치고서 책을 읽고, 한 주먹 밥과 한 바가지 물을 먹으며 곤궁하게 사는 자가 한두 명이 아닙니다.

이 큰 가뭄을 당해 단지 세상을 위해서 한 오라기의 털도 뽑지 않겠다는 양주를 생각하거나, 장례 비용이 없어 곤궁에 처한 친구에게 보리와 배를 주고 온 범순인을 비웃는다면, 도중이 수치를 벗어나지 못할 것 같고 성인 문하의 덕을 등에 진다고 할 만합니다.

때가 지난 다음 날에 바닷물을 기울인들 말라버린 물고기에는 구제가 미치지 못하고, 더는 마을이 아닌 곳에서 밥을 지은들 누구를 위해 불을 지피는 일이 있겠습니까!

때때로 생각하다 깊은 밤에 방황합니다. 생각건대 나같이 추한 노인네가 이렇게 입을 여는 것은 감히 여러분의 불민함을 질책하려는 것도 아니고, 다른 날 책임이 누구에게 있는지 따지려는 것도 아닙니다.

우러러 생각건대 우리 도중에는 본래 거부가 없는데 하물며 흉년을 당했으니 어찌 남은 것이 있어서 다른 이에게 미치겠습니까!

그러나 무릇 사람이 일을 할 때에 한가해지기를 기다린 뒤에 책을 읽는다면 평생토록 책을 읽을 날이 없을 것이고, 여유가 생기기를 기다린 후에 사람을 구제한다면 평생토록 사람을 구제할 여유는 없을 것입니다. 크게 바라건대 해당 접 중에 조금이라도 여유가 있는 도인은 약간의 성의를 내, 항심이 없는 도인이 한 해 동안의 가뭄 걱정을 면하게 해 주면서 무극의 큰 원천을 함께 닦는 것이 어찌 크게 좋고 기쁜 일이 아니겠습니까!

혹시라도 능력이 있으면서도 가난한 도인을 구제하지 않거나, 가난한 도인이 감히 도중의 구제에 의지하여 날뛰고 남용하지 맙시다.

한울님의 위엄과 천신의 눈이 임재하지 않는 곳이 없으니, 다행히 남에게 먹을 것을 주는 자는 삼가지 않을 수 없고, 남에게 얻어먹는 자 또한 한울님의 뜻과 사람의 마음을 두려워하지 않을 수 없으니, 경계하고 경계하십시오."

103.

고종 26년, 기축년, 1889년, 7월 24일.

왕이 미리견국 주재 전권 대신으로 있다가 돌아온 박정양을 소견했다.
왕이 물었다.

"그 나라 면적이 왜국과 비교하면 몇 배나 되는가?"

박정양이 대답했다.

"면적은 우리나라에서 거리를 재는 법으로 계산하면 동서가 팔천오백오
십 리이고 남북이 사천팔백 리입니다. 이것은 세계지도를 보고 안 것이고
그 나라 사람을 만날 때마다 들어보니 강역의 넓이는 아세아주의 청국이
나 구주의 아라사보다 작지 않다고 했습니다."

"그 나라에 주재해 있을 때 대통령이 접대하는 절차는 어떠했으며 접견
할 때마다 악수로 인사를 하던가?"

"그들이 접대하는 절차는 기타 각 나라들과 같았으며 극히 친절했습니
다. 서양 풍속에서는 악수를 접견할 때의 예절로 여기기 때문에 신도 그
나라에 들어가서는 그 인사법을 따라 악수로 인사를 했습니다."

"그 나라는 매우 부강하다고 하는데 과연 그렇던가?"

"그 나라가 부강하다는 것은 비단 금이나 은이 풍부하다거나 무기가 정
예하다는 것뿐만이 아닙니다. 그것은 전적으로 내부를 정비하고 실리에
힘쓰는 데 있으며 재정은 항구세를 가장 기본으로 하고 다음은 담배와 술

이고 다음은 지조이며 기타 잡세도 적지 않다고 합니다.

근년에 한 해의 수입은 거의 삼억칠천백사십여 만 원을 넘고 한 해의 지출은 이억육천칠백구십만 원이니 지출과 수입을 대비할 때 남는 것이 사분의 일이나 됩니다.

그래서 어떤 사람들은 각 항구에 들어오는 물건의 세를 줄이자고 논의하기도 합니다. 또 어떤 사람들은 각 항구에 들어오는 물건의 세를 줄인다면 다른 나라에서 명주 비단 도구 같은 물건 등의 수입이 날로 증가하여 들어오고 그에 따라 값이 싸지면 백성들은 사서 쓰기를 좋아하면서 만들려고 하지 않을 것이니 백성들이 자연 게을러지고 나라가 빈약하게 될 것이라고도 합니다.

그리하여 세를 줄이자는 논의는 결국 시행되지 못했으니 그 나라가 부유해진 이유를 이미 알 만하고 재정을 넉넉하게 하는 방법도 이를 미루어 알 수 있습니다. 대개 그 나라 재정의 원천이 이와 같은데도 오히려 비용을 절약하고 낭비하지 않기 때문에 날로 부유하여 각국의 으뜸이 되었습니다.

그 나라가 부유하게 된 요점은 전적으로 비용을 절약하는 데 있고 비용을 절약하는 요점은 전적으로 규모에 달려 있습니다. 그 나라의 규모가 주도면밀하여 일단 정한 규정이 있으면 사람들이 감히 어기지 못합니다."

"그 나라의 규모가 매우 주도면밀하다고 했는데 과연 어떠한가?"

"관리는 나랏일을 자기 집안일과 같이 여깁니다. 각각 자기 직책의 정해진 규정을 지키고 한마음으로 게을리 하지 않습니다. 백성은 사농공상이 각각 자기 일에 종사합니다. 전국을 살펴도 놀고먹는 백성이 드물어 재정이 이로 부유하고 규모가 이로 주도면밀합니다."

"그 나라가 다른 나라보다 가장 부유한 것은 실로 규모가 주도면밀한 데 원인이 있겠지만 인심이 순박하기도 각국에서 첫째라고 하는데 과연 그러한가?"

"각국 인심을 다 알 수 없습니다. 그러나 미리견국은 독립한 지 백여 년에 불과하여 토지는 아직 개간하지 않은 곳이 많으므로 전적으로 백성들을 모집하는 일에 힘쓰고 있습니다. 그리고 교육에 대한 문제를 나라의 큰 정사로 삼기 때문에 인심이 자연 순박합니다."

"그 나라에 주재하고 있을 때 어느 나라 공사와 가장 친밀했는가?"

"공사들의 교섭에서는 서로 좋게 지내기에 힘쓰기 때문에 별로 친소의 차이가 없었습니다. 다만 우리나라와 조약을 맺은 나라의 공사와 더욱 친밀하게 지냈습니다."

"왜국 사람들은 각국에 왕래하면서 좋은 제도를 많이 모방하여 법률을 고치기까지 하였다고 하는데 과연 그런가?"

"왜국 사람들이 각국에 왕래하면서 정치와 법률에서 단점을 버리고 장점을 취하여 모방한 것이 많습니다."

"미리견국이 재정이 풍부하고 제도가 면밀하다는 것은 정말 소문대로이다. 그런데 전적으로 농사일에 힘을 쓴다고 하는데 과연 그렇던가?"

"농사만이 아닙니다. 사농공상이 각각 자기 일에 힘쓰고 있는데 미리견국의 남쪽 지방에서는 농사에 가장 힘쓰고 있습니다."

"미리견국은 나라를 세운 지 얼마 되지 않는데 그 정치 제도가 이러하고 사농공상이 모두 자기 일을 잘하고 있으니 영길리국보다 우세할 것 같다.

그런데 영길리국은 상업만을 위주로 한다고 하던데 과연 그런가?"

"영길리국은 땅이 좁고 인구가 많아 무역에 의존해 자연 상인이 많으니 당연한 일입니다."

"그 나라에서는 항구세를 많은 경우 백 분의 오를 받는다고 하는데 과연 그런가?"

"미리견국의 항구세는 수출세를 낮게 하여 주민들이 생산에 힘쓰도록 장려합니다. 대신 수입세를 높여 외국 물품이 백성들의 돈을 거둬 내가는 것을 억제하고 있습니다. 그래서 혹 백 분의 오도 받고 혹 백 분의 십도 받습니다.

그것은 물품에 따라 백성들에게 유리한 것은 세를 가볍게 하여 들어오도록 하고 백성들에게 해로운 것은 세를 무겁게 하여 막아 버립니다. 명주, 비단, 담배, 술 같은 것들은 관세가 원가보다 높은 것이 있으므로 다른 나라에서 처음 오는 상인들은 가끔 세금이 원가에 맞먹는다고 말합니다."

"그 나라는 면적이 그렇게 넓고 백성들의 집도 크고 화려하지만, 대통령의 관청은 별로 화려하지 않다고 하던데 과연 그러한가?"

"대통령의 관청은 백성들의 집에 비교하면 도리어 미치지 못할 정도로 매우 검소합니다. 그러나 개인 집과 다른 것은 건물을 전부 흰 칠을 했기 때문에 나라 사람들이 백옥이라고 합니다."

"참으로 얄궂다. 그 나라는 남쪽으로 칠레와 브라질을 이웃하고 북쪽으로 영길리국 아라사 등에 속한 땅과 경계를 하고 있다는데 이것이 미리견국인가?"

"남북의 경계는 과연 전하의 하교와 같은데 비록 북미합중국이라고는 부르지만, 아미리가 주 전체를 놓고 말한다면 미리견국은 그 복판을 차지하고 있습니다."

"그 나라는 해군과 육군의 제도가 그다지 정비되지 못하였다고 하는데 과연 그러하며 또 상비병·예비병·후비병이 있는가?"

"그 나라에 상비 육군은 삼만 명에 불과한데 각 진영에 배치했으며 현재 워싱턴에 주둔하여 있는 군사는 몇백 명에 불과합니다. 나라의 크기에 비해 군사는 그리 많지 않았습니다.

그 밖에 또 민병이라고 부르는 것이 각 지방 각 촌락에 있고 군사 학교가 있어서 백성들에게 훈련을 가르치는데 정부에서 군량을 대주지 않아도 나라에 변란이 있을 때마다 천만 명의 정예병을 선 자리에서 동원할 수 있습니다. 이것이 이른바 군사를 백성에 부속시킨다고 하는 것인데 나라를 위하는 마음은 관리나 백성이나 차이가 없습니다."

"군사 학교는 공립인가? 사립인가?"

"공립도 있고 사립도 있습니다."

"오가는 길에 단향산이 있다고 하던데 그것은 어떤 곳인가?"

"그것은 하와이에 속하는 섬입니다."

"하와이는 작은 나라이다. 오가는 길에 과연 두루 보았겠는데 그 면적은 얼마나 되던가?"

"하와이는 바로 태평양 가운데 있는데 여러 섬이 모여 한 나라를 이룬 것으로서 오키나와나 우리나라 제주에 비교하여도 많이 크지 않을 것 같습니다. 신이 미리견국으로 갈 때 배가 그 경계에 닿았으나 밤이 깊어서 육지에 내리지 못하여 자세히 보지 못했습니다.

사십 년 전에 천연두가 유행하여 사람들이 많이 죽었기 때문에 근래에 구라파와 아시아 각 주의 백성들을 모집하여 겨우 모양을 갖추었다고 합니다."

"하와이는 한 개 섬나라인데 미리견국과 영길리국이 그전에 서로 분쟁한 일이 있었다고 하니 무슨 까닭이었는가?"

"영길리국에서 하와이를 병탄하려고 하므로 하와이는 그 침략에 견딜수 없어 미리견국에 속하기를 원했으니 그것은 대체로 영토가 가깝기 때문이었을 것입니다. 그러나 미리견국은 본래 남의 땅에 욕심이 없었기 때문에 속국이 되겠다는 그 나라의 소원을 승인하지 않고 그대로 독립하게 하여 지금까지 보호하고 있습니다."

"우리나라에 주재하는 미리견국 공사 딘스모어는 이미 체직되었지만 새로 임명된 공사도 곧 그만두려고 한다는데 무슨 까닭인지 모르겠다. 그리고 딘스모어의 말을 들어보면 우리나라에서 새 공사를 파견한 후에 미리견국의 새 공사도 파견되어 온다고 하는데 과연 그러한가?"

"미리견국은 자체의 실력을 기르는 데만 힘쓰고 외교는 부차적인 일로 여기기 때문에 사신으로 나가는 사람들의 봉급이 서양 여러 나라에 비하여 좀 적습니다. 혹 원하지 않는 사람도 있습니다.

이는 민주국이기 때문에 사람들이 각각 자유로운 권리를 가지고 있는 만큼 정부에서 강요할 수 없습니다. 우리나라에 새 공사를 파견하는 문제에 대해서는 딘스모어의 말이 이상하지 않습니다. 어느 나라를 막론하고 다른 나라에 사신을 내보내는 것은 다 다른 나라의 사신이 자기 나라에 와서 주재하기를 원하기 때문입니다. 이것은 물론 요즘 각국 외교의 일반적인 추세입니다."

"다른 나라에 오가면서 오늘에 이르기까지 노고는 비록 많았지만, 각국 사람들의 말을 들을 때마다 사신의 임무를 잘 처리했다고 하니 이것은 다행한 일이다."

"사신으로 가는 의리가 중한데 어떻게 감히 노고에 대하여 말하겠습니까? 학식이 부족하여 자연 잘못하는 일이 많았으니 황송하여 주달할 바가 없습니다."

104.

고종 26년, 기축년, 1889년.

정월 초.

정선에서 민란이 일어났다. 군수 이규학의 뒤설레 치는 학정에 시달리던 김주석이 전 군직 최용서와 주동하여 보름날 백성들을 이끌고 관아로 쳐들어가 관인을 빼앗고 군수를 축출했다. 사령 김응추는 불태워 죽였다.

조정은 이천 군수 정리섭을 안핵사로 임명하여 무력으로 수습했다. 주동자 세 사람은 삼월 이십삼 일 평창에서 효수되었다. 가담했던 최덕원 외 여섯 명은 황해도 백령도로 유배 보냈다.

뒤이어 인제군에서도 민란이 일어났다.

학정에 못 이긴 이삼득·김시덕·김시중·정능이 등이 백성들을 이끌고 관아로 들어가 현감을 핍박하고 집을 파괴했다. 출동한 관군에 의해 바로 진압되었고 주동자 네 사람은 효수되었다.

이후 각지의 관아에서 동학을 다시 지목하기 시작했다.

칠월 초.

시형은 육임소를 파하고 이십 일 괴산 신양동으로 피신했다.

시월에 문경 사변으로 서인주·강한영·신정엽·정현섭이 관에 체포되자 동학 지도부는 긴장했다. 시형을 비롯한 지도자 일부는 산속으로 피신했다.

강한영과 정현섭은 경사에서 처형되었고, 서인주와 신정엽은 절해고도
에 유배 갔다. 얼마 후 서인주는 보석으로 풀려났다.

시월 그믐.

시형은 아들 최덕기와 김연국을 데리고 음성 한 씨 집으로 피신했다가
장한주가 뒤따라오자 같이 강원도 인제 갑둔리에 김연호의 집으로 옮겨
갔다. 대접주 임규호·임신준·권병덕도 지목을 피해 홍천 정모의 집으로
피신했다.

갑둔리에 간 시형은 다시 태백산맥을 넘어 간성 왕곡리 김하도의 집으
로 피신했다.

선각자의 길은 고달프기 짝이 없었다.

105.

고종 27년, 경인년, 1890년, 1월 22일.

미시에 왕이 돌아온 왜국 주재 판사 대신을 소견하기 위해 만경전에 나
갔다.

좌부승지 김병수, 가주서 이범세, 기주관 예성질, 김진형, 판사대신 김가
진이 차례로 나와 엎드렸다.

"사관은 좌우로 나누어 앉으라."

이어 판사 대신을 앞으로 나오라고 명했다.

"사 년 동안 이국에 있다 잘 돌아왔는가?"

김가진이 말했다.

"왕령이 돌보아 주시어 무사히 다녀왔습니다."

"들으니 왜국 대신이 체임되었다고 하던데 지금 과연 대임이 차출되었
는가?"

"그 나라의 외무대신 산현유붕이 총리대신을 겸하게 되고 외무차관 청
목주장과 농상부 차관 암촌통준이 모두 승진하여 대신이 되었습니다."

"민회를 만든다고 하던데 과연 그러한가?"

"과연 그러한 논의가 있었는데 올겨울 사이에 의원을 설립한다고 합니
다."

"우리나라 사신이 들어간 후에 저들 조정이 대우하는 것은 어떠했는

가?"

"갑신년 이후로 우리나라에 대해 저어하는 자가 없는 것은 아니었으나 우리 사신이 가서 머문 이후로 그들 조정에서 매우 기뻐하고 있습니다. 교제에서도 점차 타협적이고 신들을 대접할 때도 매우 후하게 하였습니다."

"오스트리아가 우리나라와 조약을 체결하려고 한다는데 과연 그러한가?"

"그 나라의 서기관이 연전에 임시로 공사를 대리할 때에 신에게 이러한 말을 한 적이 있는데 예비 체약 문서를 만들어 놓자고까지 하였습니다. 그 후로 다시 그 말은 없었고 이번에 신과 이별할 때에 이번 봄경에 우리나라를 유람하려 한다고 하였습니다."

"각국의 공사로서 왜국에 가서 주재하는 이가 얼마나 되는가?"

"모두 열네 나라입니다."

"청국까지 포함해서 그러한가?"

"그렇습니다."

"오스트리아의 서기관이 우리나라에 나오려고 한다는데 무슨 일로 나오려고 한다던가?"

"풍토를 한 번 살펴보려고 그런 것 같습니다."

"태국 대사도 왜국에 도착했다고 하던데 보았는가?"

"그 나라 대사가 왜국에 도착했을 때 신이 연회하는 중에 만났습니다."

"그 복색이 어떠하던가?"

"서양 옷을 입었습니다."

"그 모습이 서양인 같던가? 아시아인 같던가?"

"형체와 모발은 아시아인 같았습니다. 다만 얼굴색은 인도인 같으면서 조금 검었습니다."

"꽃피고 단풍들 때에 많이 놀러 나와 감상한다던데 왜왕도 놀러 나왔던가?"

"놀러 나올 때가 많은데 연병하고 경마하는 것 보기를 더욱 좋아합니다."

"새로 지은 궁궐이 과연 장대하고 화려하던가? 합하여 몇 곳이나 되던가? 제도는 어떠하던가?"

"새로 지은 궁궐은 모두 십이 년에 걸쳐 완성하였는데 아주 사치스럽고 화려합니다. 제도는 왜국과 서양 제도를 합쳤는데 그 처소가 얼마인지 지금 기억하기 어렵지만 대개 지난날 바쳤던 도면과 같습니다."

"그렇다면 대궐이 매우 크고 장대하겠구나."

"그렇습니다."

"대판과 동경과의 거리는 얼마나 되는가?"

"우리나라 이수로 천사오백 리 됩니다."

"왜왕의 자녀는 몇인가?"

"일 남 이 녀라 하는데 남자는 바로 왕세자입니다."

"일본 왕세자는 지금 몇 살인가?"

"십일 세라 합니다."

"학교는 들어갔는가?"

"매일 학습원에서 유학하며 견습한다고 합니다."

"왜왕은 근래 어디로 유람하는가?"

"서경 옛 도읍지로 유람하고자 한다고 합니다."

"그 나라의 약조를 개정하는 일은 어떻게 되었는가?"

"그들의 민간인 사이에 뒤쭉대며 이론이 많아서 전 외무대신이 상해를 입는 일까지 있었는데 그 이후로 드디어 중지되었습니다."

"군무와 재용의 규모는 어떠한가?"

"군정은 한결같이 서양법을 따르는데 육군은 정예롭고 강하기가 비할 데 없고 해군도 어느 정도 정비되었습니다. 재정은 매년 연말에 다음 해 일 년 동안 지출하고 거두어들이는 예산을 세워 쓰임이 넘치지 않아 항상 부족하지 않습니다."

"왜국의 재용에 대한 장부는 대장성이 관할하는가?"

"그렇습니다."

"몇 번이나 들어가서 왜왕을 보았는가?"

"처음 도착하여 머무를 때 및 매년 정월 초하루의 연회, 왜왕 탄일 관병식 경마를 볼 때, 중양절 헌법을 반포한 후의 경축 연회 때, 본국으로 돌아올 때 등에 들어가 보았습니다."

"돌아올 때 왜왕을 보았는가? 별다른 말은 없던가? 미리견국 선박을 타고 왔는가?"

"각국 공사가 본국으로 돌아갈 때는 모두 주재국의 군상의 알현을 청하는 것이 관례입니다. 그래서 신도 들어가 보았는데 만나 볼 때 왜왕이 언제 본국으로 돌아갈 것이냐고 묻기에, 신이 양력 이월 이십구 일에 출발하여 본국으로 돌아간다고 하고 또 접견을 허락해 주어 대단히 감사하다고 하였습니다.

소신이 물러나올 때 미리견국 수사제독이 조회를 보내어 거느리는 병함으로 호송해 주기를 원한다고 하였습니다. 그 뜻이 매우 두터워 그 배를 타기로 답하고 그대로 그 배를 타고 왔습니다. 참으로 매우 감동하였습니다."

"미리견국 병함 중 횡빈에 있는 것은 몇 척이며 군병은 얼마나 되는가?"

"횡빈에 두 척이 있는데 신이 타고 온 함선의 병사는 이백여 인이라 하였습니다."

"이번에 인천항을 출발하여 돌아가는 미리견국 함선은 장차 어디로 향한다고 하던가?"

"장차 횡빈으로 향한다고 합니다."

"네 흉적이 지금 어디에 있다고 하던가?"

"김옥균은 왜국 북해도 찰황에 있고 박영효는 횡빈 근처 신나천 고도의 가우위문 가에 있다고 합니다."

"혹 공관으로 와서 만나 보았는가?"

"박영효가 뒤스럭스럽게 한번 사람을 보내어 만나 보기를 청하였기에 신이 엄한 말로 물리쳤는데 그 후로는 감히 다시 시험하는 일이 없었습니다."

"왜국 궁궐과 조선 공관은 서로 거리가 얼마나 되는가?"

"대략 광화문과 돈의문의 거리만큼 됩니다."

"그렇다면 서로의 거리가 멀구나. 근처에 또 다른 공관이 있는가?"

"이웃에 오스트리아 공관이 있고 근처에 영길리국 공관이 있고 또 근처에 불량국 공관이 있습니다."

"아라사인이 장기에 병사를 주둔시킨다고 하던데 과연 그러한가?"

"신은 아직 듣지 못했으나 현재 왜국 병력이 아주 정예하고 강하며 경비가 매우 엄밀하여 아마도 이런 일은 없을 것입니다."

"그렇게 강성하다면 아라사라도 당해 내겠는가?"

"왜국이 아라사 국경을 침범하지는 않겠지만 만약 아라사가 왜국 국경을 침범하면 아라사는 필시 패할 것입니다."

"서기관 유기환은 홀로 남아 있는가?"

"수행원 강화석은 그 어미의 병이 위급하다는 전보를 받고 신과 함께 들어왔고 관에는 또 한 명의 통변 김낙준이 있는데 곧 부산 사람입니다."

"그대가 여러 날 혼자 지내면서 그사이 신병이 있었다고 들었는데 지금은 회복되었는가?"

"제 병은 지금은 나았습니다."

"관에 머무르는 수행원은 삼사 인이 있은 연후라야 쓸 수 있는가?"

"공사 이외에 수행원이 삼사 인이 있어야 하니 그런 연후에 일을 처리할 수 있습니다."

"그 지역에 있으면서 의식의 일이 모두 어려웠겠지만 입는 일이 먹는 일보다 더 어려웠을 것 같다."

"그렇습니다."

왕이 판사 대신에게 물러가라고 명하니 승지와 사관이 같이 물러 나왔다.

106.

고종 27년, 경인년, 1890년.

정월에 지목이 조금 풀리자 시형은 간성에서 인제 갑둔리로 넘어왔다.

김연호의 집에 잠시 있다가 이월 보름, 성황거리 이명수의 집으로 옮겼다. 갑둔리 동쪽에 있는 고개 하나를 넘어 왼쪽 길로 접어들면 마을이 나타나는데 왼쪽 길 끝 집이 이명수의 집이다.

열흘 후 손병희에게 기별해 가족을 돌보도록 했다. 손병희·병흠 형제는 충주 외서촌 보뜰에 집을 마련하고 삼월에 시형의 가족을 옮겼다. 이때 밀양 손씨 부인이 아들 봉도를 낳았다.

시형은 사월에는 양구읍 죽곡리 길윤성 집으로 가 은신했다. 뒤트레 방석을 짜서 동네에 돌렸다.

오월 보름께 다시 갑둔리 김연호의 집으로 돌아왔다가 지목이 누그러지자 칠월 초순에 갑둔리 이명수의 집으로 다시 옮겼다.

유배 갔던 서인주와 신정엽이 칠월에 풀려났다. 완전히 해지되지는 못했기 때문에 시형은 뇌물을 바치기 위해 인제 접 김연호에게 오백 금을 마련하도록 했다.

시형의 가족들은 칠월 공주 정안면 활원으로 이사 갔다.

시형은 팔월 초 활원으로 넘어갔다. 이후 사곡면 신평 윤상오의 집에서

한 달가량 살았다.

구월에 대주리 서택순의 주선으로 가족을 다시 진천군 초평면 용산리 금성동으로 옮겼다.

시월에 시형은 영남 순회에 나섰다. 앞서 김연국을 영남으로 보내 상주·선산·김산·지례 등지를 돌아보고 오게 했다.

동짓달.

김산군 구성면 복호동 김창준의 집에서 여러 날 묵으며 도인들을 만났다. 여기서 내칙과 내수도문을 만들어 반포했다.

섣달 하순.

공주 신평으로 내려가 윤상오 집에서 새해를 맞았다. 윤상오는 자신의 일가가 많이 사는 동막에 큰 집을 마련해 이사 오라고 권했다.

107.

고종 28년, 신묘년, 1891년.

이월에 시형은 가족과 함께 윤상오가 권한 공주 동막으로 이사했다.

전에 살던 활원에서 십 리 정도 떨어진 곳이다. 손병희·손응삼·손천민 세 숙질이 부녀가 타는 가마에 시형을 태워 갔다.

손병희는 후일 시형을 가마에 메고 다니느라 어깨에 못이 박혔다고 드러내 보이기도 했다.

삼월이 되자 호남 지역 도세가 급증해 많은 접이 드러장였다. 김영조 김낙철 김낙삼 김낙봉 송하중이 공주 신평리에 있는 시형을 찾아왔다.

시형은 각 접을 지도하고 조정하기 위해 전라도에 처음으로 편의장제를 만들었다. 부안 동진면 내기리 신리에 사는 윤상오를 전라 우도 편의장으로, 익산 오산면 남전리 남참마을에 사는 남계천을 전라 좌도 편의장으로 임명했다.

이후 두 편의장을 각각 따르는 무리 사이에서 드리없게 알력이 일어났다. 시형은 아끼던 윤상오를 물러나게 하고 천민 출신 남계천을 전라 좌우 도 편의장을 겸한 도접주로 승격시켜 임명했다.

유월 초.

지금실 김기범의 집으로 옮겨 십여 일 체류했다. 김기범과 김덕명은 여름옷을 각각 여섯 벌씩 지어 왔다. 이때 김영조·김낙철·김낙봉·김낙삼·남계천·손화중·박치경·옹택규·조원집이 시형을 보필했다.

이해 조병식이 충청도 관찰사로 부임하자 든손으로 동학 탄압에 나섰다.

108.

고종 28년, 신묘년, 1891년, 팔월 이십칠 일.

의정부에서 왕에게 보고했다.

"강원 감사 이원일의 장계를 보았습니다. 고성군의 대소 신민들이 일제히 모여 승려 기월이 서울에서 내려온 박일원과 본 군민 장응조와 한통속이 되어 평민을 잡아가 여러 가지로 재물을 강요한 일 때문에 기월과 박일원을 모래 속에 묻어 함부로 죽였습니다.

어리석고 완고한 백성들의 풍습이 매우 악독하니 맨 먼저 주창한 놈들을 잡아다가 조사관을 정하고 엄격히 조사하여 등문할 생각이라 했습니다. 이에 대한 판부에 묘당에서 품처하라는 명령이 있었고 해도에서 조사한 문건의 등보가 이어 또 의정부에 도착하였습니다.

고약한 무리와 간사한 중이 서로 결탁하여 지탱하기 어려운 가난한 백성들의 재산을 빼앗으려고 하다가 결국에는 모래더미 속에 묻힌 의지할데 없는 혼이 되었는데 재난을 빚어내고 소란을 일으킨 것은 누가 시켜서 그런 것이겠습니까? 생각이 이에 미치니 신도 모르게 놀랍고 비참한 생각이 듭니다.

대개 사람을 죽이는 변고는 예로부터 있었던 일이지만 민심이 모질고 악독한 것이 어쩌면 이렇게까지 극도에 이를 수 있단 말입니까? 만일 억울한 일이 있으면 읍에 호소하거나 감영에 글을 올려야지 무슨 일이기에 무리를 불러들이고 패거리를 규합하여 강제로 사람을 묻어 죽였단 말입니까?

이런 일은 지난날의 전적에도 없었던 일입니다. 그래도 나라에 법이 있고 백성에게 양심이 있다고 말할 수 있겠습니까?

맨 먼저 주창한 권환·정상용·심학로·최종하는 통문을 돌려 많은 백성을 불러 모은 것부터가 벌써 놀라운 일인데 흙과 모래를 쌓아놓고 중을 묻었으니 이것이 차마 할 수 있는 일이겠습니까? 김윤택·박수영·조성구는 자칭 계의 임원이라고 하면서 죄인을 잡아두고는 심지어 서울에서 내려간 포교가 호송해 가지 못하도록 했으며, 끝내 사람들이 둘러싼 장소에서 묻어 죽이는 행동을 감행하였습니다.

이상 일곱 명의 죄수는 감영의 중군이 급히 해읍으로 달려가 군민들을 모아놓고 효수하여 사람들을 경계하도록 하소서. 그중 최가 놈은 아직 도피 중이니 지극히 통분한 일입니다. 기한을 정하여 체포한 다음 형률을 적용한 후에 치문하도록 하소서.

장응조는 음험한 자로서 나쁜 전례를 만들었고, 권형원은 중간에서 소개를 하고 이익을 취하였으니 참으로 더없이 교활하고 악독합니다. 다 같이 탐문해 잡아다가 해당 형률을 시행하도록 하소서.

그 밖의 죄수 이하 여러 사람은 도신으로 하여금 징계한 다음 방송하도록 하소서. 해당 군수로서 수령을 겸임한 자는 도신의 계사에서 이미 처벌할 것을 청했으니 해부가 나처하도록 하는 것이 어떻겠습니까?"

왕이 말했다.

"그리하라. 김윤택 등 세 사람은 물론 아뢴 대로 법을 적용해야 하겠지

만 사안에서 이렇게 등급을 나눈 것을 보니 명백히 바로잡는 정사가 있어
야 할 것이므로 특별히 그다음의 형률을 시행하여 형벌을 신중히 적용하
는 조정의 뜻을 보이도록 하라. 차지 중관으로 말하더라도 제 마음대로 문
첩을 내어 이렇게 전례 없는 일을 저질렀으니 지극히 해괴망측한 일이다.
원지 정배하도록 하라.”

109.

고종 29년, 임진년, 1892년, 삼월 십 일.

함흥에 소란을 일으킨 난민을 안찰하지 못한 함경 감사 이언일의 견파를 청하는 의정부의 계.

박용대가 의정부의 말로 아뢰기를 방금 들으니 함흥의 난민들이 떼지어 소란을 일으켜서 사람을 죽이는 지경에 이르렀다고 합니다.

근래 기강이 무너지고 습속이 사납고 어리석어 지방의 고을에서 백성들이 소란을 일으키는 일이 빈번하지만, 어찌 왕업의 기초를 닦은 고을에서 이런 놀랍고 고약한 일이 있으리라 생각이나 하였겠습니까?

너무도 통탄스러워 차라리 말을 하고 싶지 않습니다.

비록 사건의 단서는 모르겠지만 이미 소문이 자자하게 퍼졌으니 길에서 소문을 듣고 안 일이라고 해서 내버려 두고 묻지 않아서는 안 될 것입니다.

한성부 소윤 이건창을 안핵사로 차하하여 해조가 구전으로 단부하게 한 다음 즉시 내려 보내 난민의 사정을 속히 속속들이 조사해서 등문하게 하여 정상을 참작하여 처리하도록 해야 할 것입니다.

그러나 안찰하는 자리에 있는 감사가 어루만져 보호하는 책임을 다하였더라면 반드시 이같이 전례 없던 변고가 없었을 것입니다.

사건이 영하에서 일어났는데도 곧바로 장계로 보고하지 않았으니 사체로 볼 때 어떻게 이럴 수가 있단 말입니까?

함경 감사 이원일에게 우선 견파하는 형전을 시행하는 것이 어떻겠습니까?

왕이 말했다.

"그리하라. 걸핏하면 소란을 일으키니 이 무슨 백성의 버릇이란 말인가? 이미 분수를 범하고 법을 무시하였으니 어찌 통탄스럽지 않겠는가? 더구나 나라에서 다른 도보다 각별하게 보살펴 주고 있는데 마침내 이같이 놀랍고도 고약한 소리가 들리는 데야 어떻게 놀라움과 한탄스러움을 금할 수 있겠는가?

그러나 또한 어찌 변고가 일어난 까닭이 없겠는가? 안핵사를 재촉하여 떠나게 해서 철저히 엄하게 조사하여 속히 등문하도록 분부하라."

110.

고종 29년, 임신년, 1892년.

정월부터 충청 감사 조병식의 탄압은 가중되었다.

그는 병자년 당시에도 충청도 관찰사로 왔다가 탐학으로 인해 이년 후 정묘년 전라도 나주 지도에 일 년간 유배된 적이 있는 탐관오리였다. 계미 년에 형조판서로 복직하였으나 포악하게 죄인을 처형한 책임을 물어 다시 유배되었다.

을유년 이후 다시 복직되어 여러 중요한 직을 거쳐 경기 감사가 되었다 가 이번에 다시 충청 감사로 임명된 것이다.

이월 스무아흐레.

시형은 각 포에 임첩을 남발하지 말라고 통유했다.

오월 보름.

시형은 김주원의 도움으로 상주군 공성면 효곡리 윗왕실 깊은 산중에 거처를 마련했다. 상주 옥산 쪽에서 보면 이곳은 사백 고지이다. 그러나 일단 올라오면 북쪽 화령 쪽에서부터 이 일대는 평지와 같다.

교통도 편리했다. 서쪽은 보은과 통하고, 동쪽은 옥산과 통하고, 남쪽은 황간과 통하고, 서남쪽은 영동 용산과 통한다. 시형은 여기서 살며 임신년 과 다음 해 계사년에 걸쳐 공주와 삼례 그리고 광화문 교조신원운동을 지 도하게 된다.

충청과 전라 지역에서 동학 세력이 커지자 유생들과 관원들의 탄압도 비례하여 심해졌다.

조선은 주자학의 논리에 따라 동학을 이단으로 몰아 삼십 년이 넘도록 탄압했다. 그것도 모자라 최근에는 지방 관장들이 재물을 탈취하는 수단으로 삼아 가고 있었다.

임신년 봄부터 충청의 영동·옥천·청산에서 전라의 김제·만경·무장·정읍·여산 지방 수령들이 동학도의 재물을 내남없이 빼앗아, 오월이 되자 도인들은 토호와 관원에게 견디지 못하고 듣거니 맺거니 마을에서 쫓겨 길거리로 나서 떠돌아다니다 일부는 죽기도 했다.

갈 곳이 없는 도인들은 보은 장내리 쪽으로 모여들었다. 장내리에는 동학 도소가 있었고 금구·원평에는 김덕명 큰 접주의 도소가 있었다. 모여든 도인 수가 백 명이 넘었다.

중건 지도자들은 이 위기를 극복하기 위해 고민했다. 토호와 관원을 일일이 상대하는 것은 한계가 있었다. 근본적인 대책이 아니었다. 조정이 동학을 공인하게 하는 것이 올바른 대책이었다.

강원도 산간과 충청도 일부에서 동학 활동이 있었으나 워낙 수가 적어 관원의 눈에 띄는 일은 적었다. 그러나 경인년에 이르면 강원도를 위시하여 경기·충청·전라에 이르기까지 도인 수가 부쩍 늘어나 공공연하게 활동하면서 세력이 드러나자 유생들과 토호 그리고 관원들이 위기를 느꼈다.

이들은 결국 조정에 압력을 넣어 탄압책을 강구하게 했다.

시형은 분노했다.

"금법은 양민이 되게 하자는 데 본뜻이 있었다. 그러나 지금 행해지는 탄압을 보면 그렇지 않다. 심한 경우 수령된 자가 암암리에 넉넉한 백성으로부터 뇌물을 토색하도록 부추기기까지 한다. 교졸과 관례들은 금령이 있기만 하면 이를 빙자해 양민을 침노하는 것을 당연한 일로 여기고 있다.

문제는 동학을 금하는 데 그치는 것이 아니라 금령을 빙자해 닥치는 대로 침노해 재산을 약탈하고 온 가족을 길거리로 내모는 데 있다. 무고하게 남편과 아버지를 이별하게 하여 엄동설한에 길가에서 울부짖게 하니 무슨 죄가 있다고 이처럼 내몰고 있는가?"

이러한 폐단은 사실상 조선의 해체 현상에 따른 것이므로 아무리 민의를 호소해도 개선될 가망은 없었다. 그렇다고 마냥 앉아서 당할 수만은 없는 일이었다. 그리하여 동학 지도부는 동학의 금압을 해소하는 근본 방책으로 교조 신원을 조정에 건의하기로 결정했다.

조정이 수운을 신원하면 동학을 이단으로 단정한 것이 무효가 되므로 동학이 합법이 되어 불교나 야소교 그리고 다른 도학처럼 자유롭게 배우고 실행하며 펴 나갈 수 있게 된다.

고루하고 배타적인 조선 조정이 이를 쉬이 받아 주리라 기대하지는 않았다. 그러나 다른 대책이 전혀 없으므로 일단 시도해 보는 수밖에 없었다.

칠월.

서인주와 서병학이 상주 공성면 왕실로 시형을 찾아와 교조 신원을 청했다.

"오늘 우리가 대선생의 원을 펴고 하루속히 현도의 실을 거두지 않으면 안 될 시기라 생각합니다. 만약 그렇게 하지 못한다면 도인의 생명과 재산을 부지할 길이 전혀 없을 것인즉 도주께서 도인들을 효유하고 정부에 상소하여 우리의 오랜 숙원을 성취하도록 조처해 주십시오."

신중한 시형은 일단 고개를 저었다.

"제자의 도리로서 누가 그런 뜻이 없으리오만 아직 때가 이르니 후일을 기다림만 같지 못합니다."

서인주는 화를 냈다.

"가산을 침탈당해 떠돌고 방황하는 도인들의 참상은 물론 심지어 순도자가 속출하는 상황에서 앉아서 때를 기다리라는 것이 도주께서 취할 태도입니까?"

서인주는 유배 갔다가 막대한 금액을 관에 바치고 겨우 풀려 나온 사람이다. 충분히 할 수 있는 발언이었다. 그러나 시형이 끝까지 승낙하지 않자 결국 섭섭한 기색으로 돌아갈 수밖에 없었다.

시형은 대선생 신원운동을 하되 지금까지의 동학 운동과는 다른 차원으로 진행하는 것이 중요하다고 생각했다. 더 치밀하게 생각할 시간이 필요했다.

일단 가을 추수가 끝날 때까지 기다리기로 했다. 그 사이 각지에 있는 지도자들을 왕실로 불러 상의하기도 하고 직접 찾아가기도 했다.

신미년 영해 운동 때 시형은 시종 신중한 태도를 견지했으나 결과적으로 많은 도인의 희생이 따랐었다. 그나마 그때는 대선생 신원을 전면에 내세우지 않았기에 후폭풍이 최소화한 셈인데도 어렵게 일군 교단 조직이

풍비박산이 났었다.

시형은 이번에도 신중할 수밖에 없었다. 그러나 숙고를 거듭하고 자문을 계속해도 모든 길이 외통수로 이어졌다.

시월에 이르러 시형은 결단을 내렸다. 교조신원운동 이외는 별다른 방법이 없다고 판단했다.

이 운동이 효과를 내려면 대중을 동학 이념에 공감하도록 끌어모으는 동시에 조직력을 바탕으로 하여 조정에 결정적인 압력을 행사해야 한다.

우선 낡은 세력을 설득시킬 수 있는 명분을 뚜렷하게 내세워야 한다. 그러기 위해 보국안민의 대의를 내세우기로 했다. 수운이 순도한 이후 이십여 년 세월 동안 동학을 제도화하는 데 성공한 시형은 이제부터 동학의 신념을 사회화하는 쪽으로 방향을 돌리기로 했다.

시형은 남계천을 시켜 통문을 지어 각 접에 돌렸다.

"이 글은 널리 깨우치는 것입니다. 삼가 생각건대 천운이 순환해 비로소 오만 년 무극대도가 시작되었고, 세상의 마귀가 다 항복하여 영원히 삼칠자의 영도를 믿게 되었습니다.

운에 응해 살고 때를 기다려 숨으십시오. 도를 알고 도를 닦는 도인은 도가 오로지 성·경·신 삼단에 있고, 하늘을 섬기고 하늘을 받드는 도인은 하늘이 반드시 시·정·지 삼자를 돕습니다.

대저 어찌하여 세상이 쇠퇴해 운이 어두워지고, 도가 미약해 그릇됨이 많아져, 도를 전하는 자는 밝지 못하고 도를 닦는 자는 삼가지 않게 되었습

니다. 혹자는 유언비주를 듣고 혹자는 도를 어지럽히고 법을 혼란시키는
데 이르니, 이것은 누구이든 딱하지 않을 수 있겠습니까?

삼가 바라옵건대 모든 도인은 한 생각도 게을리하지 말고 끊임없이 마
음을 지키고 기운을 바르게 할 것을 생각하십시오. 모든 일에 마땅함을 생
각해 무궁하게 덕에 부합되고 앎을 받아들일 것을 일삼으십시오.

가한 것은 받아들이고 불가한 것은 물리치십시오. 반드시 두 번 생각하
는 마음을 정해 욕심을 버리고 허물을 뉘우치십시오.

바라건대 모든 선에 따라 반드시 아침저녁으로 경계하고 두려워하는 마
음을 간직해 봄이 돌아오기를 기다리십시오.

이에 다음과 같이 조항들을 새롭게 제정하니 삼가 부탁드립니다.

첫째, 무릇 우리 도는 천하의 무극대도입니다. 하늘에서 나와 동방에서
빛나니, 삼강이 정해지고 오륜이 밝혀졌습니다.

인의예지와 효제충신이 도의 이치에 갖추어지지 않은 것이 없으니, 만
약 혹시라도 입도하는 사람이 그 이치에 전혀 어두워서 오로지 이름에 의
탁하기만 일삼는다면 우리가 말하는 도가 아닙니다.

하늘이 살피는 것은 실로 밝으니, 하늘을 어찌 숨기겠습니까! 한울님의
눈은 번개와 같으니 한울님을 속일 수 있겠습니까?

오직 바라건대 모든 도인은 의리를 중시하고 기강을 세우고 하늘을 공
경하고 스승을 높여 한결같은 생각으로 착실하게 사사로움을 제거하고 올
바름으로 돌아가야 합니다.

둘째, 우리 도의 이치는 믿음을 주로 합니다. 대저 인의예지신 오상에
신이 있는 것은 수화금목토 오행에 토가 있는 것과 같습니다. 인의예지는

'신'이 아니면 행해지지 않고, 수화금목은 '토'가 아니면 이루어지지 않으니, 사람에게 있어 '신'이 중요하지 않겠습니까?

무릇 도를 함께 하는 우리는 도를 닦을 때 먼저 '신' 한 글자를 중히 여기고, 일에 임해서도 '신' 한 글자를 위주로 해야 하겠습니다.

셋째, 하늘이 만백성을 내실 때 반드시 그 직분을 주었다 합니다. 사람이 세상에 태어나 사농공상 사민이 있게 되었습니다.

무릇 도를 함께하는 사람이 도에 들어온 것을 핑계 삼아 생업을 지키지 않고 집안을 돌보지 않으며 도로에서 놀고 방탕하며 법을 지키지 않으면 우리 도인이 아닙니다. 진실로 항산이 없으면 반드시 항심도 없습니다. 진실로 항심이 없으면서 몸이 닦여지고 집안이 가지런해지는 일이 어찌 있겠습니까?

오직 바라건대 도에 들어온 사람은 각자 자기 생업을 지켜서 밭 가는 사람은 밭 갈고, 독서 하는 사람은 독서하고, 물건 만드는 사람은 물건을 만들고, 장사하는 사람은 장사해서, 분수에 만족하고 도를 즐거워하며 몸을 닦고 집안을 가지런히 하는데 게으르거나 방탕한 일이 없어야 합니다.

넷째, 천하의 일에는 공사가 있습니다. 공이란 천하 사람들의 커다란 공이고, 사란 한 사람에게 국한된 편협한 사입니다.

일에 임해 공을 지킨다면 남들이 다른 말이 없고 하는 일마다 견실해집니다. 일에 임해 사에 따르면, 남들이 원망하는 말이 많고 일마다 사이가 틀어집니다.

그러므로 공과 사 사이에 군자와 소인이 있습니다. 오직 우리 도인들만이 땔나무꾼의 말이라도 비하하지 않고, 지극한 마음으로 도에 머무르기 바랍니다. 아첨하는 이들은 절대로 금하고 헐뜯는 사람은 아무도 가까이 하지 않으며 한결같이 지극히 공평하고 사사로움이 없는 것을 중심으로 삼아야 합니다.

다섯째, 같은 소리끼리 서로 반응하고 같은 기운끼리 서로 원하는 것은 고금의 공통된 도리입니다. 우리 도에 이르러서 그 이치가 더욱 뚜렷해졌습니다. 환난을 당해 백성의 삶이 빈궁해지면 서로 구휼하는 것은 선현들의 향약에도 있었지만, 우리 도에 이르러서는 그 도리가 더욱 무거워졌습니다.

무릇 도를 함께하는 도인들은 약속을 한결같이 지켜서 서로 사랑하고 서로 도와 혹시라도 규정을 어기는 일이 없어야 합니다.

여섯째, 남녀유별은 옛 성인들이 남겨준 엄격한 규범이고, 남편 있는 여자를 취하지 않는 것은 스승님의 유훈에도 있습니다. 세속 사람도 남녀를 구별하는 도리가 있음을 아는데, 하물며 우리 도인이겠습니까?

오직 바라건대 모든 도인은 스스로 두렵게 생각하고 스스로 결연히 맹세해 내외 구별을 중시하여 혹시라도 자리를 섞는 일이 없게 하고 엄격하고 두려운 마음으로 서로 공경하고 삼가야 합니다.

일곱째, 무릇 도를 행하는 일은 예법이 중요합니다. 우리 도의 예법과 도법은 본래 순서가 있으니 더 말할 필요도 없습니다.

그런데 근래 듣건대 도를 전하는 자에게 착오가 많아 제례가 같지 않고 도법이 분명하지 않다고 합니다. 그것은 우리 스승님과 우리 도가 마련한 바가 아닙니다.

혹자는 자기를 높이고 자기를 믿어 각자 일어서는 행동에 이르렀는데,

이것은 도를 함께하는 도리도 아니고 하나로 돌아가는 이치도 아닙니다. 오직 바라건대 앞으로는 자기를 높이는 마음을 갖지 말고, 도를 전하는 사람이나 받는 사람이 그 이치를 잘 밝혀, 모든 예법과 예절에 있어 한결같이 정식을 따르고 서로 차이 나는 일이 없도록 해야 합니다.

여덟째, 각 읍의 도인 중에서 특별히 접주 한 명을 선정해 입도한 사람들은 반드시 본 읍의 접주로부터 도를 받게 해 연원을 바르게 하고 정도로 돌아가는 데 힘쓰도록 해야 합니다.

무릇 도를 닦는 절차에 있어 한결같이 접주의 지도에 따르고, 접주는 도를 전할 때 그 사람이 현명한지 아닌지를 자세히 살펴야 합니다. 이 점을 유념하고 신중하게 하여 경솔하고 소홀해지는 일이 없도록 해야 합니다.

아홉째, 도인 중에서 특별히 편장 네 명을 선출해 각처를 순행하고 여러 접을 두루 살피게 합니다. 지목되는 자가 있으면 모두 편안하게 대접하고, 의아하게 여기는 자가 있으면 각각 별도로 알아듣게 깨우쳐 주어야 합니다. 수시로 드나들 때마다 깨우쳐 주어 진리와 정도로 돌아가게 해야 합니다.

열째, 접 중에서 가르침을 따르지 않는 자는 엄하게 벌을 주어야 합니다. 편장이 각처를 순행할 때 깨우쳐 주지 못하고 오히려 그로 인해 문란하고 협잡하는 폐단이 생기면 편장에게 중벌을 주고 즉시 다시 선출해야 합니다.

이 글을 모든 도인과 돌려 보십시오. 오늘 주인께서 분부하신 내용에 '각 접의 도인 중에 명망 있고 덕이 있는 선비가 정성을 바쳐 하늘에 고한 뒤에, 몇십 명을 선별해 거주지와 성명을 나열해 기록하고, 혹 성덕이 있거나 혹 신의가 있거나 혹 글을 알고 셈을 하거나 혹 사태를 안다는 뜻을, 각각의 성명 아래에 주로 달아, 다음 달 초 오 일 내로 비밀리에 작성하여 오도록 하라.'고 한 것이 이처럼 준엄했습니다.

바라건대 모든 분께서는 공경과 정성을 극진히 하고 지공무사하게 일일이 선별해 기한 내에 꼭 우리 쪽으로 보내주서서, 혹시라도 갈등을 일으키거나 번거롭지 않게 해 주십시오. 그리고 각읍의 아전 일을 하는 도인들은 선별 중에 들어가지 않아도 별도로 성명을 작성하여 일시에 보내주기를 간절히 바랍니다.'

임진년 팔월 이십구 일 접하 남계천

시월 중.

지도급 접주와 유력한 도인들을 만나 협의했다. 신원 운동의 명분, 상대할 지방관, 효과적인 운동 방법을 논의했다. 우리 도는 이단이 아니라는 점, 외세의 침략성을 폭로하여 보국안민을 위해 다 같이 힘을 모아야 한다는 점을 명분으로 삼았다.

상대할 지방관은 일 차로 충청 감영을 정했고 성과에 따라 이 차는 전라 감영을 상대하기로 했다.

충청은 공주에 모이기로 했고 전라는 삼례에 모이기로 했다.

시기는 시월 하순에 시작하여 동짓달 초순에 마치기로 했다. 추수가 완전히 끝난 농한기를 이용하기로 한 것이다. 운동을 효과적으로 수행하기 위해 질서를 철저히 지키며 평화적 시위로 일관하기로 했다.

그래서 동원 초부터 각 접주들에게 성실하고 덕이 있고 신의가 있고 사리를 분간할 수 있는 도인을 가려 참가시키라 했다. 또한 접 중에서 노자를 충분히 마련하여 민폐가 없도록 했고, 의관을 바로 갖추어 보는 이로 하여금 동학도의 참모습을 보여주도록 했다.

비뚤어진 언행을 삼가며 법을 어기는 일은 하지 않도록 하여 질서정연하고 평화적인 시위가 되게끔 했다.

일단 방침을 정한 후 청주 남쪽 솔뫼에 있는 손천민 접주 집에 의송소를 설치했다. 도차주 강시원과 김연국·손천민·손병희·임규호·서인주·서병학·황하일·조재벽·장세원 등이 모여 모든 일을 협의하고 지휘하기로 했다.

충청감사에게 보낼 의송단자는 손천민이 집필을 맡았다. 그리고 각 접주에게 통문을 전달할 사람을 뽑아 수시로 통문이 전달되도록 했다. 이러한 내용을 담은 입의통문은 시월 십칠 일 각 포에 내려 보냈다.

접주들은 청주 도소에 와 대기했다가 명을 받고 행동하도록 했다.

입의통문

'삼가 경통하는 것은, 이 세상에 큰 도는 셋이 있으니 유도는 삼황오제 때부터 비롯되어 공자에 이르면서 위로는 인륜을 밝혀내고 아래로는 교화를 해 왔습니다.

불도는 한나라 명제 때부터 중국에 들어오기 시작해 중생을 고해로부터 구제하기 위해 대자대비의 덕을 펴 왔습니다.

선도는 황제 때부터 비롯되어 수련하는 법을 인도해 민생을 요사에서 벗어나게 하고 있습니다.

우리 동방은 수천 년에 이른 후에 천하 문명의 운이 우리나라에 모두 돌아와 성도로써 세상을 크게 밝히게 되었으나 세상은 말세의 풍습에 떨어져 대도는 사라지고 말았습니다.

다행히 천운이 순환하며 갔다 돌아오지 않음이 없는 이치로 우리 선생께서 동방에 태어나 한울님으로부터 통합 삼도의 심법을 받아 갈고 쪼고 닦고 단련하여 세상에 전해 포덕천하 하려 했습니다.

불행히도 갑자년 봄에 사도로 모함받아 뜻밖의 화를 당하게 되었으니 천명인가요? 시운인가요?

아! 슬프고 어찌 분통치 않으며 어찌 망극치 않겠습니까?

또한 저 임신의 화란과 을유의 감영 액화와 기축의 무고한 죄를 입는 사건이 있었습니다. 이 외에도 해마다 지목이 끊이지 않았으니 그 처지는 과연 어떠했습니까?

원통하게 죽은 이는 얼마나 되며 분하고 한스러움을 비할 데 없었으니 이 한스럽고 슬픈 일을 어찌 다 말하겠습니까?

대개 군사부의 의리는 곧 우리의 인륜을 밝히는 큰 도리입니다.

자고로 임금에 충성하고 어버이에 효도하는 데 힘을 다하고 목숨을 다한 이가 적지 않았으며 사제의 의리도 역시 이와 같았습니다.

이제 우리 스승님께서 화를 당한 지 벌써 삼십 년이 되었습니다.

그러므로 제자 된 사람은 마땅히 정성을 다하여 힘써 신원의 방도를 도모해야 할 것입니다.

만약 여기서 신원하지 못하면 황천에라도 따라가서 이루어야 합니다. 이 땅에서 가르침에 참여한 우리는 제자로서의 의리를 다해야 합니다.

아! 지금 우리 도유는 대의를 완전히 잊어버리고 오직 자신의 이득만을 취하려 하며 오직 바라는 것은 자신을 살찌게 하고 재산을 늘리는 데 있습니다.

비는 것은 숙병이 저절로 낫게 해 달라는 것이요 또한 밤낮 발을 돋구어 오직 바라는 바는 이 세상에 선생님이 다시 나타나면 부귀공명이나 누려 보자는 것뿐입니다. 스승님의 억울함을 신원하려는 큰 뜻은 잊어버리고 자신의 평안만을 도모하려고 요행수를 바라고 있으니 이것이 군부에 대한 은애라 할 수 있겠습니까?

또한 간교한 자의 허튼소리를 달게 듣고 사양할 줄 모르고, 좋은 세상이 오기만을 손꼽아 기다리니 참으로 도리에 벗어난 어리석음을 저지르고 있습니다.

이래서야 어찌 나라를 보전할 계책이 나올 것이며 어찌 스승님을 신원할 수 있겠습니까?

불충하고도 의리에 벗어난 몰지각한 행위가 이보다 더 심할 수 있겠습니까?

이들은 앞으로 조화가 나타나리라 하지만 불충하고 의리를 저버린 사람이 어찌 감히 조화를 바랄 수 있겠습니까?

바라건대 여러 도인은 스승님을 신원할 방도를 도모하기를 두렵게 생각하지 마십시오. 조화만 나타나기를 바라는 것은 의로운 것이 아닙니다.

이처럼 불충 불의를 한 이는 북을 울려 마땅히 그 죄를 다 같이 성토해 하늘의 이치가 당연함을 각자 스스로 두렵게 여기도록 하여 수인사대천명 하게 해야 할 것입니다.

이 점을 잘 알아주기를 천만번 바랍니다.'
임진년 시월 열이레 북접 주인

시월 스무날에 이르자 각지에서 모인 동학도는 천여 명이나 되었다.

이튿날 스무하루.

의관을 정제한 동학도들이 줄을 서 관아로 들어갔다. 서인주와 서병학을 비롯해 도인 여덟 명이 장두가 되어 앞장섰다. 의송단자를 상에 받쳐 들고 충청 감사 조병식이 있는 관아 아래로 나아갔다.

동학 창도 이래 지방 정부이기는 하나 조정을 상대로 한 운동은 이번이 처음이었다. 천여 명이 의관을 정제하고 질서정연하게 줄을 지어 움직이는 모습은 참으로 엄숙했다. 공주 백성들이 놀라고 감탄했다.

관찰사가 있는 포정사 앞에 이르자 의송단자를 붉은 보자기로 덮은 상 위에 놓고 도인들이 모두 꿇어앉았다.

동학도인 의송 단자(공주장사)

'충청감사에게 삼가 엎드려 살펴주기를 아룁니다.

도덕이란 천지와 더불어 변치 않는 법도이며 고금을 통해 모두 지켜야 할 도의입니다. 그러므로 요순우탕의 성군들도 천명을 이어받아 임금에 등극하여 도덕으로 천하를 다스리고 만민을 교화했습니다.

공자와 맹자나 안회나 증자도 법도를 세워 사람을 교화하고 유도의 전통의 실마리가 되게 하여 후세에 전해졌습니다.

그러나 육조와 오계 시대로 내려오면서 성현이 나타나지 않아 대도의 덕화는 캄캄하게 막혀 버렸습니다.

송 대에 이르러 덕화가 융성해 천운이 순환하여 갔다 돌아오지 않음이 없는 이치로 정 씨 두 선생이 이 세상에 태어나 대학의 심법으로 사람을 가르쳐 성인의 경서와 현인의 전서의 뜻을 다시 찬연히 세상에 밝히게 되어 염락의 여러 어진 이들이 마땅함을 다지고 학을 강해 이 세상에 전해지게 하였으니 어찌 다행스러운 일이 아니겠습니까?

우리나라는 예악과 문물을 중화에 본받아 마을에서 현송하는 소리가 끊이지 않으며 상서의 풍습이 고을마다 무성하게 일어나고 벼슬아치의 제도와 예악을 통한 교화가 더할 나위 없이 천하에 으뜸이 되게 했습니다.

모두가 선성과 성왕께서 권선징악과 출척을 우선하는 다스림의 덕화에 연유한 것입니다.

어진 정승과 큰 유학자들이 백성들이 학을 하도록 북돋아 길러준 데서 비롯된 것입니다.

요즘에 이르자 오랑캐 풍습이 어지럽게 뒤섞여서 성현의 학은 차차 쇠퇴해지고 점차 해이해져 삼강의 본분과 오륜의 질서가 있는지조차 알 수 없게 되어 버렸습니다.

다행히 여러 성조에서 사람들을 가르쳐 우리나라를 다시금 일월과 같이 밝혀 가는데, 지난 경신년 사월에 한울님의 천명이 있어 경주 구미의 최 선생 제우가 무극한 대도를 친히 받아 높은 성인의 학을 나라 안에 널리 펴게 되었습니다.

대저 동학이란 도는 곧 유불선 세 가지 가르침을 담고 있습니다.

유학인즉 유정 유일하게 환히 깨닫도록 하는 데 있으며, 불도인즉 정진

일념해 황연한 경지에 이르러 문득 깨달아 마음을 다스리는 도로서 대동소이하다 하겠습니다. 선도 역시 불도의 기화지도로 수련 양생하고 고요히 습득해 참됨을 지키려는 데 있다 하겠습니다.

동학은 이 셋을 합쳐 하나로 만들었으며 장점은 취하고 폐단이 되는 것은 버렸습니다.

불도로 말하면 저 무학은 이 나라를 창건한 국사였고 서산과 사명은 임진 때의 충신이었습니다.

그러므로 효제와 충신과 존심 양성의 도리가 합하면 일 리가 되고 흩어지면 만 가지로 되는 것이니 통합하여 하나로 돌아가 보면 이단으로 생각해야 할 근거는 전혀 없습니다.

우리 도에는 인의예지를 갖추지 않음이 없으므로 비록 우부우부라도 그 덕을 공경히 받들어 사람의 도리를 알게 하자는 것이니, 이 도는 훌륭한 일로서 누구나 천지를 공경하고 부모에 효도하고 임금에게 충성하도록 가르치고 있습니다.

지난 갑자년에 성상이 등극하자 다스리고 가르침이 매우 뛰어나시어 법과 명령이 날로 새로워졌으며 사교를 엄히 금했습니다.

이때 서방에서 이상한 학이 들어와 요사하고 괴이한 말을 만들어 두메 산골에 묻혀 사는 평민들에게까지 만연시켜 인간의 도리마저 끊게 하고 있습니다.

스승님은 대도가 손상되어 맥이 다해 가자, 개연히 자신만 착해서는 불가하다 하여 옛것을 이어받아 미래를 열어가자는 뜻에서 문하 제자들에게 가르치는 자리를 베풀고 강론하게 되었으니 타고난 천성을 지키도록 하여 조금도 부끄러울 것이 없었습니다.

그럼에도 불구하고 우리 스승님은 사도로 무고되었으나 구차히 면하려 하지 않았고 조용히 의에 따라 본 자리로 돌아가는 것이 죽음이라 여기고 신자의 직분으로 충성을 다하였습니다. 혹시 백이 숙제를 탐욕스럽다 돌릴 수 있을지언정 어찌 우리 스승님을 삿된 가르침을 폈다고 의심하겠습니까?

아, 벌써 삼십 년이 되도록 우리 도를 세상에 제대로 드러내게 하지 못했으니 이는 신원을 하지 못했기 때문입니다.

우리는 비록 시골의 노둔한 백성이나 선왕께서 베푼 옷을 입고 선성의 글을 읽고 국왕의 땅에서 먹고 살면서 이 학에 뜻을 두어 사람으로서 허물을 고치고 스스로 새로워져 천지를 공경하고 임금에 충성하고 스승님과 어른을 높이고 부모님께 효도하고 형제간에 우애하고 이웃을 도와주며 친구 사이에 신의를 세우고 부부의 직분을 지키도록 하여 자손의 도리를 다하고자 합니다.

하늘을 이고 땅에 서 있는 이라면 이를 버리고 무엇을 행하겠습니까?

지금 서양 오랑캐의 학이 우리나라에 들어와 뒤섞였으며, 왜놈 우두머리의 독수가 다시 외진에서 날뛰니 도리에 벗어난 흉악한 짓이 임금님 수레 밑에서 일어나고 있습니다. 이래서 우리가 절치부심하는 것입니다. 지금 왜국 상인들이 여러 항구를 통해 장사하여 얻은 이득을 독차지하고 있고 나라 안의 전곡은 탕갈되어 백성들은 생계를 지탱하기 어렵게 되었습니다.

요긴하고 목 좋은 곳에서 관세 시세와 산림과 천택에서 나는 이득이 오로지 오랑캐에게 돌아가니 이 또한 우리가 주먹을 치며 눈물을 흘리는 바입니다.

또한 무뢰배들이 산골에 무리를 모아 백주 대도에서 사람을 해치고 물건을 탈취하기를 마치 자기 주머니에서 물건 찾는 듯하고 있습니다.

이들을 귀화시키면 선량한 무리가 될 것이나 제지하지 못하고 있으니 이 또한 저희가 한심스럽게 여기는 바입니다.

저희가 성심 수도하면서 밤낮으로 한울님에게 축원하는 것은 광제창생과 보국안민의 대원뿐이니 어찌 털끝만치라도 그릇된 이치가 있겠습니까?

이제 순상 합하는 북관 쪽을 걱정하고 남쪽 땅을 관찰하면서 인륜을 저버리고 도리를 어기는 무리가 스스로 자취를 감추도록 힘쓰는 동시에, 간사한 속임수로 부정을 저지르려는 생각을 스스로가 두렵게 여겨 도리에 순종케 하자는 이 도를 어찌하여 의심하여 저희를 사류로 돌리려 합니까?

저희는 성문의 은혜를 입은 제자로서 항상 경회하면서 공납이나 사채를 잠시도 미루지 않았으며 전과를 뉘우치며 사람과 물건을 해치려는 마음이 조금도 없습니다,

밤낮으로 얇은 얼음 밟듯 조심하며 글 읽는 자는 글을 읽고 밭 가는 자는 밭을 갈고 다만 베옷 입고 소식할 따름입니다.

어찌 소인배들이 모함하는 대로 이 도가 백성을 해치는 것처럼 여기며 무고한 백성들이 엄동설한을 당하여 집을 떠나 사경을 헤매기에 이르게 해 남편과 아버지와 헤어져 길가에서 울부짖고 있으니 무슨 죄가 있어 이처럼 감당하기 어렵게 만들고 있습니까?

대저 백성은 나라의 근본이라 합니다.

근본이 견고해야 나라가 평안하게 될 것이니 합하는 명찰해 선정으로 무고한 백성들을 구휼하지 않으렵니까?

이 모두는 저희가 수도를 잘못해 죄에 이르도록 하였기 때문입니다.

엎드려 바라건대 자비를 베풀어 넓으신 덕으로 외읍에 갇혀 있는 사람들을 모두 방송하는 특별한 조치를 내려 주시고 임금님께 계달해 스승님을 신원하여 주기를 피눈물로 우러러 호소하며 큰 은인이신 관찰사 합하에게 엎드려 비는 바입니다.

합하는 우리 대도를 드러나게 하여 주시고 우리의 바람을 달래 주시어 하늘 같은 은혜가 나라에 널리 펴지게 되도록 천만번 간절히 빌어 마지않습니다.'

임진년 시월.

뜻밖의 동학도인들의 질서정연한 시위 행렬은 공주 백성들에게 충격을 주었다.

감사 조병식도 사태가 심상치 않다고 느껴 신중하게 대처하려 했다. 의송단자에는 일단 관리의 부정부패와 무능에 대해서는 일언반구도 언급하지 않았다. 스승의 신원을 목표로 하였기에 관리의 비위를 건드리지 않으려는 전술에 따른 것이다.

당시 관의 부패는 만연해 있었다. 모든 직책을 돈으로 사고팔아 들냈으니 부정부패는 물론 백성을 침탈하는 행위도 사실상 조정에서 허용해 준 것이나 다름없었다.

예컨대 갑술년 고종 십일 년 십이월에 전라도 암행어사가 올린 장계에 운봉현의 경우 직업에 따른 가격인 임채를 보면 이방이 이천사백 냥, 병방이 칠백 냥, 좌수가 칠백 냥, 별감이 백 냥, 면임이 삼십 냥이었다.

산골 운봉현이 이 정도 액수라면 곡창지대의 임채는 엄청난 가격이었을 것이다. 직책을 돈으로 사고판다는 것은 관료제도가 부패할 대로 부패했음을 말해주는 것이다.

백성의 입장으로 보면 조정이란 들떼놓고 침탈 행위를 일삼는 비적 정도 이상은 아니었다.

스무하룻날.

의송단자를 받은 조병식은 이튿날 제사를 도인에게 전했다. 도인들에게 별반 동정의 여지가 없는 본래의 들뚤같이 냉정한 자세를 유지하는 글이었다.

제음.

'너희들이 말하는 동학은 언제부터 창립했는지 알 수 없으나 정학이 아니므로 이단일 수밖에 없다.

양자의 가르침도 아니요, 묵자의 가르침도 아니니 필경 이는 사학의 여파라 할 수 있다.

양묵을 거부할 수 있어야 성인의 제자가 될 것이며 양묵을 배척하는 것은 성인도 칭송하고 있다.

법을 따르자니 어찌 금하지 않으랴.

너희들은 정도를 버리고 사교에 물들어 양민을 어지럽히고 있으므로 그래서 조가는 법을 만들어 금하고 있다.

이번에 영문에서 혹은 귀양 보내고 혹 관문을 내린 것은 정부의 금령에 따라 행한 것이요 제멋대로 한 것이 아니다.

너희들은 사학에 물든 무리로서 또한 동학을 금하지 말라 하고 또는 임금에게 글을 올려주기를 바라니 기강이 무너졌음을 이로써 볼 수 있으니 어찌 통탄하지 않으랴.

금하고 금치 않는 것은 오직 조가의 처분에 달렸으니 영문도 역시 조령에 따라 할 뿐이다.

실인즉 본영에 와 호소할 것이 아니다.

너희들의 무엄함은 마땅히 엄하게 처벌해야 하나 기왕에 호소해 온 백성이라 특별히 용서하니 모두 알았으면 곧 물러가 각기 그 업에 따라 편안케 하라.

각자가 미혹에 빠진 것을 깨우칠 뿐만 아니라 너희들도 양민으로 귀화하면 다행일 것이며 또한 조가로서도 다행일 것이다.

만약 퇴거하지 않고 다시 소원한다면 어찌 법에 따라 처리하지 않을 수 있겠는가.

칙묵*은 이것이니 여러 말 할 것 없이 따르도록 하라

시월 스무이틀.

제사를 읽은 시형은 강시원에게 보여주었다.

---

* 임금의 명령.

"조병식이 보낸 제사의 요지는 동학을 금하고 금하지 않을 권한이 자기에게는 없다는 말입니다. 그는 다만 조정의 명령에만 따르는 자라는 거지요. 다만 앞으로 충청도 내에서는 동학도인들이 억울하게 침탈되는 일이 없도록 하겠답니다."

강시원이 제사를 받아 읽어 보았다.

"결국 동학을 하는 자유는 허용할 수 없을 뿐만 아니라 장사를 내는 일 자체가 무엄하기 이를 데 없다는 말이 아닙니까?"

강시원은 옆에 있던 손병희에게 제사를 넘겼다. 손병희가 읽고 나자 손천민·김연국·서인주·황하일이 이어 읽었다.

서인주가 말했다.

"우리의 장사가 조병식에게 아무런 영향을 끼치지는 못한 듯합니다. 그러나 시위는 계속해야 하지 않겠습니까?"

시형이 조용히 말했다.

"호소문 내용대로 관철될 수 있으리라고는 생각하지 않았소. 그러나 이번 일로 전처럼 심각한 처벌을 받지 않은 것만으로도 성과가 없었다고 할 수는 없소."

황하일이 앞으로 나섰다.

"유배 간 도인들이 아직 석방되지 않았으니 이대로 해산해서는 안 됩니다. 그들이 석방되기 전까지는 농성을 풀 수 없습니다."

시형은 고개를 끄덕였다.

"조병식의 처사를 좀 더 지켜봅시다."

조병식은 제사를 보내고 나서도 어떤 불상사가 일어날지 알 수 없어 불안했다.

일단 각 군과 현 수령들에게 감결을 보내는 한편 이러한 사정을 동학 지도부에 전했다.

감결.

'동학을 금하라는 명령은 이미 준엄한 감결로 시달하였다.

원래 미연에 금하도록 하여 범하면 죄를 주도록 한 것은 곧 금법을 만들어 양민이 되게 하려는 뜻이었다.

그런데 지금은 그렇지 않다. 심하면 수령이 암암리에 넉넉한 백성을 끌어다 뇌물을 토색하고 있다.

각읍 교졸과 관예들은 금령이 있다고 빙자하여 침노하기를 당연한 것처럼 행한다. 왕왕 걸려드는 이는 열에 팔구가 되니 양민도 보존이 어려운데 죄 지은 이는 다시 무엇을 말하랴.

한 번 이 죄에 지목되면 비록 잘못을 뉘우치려 해도 스스로 새로워지기 어렵다.

어쨌든 궁지에 이른 개이니 더는 쫓지 말라.

아, 이들도 또한 성상이 화육하는 백성이다.

착한 마음이 잘못 미혹되어 이단에 빠져들어 뭇 사람을 현혹시키고 풍속을 어지럽혔으니 죽인다 해도 아깝지 않으나 그들을 헤아려보면 태반이 어리석고 어리석다.

그 정상을 헤아려보면 또한 애처롭다.

이번에 제소한 것은 실로 절박함이 부득이하여 이루어진 것이다.

일이 이 지경이 되었으니 우선은 안정시킬 방도는 무고한 백성을 살려야 한다.

이제부터 교졸과 관예에 명하여 일체 횡침을 못하게 하여 편히 생업을 얻도록 할 것이며 깨닫고 돌아오면 마땅히 후한 상을 주고 끝내 미혹을 깨닫지 못하면 죄줄 날이 없으랴.

용서하여 하회를 기다려 개선이 길을 열어 주어야 한다.

바라는 바는 이 뜻을 진서와 언문으로 번역 등서해 마을마다 내붙여 한 사람도 알지 못하는 일이 없게 하라.

감결이 도착하는 날로 거행하고 그 전말을 보고하도록 하라.'

시월 이십사 일.

감결을 받아본 시형은 의외라는 생각이 들었다. 예전의 예로 보면 당연히 관의 강경책이 나와야 했다. 시형은 지도부를 소집했다.

시형이 그동안의 집회를 평가했다.

"우리가 금령을 철회시키지는 못했으나 관의 위세는 누른 듯하오. 그리고 이번 집회를 통해 그동안 관원이나 유생들이 동학도인은 들뜨기 같은 우매한 무리이고 이단이라고 몰아세웠던 것이 잘못된 인식이라는 것을 명백하게 세상에 알릴 수 있었소."

강시원이 받았다.

"그렇습니다. 천 명이 넘는 우리 도인들이 질서정연하게 움직였으며 겸손한 자세로 백성들과 접촉해 감동을 주었습니다. 나아가 탐관오리를 징

치하고 외세를 물리쳐 잘못된 나라를 바로잡아 백성을 편안하게 하자는
보국안민의 주장은 백성들에게 미래의 희망은 바로 동학이라는 것을 보여
주었습니다."

　시위 시작 닷새 만인 시월 이십오 일.

　지도부는 일부를 제외한 나머지 도인을 일단 철수시키자고 결정했다.

111.

충청도에서 일정한 성과를 거둔 시형은 처음에 계획한 대로 이번에는 전라도 관찰사를 상대로 스승의 신원을 요구했다.

시월 이십오 일.

시형은 삼례에 동학 도회소를 설치했다. 찰방 역참이라 많은 인원이 유숙할 수 있는 장소였다.

시형은 동짓달 초하루를 거사 날로 정했다. 시월 이십칠 일 밤 삼례 집회를 알리는 경통을 발송했다. 손천민이 글을 지었다.

경통.

'삼가 통문할 것은 대저 이 세상에 태어나 대선생의 은혜를 입어 도를 받은 여러 군자는 누군들 신원하지 못한 것을 원통해 하지 않을 이가 없을 것이다.

우금 삼십여 년이나 지목의 혐의로 마치 죄를 지은 사람처럼 두려워 숨어 살아왔으니 이 또한 천운이라 하리라.

이번에 충청 감사에게 신원을 호소하고 전라 감사에게 의송하게 된 것은 역시 천명이다.

각 포 여러 접장은 일제히 이곳에 모이도록 하라.

알고도 모임에 오지 않는 사람은 어찌 수도하고 오륜을 익혔다 하겠는가.

명색이 사람으로서 선생님의 원통함을 풀어줄 줄 모른다면 어찌 금수와 멀다 할 것인가.

다시 통문을 보낸 후에도 곧 달려오지 않으면 응당 별단의 조처를 마련할 것이다.

머지않아 하늘의 죄를 얻을 것이니 다시 무엇을 바랄 것인가.

사심으로 의리를 해침이 없도록 맹성할 것이며 소인배들의 허튼 말을 듣지 않으면 천만 다행이겠다.'

임진 시월 이십칠 일 밤, 전라도 삼례 도회소

시월 이십구 일부터 의관을 정제한 도인들이 삼례로 모였다. 동짓달 초하루가 되자 수천 명이 모였다.

추운 겨울이라 양식과 잠자리 준비가 가장 큰 문제였다. 앞서 공주에 모인 것과는 달리 이번에는 사람도 많았고 지도자들도 거의 총동원되었다.

모든 비용과 숙식은 포 단위로 해결했다.

시형은 모임에 참석하기 위해 공주에서 삼례로 길을 떠났으나 도중에 말에서 떨어져 허리를 심하게 다쳤다. 그의 나이 이미 예순여섯이었다. 시형 대신 강시원이 지휘를 맡았다.

삼례 집회에서도 서인주와 서병학이 전면에서 활동했다. 이들 뒤를 전라도 출신의 쟁쟁한 지도자들이 도왔다.

고부 접주 전봉준과 남원 접주 유태홍의 활약이 돋보였다. 전라감사에게 의송단자를 전달하겠다고 전봉준과 유태홍이 스스로 지원했다. 문장은 역시 손천민이 지었다.

각도 동학유생 의송단자

'황공하오나 완영은 살펴보소서.

신 등은 바로 동학하는 선비들입니다. 동학을 창도, 팔도에 편 것은 지난 경신년부터입니다.

경주 최 선생 제우께서 상제의 명교를 받아 유불선 삼도를 합해 하나로 만들어 지성으로 한울님을 섬기게 하였습니다.

유도는 오륜을 지키며 불도는 심성을 다스리며 선도는 병을 낫게 합니다.

서학은 날이 가고 달이 가면서 혹세무민하고 있습니다.

선생께서는 개연히 대도가 좀먹어 다하게 되자 유독 자신만 착해서는 안 되므로 옛것을 계승하여 미래를 열기로 뜻을 두어 문하에 제자로 하여금 자리를 베풀고 도를 강하기를 타고난 천성을 참되게 지키게 하니 조금도 부끄럽지 않았습니다.

동서의 차이는 빙탄의 관계인데 지성으로 천주를 공경한다는 이유만으로 선생을 도리어 서도로 무함하였습니다.

죽음은 본 자리로 돌아가는 것이라 여겨 구차히 면하려 하지 않고 조용히 의에 따랐으니 신하의 직분을 충실히 다하였습니다.

만일 백이와 숙제를 탐욕스럽다고 하면 가할지언정 어찌 우리 선생을 서학이라 의심합니까?

지금 삼십여 년이 되도록 아직 세상에 도가 창명되지 못했으니 이는 신원을 하지 못했기 때문입니다.

세속 사람들은 속사정이 어떤지 제대로 몰라 이단으로 지목하나 이 세상에 이단의 학은 하나가 아니라 셋이요 셋이 아니라 다섯 여섯일 정도로 많습니다.

그런데 이 중에서 하나도 거론치 않으면서 동학만을 배척하려고 여념이 없습니다.

설사 성학은 아니라 하더라도 서도의 무리가 아닌데도 구별하지 않고 같은 무리로 취급하는 것은 말이 안 됩니다.

서학의 여파로 지목하는 열읍의 수령들은 빗질하듯 잡아 가두고 매질로써 전재를 토색하니 연달아 죽어 나갑니다.

시골의 호민들도 제멋대로 침해하고 업신여기며 집을 헐고 재산을 탈취하니 연달아 탕패 산업하고 떠돌이가 되고 있습니다.

그런데도 그저 이단을 금하는 것이라고만 되풀이하고 있습니다.

우리들은 양묵을 거부하는 자는 성인의 제자라는 말은 들었으나 양묵을 거부한다면서 재물을 취하는 자가 성인의 제자가 된다는 말은 듣지 못했습니다.

어찌하여 열읍의 관리들은 동학을 재물로 보고 떠돌이가 되게 하며 살아갈 수 없게 만들고 있습니까?

이는 곧 우리들이 군사부 세 가지를 섬기는 것이 한 가지 의로움에 있음을 알지 못함이며 지금껏 삼십여 년이 되도록 신원하지 못한 죄입니다.

우리들도 열성조의 백성으로서 성현의 글을 읽었고 임금님의 땅에서 먹고 살고 있습니다. 동학에 뜻을 두게 된 것은 사람이 스스로 허물을 고쳐 새 사람이 되어 천지를 공경하고 임금에게 충성하고 스승님과 어른을 높이 받들고 부모에게 효도하고 형제간에 화목하고 이웃을 서로 도와주며 친구 간에 신의를 세우고 부부의 직분을 지키게 하여 자손을 가르치는 도리를 다하자는 데 있었습니다.

하늘에 머리를 둔 사람이라면 이것을 버리고 딴 무엇을 학하리오.

지금 서양의 학과 왜놈 우두머리들의 해독은 외진에 들어와 제멋대로 날뛰고 있으며 도리를 어기고 거슬리는 짓을 임금님 수레 밑에서 벌이고 있습니다.

이 점은 곧 우리가 절치부심하는 바입니다.

심지어 무뢰배들은 산골에다 무리를 모아 백주 대도에서 사람을 해치며 재물을 탈취하고 있습니다.

이들도 교화시켜 돌려놓으면 착한 무리가 될 수 있는데 막지 못하고 있음은 우리들이 역시 한심하게 여기는 바입니다.

우리들이 성심껏 수도하며 밤낮으로 한울님께 축원하는 바는 광제창생과 보국안민의 대원입니다.

어찌 털끝만치라도 바르지 못한 이치가 있겠습니까?

이제 순상합하께서 북쪽 땅의 걱정을 나누시고 남쪽 땅을 관찰하시는 덕택으로 우리들도 삶을 유지하게 되었으나 열읍에서 지목은 날로 심해가고 청천백일하에 억울함을 견디지 못하여 피눈물로써 엎드려 비는 바입니다.

순상에게 원하는 것은 자비하고 광대한 덕을 특별히 베푸시어 상감께 장문을 올려 참된 도라는 것을 나타내게 하여 주시고 각읍에 시달하여 빈사 상태에 있는 백성을 구제케 한다면 소부두모*의 칭찬보다도 오히려 만족하고 고마울 것입니다.

같은 목소리로 관찰사 존전에 부르짖는 것은 저희에게 선생님의 원한을 씻게 해 주기를 엎드려 빌며 하늘 같은 나라의 은혜를 널리 베풀어 주시기를 천만 번 간절히 바라마지 않습니다.'

임진년 동짓달 초이틀

의송단자를 받은 전라 감사 이경직은 정치적 수완을 발휘할 생각은 없이 동학도를 초장에 제압할 궁리만 했다. 일단 차일피일 미루면 제풀에 지쳐 꺾일 줄 알았다.

그러나 엿새가 지나도 인원이 줄어들기는커녕 오히려 늘어 가기만 했다. 이레째 되는 날 도인들은 이경직에게 결단을 촉구하는 글을 보냈다.

각 도내 동학유생 등
'각 도내 동학 유생들은 감사에게 글을 올립니다.

저희가 엎드려 의송단자를 올린 지 이미 육 일이나 지났습니다.

합하의 처분을 삼가 고대하면서 연일 찬바람을 맞아가며 길가에서 굶주림과 추위에 떨며 노숙하고 있습니다.

날마다 간절히 바라는 것은 합하의 하늘같은 혜택일 뿐입니다.

수많은 저희는 돌아갈 곳이 없으니 어찌하란 말입니까?

---

* 백성이 원님의 선정을 칭송하는 말.

각 고을에서는 지목과 박해가 날로 심해지고 수재를 비롯하여 이서나 군교와 간교한 향리들까지도 거침없이 가산을 수탈함이 자기 소유처럼 하며 구타하고 학대하는 일이 그칠 날이 없습니다.

불쌍한 중생들은 어디다 호소하란 말입니까?

순상 합하에게 엎드려 비는 것은 거의 죽어 가는 중생들을 불쌍히 여기어 임금님께 상소하여 선생의 억울함을 풀게 하여 주라는 한 가지입니다.

각 읍에도 공문을 내려 아전과 간교한 향리들의 행패를 엄히 금하도록 하여 수많은 중생이 집으로 돌아가 생업에 힘써 편히 살도록 하여 주신다면 하늘같은 합하의 덕을 평생 잊지 않겠습니다.

세세히 굽어살피어 가련하게 여겨 구휼해 주기를 천만 번 엎드려 비는 바입니다.'

임진년 십일월 칠 일

제풀에 지쳐 꺾이기는커녕 완강한 자세를 유지하자 십일월 구 일, 이경직은 일단 제사를 보냈다.

이경직은 청주 사람으로 병자년에 동몽교관이 된 이후 을유년에 문과에 급제하면서 요직에 나갔다. 종육품 벼슬인 홍문관 부수찬을 거쳐 정삼품 벼슬인 참의내부부사를 지냈다. 전라감사로 온 것은 임신년이며 정치적 수완은 없는 인물이었다.

제음.

'너희들의 학은 바로 나라에서 금하고 있다.

사람의 본성을 갖추었으면 어찌 정학을 버리고 이단에 쏠려 스스로 금법을 불러들였는가.

이번 소장에서는 동학을 널리 펴기를 바라고 있으니 말이 되지 않으며 심히 놀라운 일이다.

곧 물러가 모두 새 사람이 되어 감히 미혹되는 일이 없도록 하라.

초아흐레.'

이 정도 위협으로 도인들이 물러서지는 않았다. 이경직은 영장 김시풍에게 화포군 삼백여 명을 동원해 집회를 해산시키라 명을 내렸다. 시형은 감영군이 무장하고 진압하러 온다는 소식을 받고도 냉정을 유지했다.

김시풍은 화포군을 이끌고 삼례 한천에 도착했다. 전령을 동학 지도부에 보내 대표자를 만나겠다고 제의했다.

시형은 김시풍더러 동학 진영으로 찾아오라 전령에게 전했다. 첫 기 싸움에서 김시풍이 물러섰다. 김시풍은 군졸들을 이끌고 와 도열시키고 거만한 자세로 도소로 들어왔다. 시형은 서인주에게 대응하도록 했다.

김시풍이 콧대를 하늘로 올리고 눈을 부라리며 윽박질을 했다.

"어찌 무리를 모아 태평성세를 어지럽히려는가."

서인주는 정중한 자세로 대응했다.

"관리배들이 도인들을 상해하므로 억울함을 이기지 못해 우리가 감사에게 의송을 올렸습니다. 이 일이 어찌 민심을 현혹케 하는 일이오?

잘못을 저지른 자가 그것을 고칠 생각은 하지 않고 이 일과 무관한 군인을 보내 선량한 백성 앞에 칼을 차고 위협하는 짓이 올바르다고 생각하시오?"

입이 있어도 할 말이 없는 김시풍이 그저 서인주를 째려보기만 했다. 서인주도 지지 않고 당당하게 째려보았다. 두 사람은 말없이 거의 한 시간을 째려보았다.

결국 김시풍이 견디지 못하고 칼을 뽑아 흔들며 허세를 부렸다.

"이놈들이 순박한 백성이 아니고 흉악한 화적떼 흉내를 내는구나. 왕을 대신해서 관에서 나온 사람을 째려보는 짓이 백성의 올바른 도리인가?"

서인주가 조금도 위축되지 않은 자세로 눈에 힘을 풀고 호탕하게 웃었다.

"칼은 나도 당신만큼 쓸 줄 압니다. 그러나 칼을 내리고 말로 합시다. 그것이 서로에게 현명하지 않겠소?"

서인주는 시종 예의를 다하여 대해주었다. 김시풍은 허세가 먹혀들지 않자 한발 물러섰다. 자리에 다시 앉으며 문득 호의를 보였다.

"동학이 난당이라 들었는데 직접 만나 보니 그렇지 않다는 것을 알았다. 당신들이 원하는 사항은 내가 윗사람에게 알려서 잘 해결해 주겠다."

김시풍은 전주로 돌아가 이경직에게 도인들이 해산할 기미가 전혀 보이지 않는다고 보고했다

이경직은 다른 방법이 없자 할 수 없이 충청도 조병식의 예를 따라 십일월 십일 일 자로 각 군현에 감결을 보냈다.

감결
'동학은 나라에서 금하고 있다.

감영은 조칙에 따라 금단하는 소임을 다하려 애쓰고 있다.

이제 들으니 각읍에 속하는 관리들이 금단을 이용하여 빈번이 전재를 약탈한다 하니 어찌 재물을 탈취할 줄을 알았으랴.

범하면 금하고 죄 지으면 죄를 주되 작은 것은 읍에서 처결하고 큰 것은 감영에 보고하여 지시를 받아 처리하라.

나라의 법대로 하면 된다.

어찌 전재를 논하게 되었는가.

쓸데없이 금하는 효과는 없는데 오히려 토색하는 명분만 있으니 정법을 헤아림에 실로 사소한 일이 아니다.

고로 감결이 도착하는 즉시 경내에 명하여 미혹하고 패오한 백성이 있으면 그로 하여금 마음을 고쳐서 정학을 닦게 할 것이며 관속배의 토색은 철저히 금하도록 하여 비록 한 푼이라도 탈취하는 폐단이 없도록 하라.

감결이 당도하는 즉시 지방 실정을 보고하도록 하라.

동짓달 열하루.'

열이튿날.

시형은 이경직이 보낸 감결의 내용을 검토하기 위해 지도부를 소집했다.

"조병식이 한 방법을 따라 이경직도 관내에 감결을 보냈소. 그러나 충청도의 경우와 같이 감사의 명을 각 고을 수령들이 따른다는 보장은 없소."

도차주 강시원이 말했다.

"두 감영에서 조정에서 내려진 금령에 따랐을 뿐이라고 변명하니 우리

218

가 이들에게 다른 요구를 할 수는 없겠습니다. 우리도 여기서 더 재우칠 명분이 적으니 일단은 해산하는 것이 어떻겠습니까?"

손병희가 의견을 냈다.

"이왕 내친김에 여세를 몰아 조정을 상대로 신원 운동을 벌이면 어떻겠습니까?"

모인 사람들이 고개를 끄덕였다.

강시원이 옹이를 쳤다.

"그러면 삼례 집회는 해산하고 앞으로의 모든 조치는 도주에게 일임합시다. 우리는 도주의 결정과 지시에 따르기로 합시다."

지도부는 모두 동의했다.

장세원이 말했다.

"해산은 하더라도 감영이 각 고을로 내린 지시가 제대로 시행되는지 잘 살펴야 합니다. 각 고을 수령들이 감사의 명을 따를 위인들이 아니지 않습니까?"

시형이 마무리했다.

"그럼 삼례 집회는 일단 해산하도록 합시다. 내가 도인들에게 경통을 띄우겠소."

시형은 손천민에게 경통을 짓도록 했다.

경통.

'경통할 일은 충청 전라 두 감영에 제소한 것은 대선생을 신원하기 위한 의거였다.

하청지운*이 아직 늦어져 도는 비록 나타냈으나 신원은 이루지 못했다.

대저 우리 수도하는 선비들은 성심을 더욱 기울여 다시 법헌의 지휘를 기다려 성원을 도모하도록 힘써야 하는 것은 당연한 도리이다.

또한 제음에서 이처럼 타이르니 선비의 도리를 다하여 길에서 방황하지 말고 곧바로 집으로 돌아가야 할 것이다.

몇 가지 다짐을 두는 것은 도인 중에 만일 이 약조를 어기면 응당 회의를 열어 죄를 물을 것이니 어김이 없도록 하면 다행이겠다.

뒤.

일. 이번에 선생님의 신원은 정성 들인 것만큼 얻어내지는 못했으나 제자들의 몸가짐이나 행사는 도리에 합당하고 천리에 어김이 없었다. 그러나 앞으로 신원을 이루도록 이제부터 각고의 노력을 다하도록 하자

일. 이번의 대의는 천지간 어디에 내놓아도 도리에 어긋남이 없으며 귀신에 물어보아도 의심할 것이 없다. 법헌께서 마땅히 현지에 와 대사를 지휘했어야 하나 사오 백 리를 말 타고 오는 것은 노인으로서 적절치 않으며 환후의 여질도 감안해야 하므로 정성을 다할 수 없었다. 여러 군자는 이에 대해 달리 생각지 마시고 그동안 대선생님이 가르친 현조의 훈계를 지키도록 하자.

일. 이번 모임에 대한 소문이 사방에 퍼졌고 또한 양 영에서 관칙**이 내

---

* 황하가 맑아져 새 세상이 도래한다는 운수.
** 상급 관청에서 하급 관청으로 문서로 타이름.

려져 이제부터 지목이 없겠지만 예측할 수 없는 것이 사람의 마음이다. 각 도나 고을에서 다시 지목하면 작은 일은 인근의 각 접에서 해당 군 현에 제소를 만들어 제출할 것이며, 큰일은 도소에 알려 법헌이 의송 단자를 다시 올려 바로잡도록 한다.

일. 혹시 오륜과 삼강을 범하면 각 해당 접에서는 모아놓고 면책하고 재삼 고치지 않으면 수접주가 타이르고 그래도 고치지 않으면 제명한 다음 관에 알리도록 하자.

일. 먼저 대의에 나서서 수 순 사이에 가산을 탕진한 도인이 있다. 귀가하는 날이면 부모를 섬기고 자녀를 양육할 대책이 없으니 여러분은 의연금을 모아 급히 도와주라.'

임진년 동짓달 열이틀 미시 완영 도회소

두 감영 관찰사가 동학 탄압을 금지하라고 관내 각 군현에 감결을 내렸으나 고을 수령들은 코로 웃었다. 동학도인들이 보여준 질서정연한 행동과 고양된 인격에 비해 미친개로 전락한 당시의 관원들과 유자들이 관찰사의 공문 한 장으로 하루아침에 그 더러운 손을 감추지는 못했다. 그럴 수 있는 양식이 아예 없었다.

어떤 지역은 신원운동 이전보다 수탈이 더 심해졌다. 충청도보다 전라도가 더 심했다.

이로 인해 전라도 도인들은 고향으로 돌아가지 못하고 다시 삼례와 원평으로 모여들었다.

결국 두 감사의 감결은 동학도인들을 해산시키기 위한 눈가림에 지나지 않았다. 이것은 오랜 세월 관리들이 구태의연하게 행사하던 소행으로 앞에서는 위무하는 척하여 백성이 속아 넘어가면 뒤통수를 치던 위선적인 사기극에 불과했다.

도인들은 조정에 상소문을 내지 않을 수 없었고, 나아가 궁궐 앞에 엎드려 직접 상소하는 데까지 나아가지 않을 수 없었던 것이 당시 실정이었다.

시형은 다시 지도부의 의견을 모았다. 한양으로 올라가 목숨을 내걸고 왕궁 앞에서 평화적 신원 운동을 하기로 결정이 났다. 시형은 통문을 띄웠다.

경통

'경통할 일은 이번 대의는 천지에 내세워도 어긋나지 않으며 귀신에게 물어도 의심할 바 없다.

돌아보면 이 늙은이가 통문을 내어 각 접이 계속 나가게 하고 며칠 후에 부의하러 가는 중로에서 낙상하여 탈이 도져 뜻처럼 되지 않았다.

부끄러움과 송구함을 어찌 다 말하랴.

아, 태평한 운수로 명군이 도리를 다시 밝히어 위급한 처지에서 중생을 살려내고 무너지려 하는 대의를 부축해 내었다.

그러나 도는 비록 창명되었으나 신원하지 못했으니 이는 제자들의 정성이 부족한 탓이리라.

바라건대 여러분은 정성과 공경을 다하여 자나 깨나 잠시도 마음을 풀지 말고 심신을 바르게 하여 한울님에 죄를 짓지 말도록 하자.

효로써 어버이를 섬기고 법도로써 집안을 제도할 것이며 제때에 세금을 내고 이웃과 화목하고 사농공상에 다할 것이며 주색잡기를 금해야 한다.

위로는 국가를 위하여 한울님에게 영명을 빌며 널리 성도를 부지하여 한울님을 받들고 이치에 따르도록 해야 한다.

두 감영이 내린 제음은 살펴보았으리라 생각한다.

같은 마음으로 경계하고 조심하는 데 너와 내가 없을 것이다.

타고난 천성은 죽도록 변치 않아야 한다.

대궐에 나아가 복합할 방도를 도모하고자 다시 의논하고 있으니 하회를 기다리도록 하라.

도소의 지휘에 따라 앞장서 대의에 나섰다가 가산을 기울여 탕진한 이들은 불쌍한 처지에 이르렀다.

집에서 바라보며 배불리 먹고 따스하게 지내지만 어찌 마음이 편하랴. 서로 도와주어 떠돌지 않도록 원근이 합심하자는 데 이론이 없을 것이다.

이 바람이 제대로 이루어지면 주소간 걱정하던 마음이 풀리게 되고 병도 나을 것이니 십분 조심하면 대단히 고맙겠다.'

임진 동짓달 열아흐레 밤 북접 도주

전라감사 이경직은 동학 지도부가 발송한 통문을 입수하고 긴장했다. 만일 동학도인들이 무리 지어 한양으로 올라가 조정을 상대로 신원 운동을 벌인다면 당해 지방관인 자신은 이에 대한 책임을 면할 수 없다.

끈이 떨어지는 것이 두려운 이경직은 서둘러 동짓달 이십이 일자로 다시 예하 군현에 감결을 발송했다.

감결.

'동학의 여류들이 평안하게 자리 잡고 살게 하라는 감결을 이미 하달하였다.

그러나 아직도 자리를 잡지 못하여 다시 모여 소동을 피우려 하는가.

혹시 처음부터 알아듣게 타이르지 않아 그렇게 되었는가. 비록 사도에 물들었다 하지만 선량한 사람으로 교화하면 우리 임금님의 적자일 것이다.

각 고을 아전들은 진짜와 가짜를 가리지 않고 동학이라 통칭하여 오로지 주구하는 데만 뜻을 두니 무리를 모아 소란을 피우는 지경에 이르렀다.

타일러 사를 버리고 편안히 살게 하고 고을 아전들은 토색을 엄금하라.

이 감결을 언문으로 번역해 베껴 동리마다 붙여 한 사람도 알지 못하는 폐단이 없게 하라.

감결이 당도하는 일시부터 거행하고 그 전말을 곧 보고하라.'

임진 동짓달 스무하루

동짓달 하순.

전라도 지역 유생들과 호족들은 감사가 다시 보낸 감결을 받아보았으나 주자학의 들마루에 갇혀 사는 사람들이라 여전히 동학을 사도로 몰았다. 그들은 시대의 흐름을 외면했다. 아니 흐름을 감지하지도 못했다.

이들과 더불어 천주교인들이 은근히 헛소문을 흘렸다. 서도에는 신통한 묘술이 있어 공중에 누각도 지을 수 있고 천지를 진동시키는 대포로 능히 온 동학도들을 섬멸할 수 있다고 유언을 퍼뜨렸다.

임신년 시월 중순부터 도인들은 신원 운동을 하면서 겸하여 반외세를 부르짖었고 서도가 이 땅의 도의를 무너뜨린다고 공격했다. 천주교도들이 여기에 대응책으로 내놓은 짓이 헛소문을 퍼뜨리는 치졸한 방법이었다.

그들이 동학을 비방하자 일부 도인들은 먼저 천주교 신자들을 공격했다. 천주교도들은 도인들에게 쫓겨 집과 재산을 버리고 산으로 도망쳤다. 평소에 점잖만 빼던 선교사들도 어쩔 줄을 모르고 목숨을 구하려 사방팔방 튀면서 오두방정을 떨었다.

동학 지도부는 이러한 분위기를 염려해 동짓달 하순, 통문을 발송했다.

경통 동학 첨군자

'통유할 일은 세상에서 도 닦는 선비라면 대소 사정을 왈가왈부하지 않고 제각기 도를 행하는데 스승을 위하고 학을 존중한다는 그 마음 하나뿐이었다.

대체로 우리 동학하는 선비를 확실치도 않은 헛된 판단으로 사학의 여파라 지목한다. 방백 수령들은 돈으로 보고 각도 각읍에서는 수도하는 선비들을 일망타진하여 남음이 없게 하려 한다.

그래서 우리 선비들이 의송을 하게 되어 열읍에 관문이 하달되어 화는 조금 풀렸다. 사오백 리나 되는 곳에 이르니 적수공권이며 가진 것은 붓한 자루뿐이다.

충청 전라의 두 감영이 있는 곳을 지나온바 성인이 지나는 곳에는 그곳 백성이 그 덕에 감화되고 성인이 있는 곳에는 신과 같은 감화가 있는 묘가 없지 않았다.

어찌 인의와 자비의 도로써 한 생물인들 상해하겠는가.

그런데도 요사이 듣건대 서도 하는 사람들이 공중에 누각을 세워 무리를 모아 화를 만들고 있다 하니 이는 참으로 놀라운 일이다.

그러나 하늘이 위에서 하토를 굽어 살피시니 선악을 가려 길흉이 있게 된다.

비록 비포와 이검이 숲과 같고 산과 같을지라도 우리가 무엇 때문에 두려워 피하랴. 서도를 하는 사람도 역시 착한 본성이 있는데 어찌 공연히 근거 없는 말로써 동서의 교를 서로 해치려 하랴.

이는 필시 뜬말일 것이니 제동의 야인들의 황당한 말을 어찌 믿겠는가.

바라건대 여러분은 열심히 공부하고 마음을 편히 하고 단단히 다잡아 규칙을 세울 것이며 조짐을 살펴 거친 언행이 없도록 하면 고맙겠다.'

임진 동짓달 일 동학 회소

조정을 상대로 하는 신원 운동은 섣달 초부터 준비에 들어갔다.

시형은 보은 장내리에 도소를 설치했다. 육임을 임명해 상소를 꾸미는 작업에 들메지고 착수했다. 도인들이 관심을 가지고 찾아오는 통에 이들을 맞이하느라 육임들이 업무를 볼 수 없었다. 그래서 경통을 보냈다.

경통

'경통할 일은 근래에 충청 전라 두 감영에 의송하고 돌아와 법헌으로부터 팔도의 도인을 포괄하기 위해 뛰어난 이를 육임직으로 선출하고 도소를 장내리에 정했다.

이로써 임금님께 호소할 내용을 다듬는 일에 들어가게 되었다.

일을 의논하는 이 자리에는 각 접의 영수들만 오가면서 경세제민의 대책을 진행시켜도 되는데 각처에서 여러분들이 일이 있건 없건 소문을 듣고 모여드니 이런 일이 그치지 않는다면 종일 맞아들이고 전송하느라 조금도 짬이 없다.

이제부터 도인들은 도소에 들어올 때 해당 접주의 준표가 없으면 만나 주지 않을 것이다.

다 같이 약속을 지켜 주면 천만 다행이겠다.'

섣달 초엿새

지도부는 한양으로 올라가기 전 소장을 올려 조정의 반응을 보기로 했다.

섣달 초순.

소장을 조정에 제출했다.

도소 조가회통

'도란 것은 사람으로서 공정히 행하는 것을 이르는 것이며 그릇된 것도 있고 바른 것도 있고 같은 것도 있고 다른 것도 있게 마련인데 모두가 마음으로 사리를 가려 알맞은 것을 따르자는 것이요 헛된 명분에 그쳐서는 안 됩니다.

그러므로 공맹의 도를 행하는 사람은 양묵을 가리켜 이단이라 하고 양묵의 도를 행하는 사람은 공맹을 가리켜 이단이라 하나 공맹이 삿되고 양묵이 바르기 때문이 아닙니다. 이단이라는 것은 그 당세에 숭상하는 도와 같지 않음을 이름하는 것입니다.

그러므로 옛날에도 또한 유가라 하면서도 묵적의 도를 행하는 사람이 있었으니 이것은 유를 숭상하는 세상에서 자신의 착하지 않음을 마음으로 속여 세상을 잘못되게 하는 것입니다.

공평하고 엄정하게 보면 반드시 명칭이 다르고 같은 것을 가지고 마음이 어질고 어질지 않음이 판별되는 것은 아닙니다.

불도와 선도도 역시 제각기 일단이 있습니다.

경신년에 경주 최제우 선생께서 한울님의 말씀을 듣고 도를 창도하시니 그 학을 동학이라 합니다.

동학이라 함은 동국의 학으로 유불선 세 도의 명의를 합한 것입니다.

말세의 유학은 정령과 율법을 잃었으며, 근세의 유학도 역시 문구를 찾아볼 수 없습니다. 말세의 불도도 인연을 극복함이 없다는 원리를 잃었으며 근세의 불도도 역시 무멸을 찾아볼 수 없습니다.

유학은 유학답지 않고 불도는 불도답지 않게 되니 한갓 헛된 명의뿐입니다.

그러므로 동학은 지나친 점을 덜어내고 미급한 점을 더하여 그 단점을 버리고 그 장점을 취했던 것입니다.

유학은 오륜과 삼강을 바로 세워 공자와 맹자를 높이 공경하며 오직 마음의 기준을 다스리도록 합니다.

불도를 보면 유도에는 전수하는 심법이 없으나 불도에는 오히려 전수자가 있어 가히 흩어진 마음을 다잡게 할 수 있습니다.

유학과 불도를 합한 것을 이름하여 선도라 합니다.

모두가 착함을 따르기를 물 흐르듯 하게 하고 지성으로 하늘을 섬기니 이름은 비록 다르나 하늘의 도를 섬기기는 하나입니다.

진실로 천명을 들으려 하고 하늘의 위엄을 두려워하고 천시에 따르려 한다면 이에 아버지를 섬기되 지성으로 하늘을 섬기듯이 힘을 다하면 효도를 할 수 있습니다.

이에 임금 섬기기를 지성으로 한울님을 섬기듯 하면 목숨을 바쳐 충성할 수 있습니다.

사람들 가르침에 충효로 하였음을 생각하면 이것은 스승님의 공입니다.

전에 이르기를 살아가는 데 군사부를 섬기기를 여일하게 하라 했습니다. 이같이 아니하면 이것은 곧 하늘의 죄를 얻는 것이 되므로 빌어 볼 곳이 없게 됩니다.

부질없고 각박한 세상 풍속은 속내도 모르고 생각도 하지 않고 없는 일을 꾸며내 인물 중상하기를 좋아하며 공사를 빙자해 사리를 도모하며 민정을 어지럽혀 재물을 탈취하는 자가 스스로 유학이니 정학이니 하고 있습니다.

이는 옛날에 이른바 유학을 한다고 이름하면서 묵적을 행했던 자라 할지라도 역시 이들과는 같이 섞이는 것을 부끄러워했을 것입니다.

반대로 지성으로 경천하며 그 본심을 속이지 않는 동학하는 이를 이단이라 하니 어찌 동학하는 이들이 우습고 한심하게 여기지 않겠습니까? 내세우는 명분과는 그 행실이 같지 않음은 본래부터 이와 같다 하겠습니다.

충청 감사는 단지 순천 군수 윤영기의 말만 믿고 사학을 엄금하라는 조령이 있다고 칭하며 관문을 돌려 도인을 잡아 가두니 이로 인해 원성이 하늘에 사무쳤습니다.

돈을 바치는 이는 백방하고 빈한한 이는 유배형을 보냈습니다.

이러자 서로 고발하여 끌고 들어가니 죄가 없어도 마치 죄가 있는 것같이 되어 백성들은 목숨을 지탱하기가 어려워 의송을 하기에 이르렀습니다.

「제음」에서 조령에 따랐을 뿐 나는 멋대로 하지 않았다고 하였습니다.

만일 조령이 있었다면 팔도가 같을 것인데 어찌 유독 충청 감영에만 있었습니까?

만약 조령이 내리지 않았다면 윤영기의 감언이설이 조령이 되었다 하겠습니다.

신하가 임금을 섬기는 도리가 이와 같아서는 아니 됩니다.

영동과 옥천·청산 수령도 백성을 괴롭혀 재물을 탈취하니 고을마다 많은 이가 가산을 탕진하고 고향을 떠나 흩어지니 또한 나머지들도 이런 처지입니다.

전라도는 김제·만경·무장·정읍·여산 등지에 치우쳐 탐관오리의 화를 입어 장사 지냄이 그치지 않아 서로 환난에서 구명하고자 스승님의 신원을 이루고자 나섰습니다.

주희와 율곡 두 선생이 만든 향약 일조를 보면 도의로 사귀며 마음에서부터 서로 화합하자는 것이요 무리를 모으려는 것은 아니라고 했습니다.

송 인종은 정자의 무리라면 어찌 우환이 많으랴 했습니다.

『서경』에 아까워할 것은 임금이 아닐 것이며 두려워할 것은 백성이 아닐 것이라 했습니다.

이제 무리의 살길을 보호하고 지키는 것은 조가가 하는 것만 못합니다. 민심을 위무 진정시키고 다스리기를 마치 보부상을 본보기로 하면 백성들은 스스로 나라에 의지하여 돌아가 각기 그 직업을 편히 할 것이니 비록 많으나 무엇을 근심하겠습니까?

또한 도를 가진 사람으로서 임금을 섬기게 한다면 지성으로 한울님에게 축원하듯이 충성을 다하여 보국하는 데 어찌 누구에 뒤지겠습니까?

이것이 바로 요직에서 직무를 맡아 하시는 여러분의 급무이며 큰 정사일 것이니 허명의 동이로써 민정이 도탄에 빠져 있음을 살피지 않아서는 아니 됩니다.

공평하게 잘 살펴 알아주기를 천만 기원합니다.'

임진년 섣달

이번 청원은 동학을 이단으로 취급하지 말고 체제 내에 받아들여 달라는 것이었다. 그러나 신분제를 타파하고 유학의 부패상을 폭로하고 국정의 문란을 지적하자, 이러한 사단의 근원지인 조정이 들음들음으로도 동조할 리가 만무했다.

조정은 들씬대고 소장을 접수도 하지 않고 도소로 반려했다.

조정은 동학을 일고의 가치도 없는 이단으로 단정했다. 참으로 아둔한 사람들이었고 참으로 서글픈 세월이었다.

112.

고종 29년, 임신년, 1892년, 십이월 이십사 일.

임오군란 관련자 박흥근과 김홍엽 등 일곱 명을 서대문 밖에서 사형시
킴.

추국청 신문 보고.

죄인 박흥근·김홍엽·박만길·정경석·김한복 등은 다시 추문한 후 각각
한 차례씩 형문하고 신장 석 대를 치고 형을 정지하였고, 죄인 박봉문은 다
시 추문한 후에 한 차례 형문하고 신장 아홉 대를 치고 형을 정지하였습니
다.

죄인 박흥근·김홍엽·박만길·신홍만·정경석·신척석·박봉문·김한석 등
은 다시 추문한 후에 즉시 결안을 작성하겠습니다.

추국청 결안 보고.

죄인 박흥근의 결안에 본래 땅강아지나 개미 같은 미천한 놈으로 오래
전부터 효경처럼 흉악한 성품을 길러 오다가 박인묵의 흉계에 호응하고
연락하다가 별영에 모여 도처에서 소란을 일으키고 장태진과 작당하여 대
궐에 가서 동시에 흉악한 짓을 제멋대로 하였으며 교동에까지 침범하였으
니 이런 짓을 차마 할 수 있는데 무슨 짓인들 차마 하지 못하겠습니까?

앞장서서 대궐 뜰에 들어가 감히 하지 못할 말을 한 죄상에 대해 이미 실토하였으니 법으로는 사형에 처하여야 할 것입니다.

모반부도에 대해 확실하게 지만이라고 하였으니 죄가 부대시참에 해당됩니다.

김홍엽은 미천한 군인으로서 평소 흉계를 속에 길러 왔고 낙동의 일부터 전동의 일에 이르기까지 이미 분수를 망각하고 기강을 범하였고 군영에 모여 대궐에 침입했으니 실로 극악한 큰 죄인입니다.

도리깨를 전해 받아 손에 잡았으니 그 심보가 서로 통했다는 것을 알 수 있으며 금천교에서 위협하는 것을 직접 눈으로 보았으니 어찌 자신이 범한 것과 다르겠습니까?

이미 반역한 사실을 다 실토하였으니 마땅히 사형을 빨리 시행해야 할 것입니다.

모반부도에 대해 확실하게 지만이라고 하였으니 죄가 부대시참에 해당됩니다.

박만길은 본래 훈련도감 기병대로서 항상 나라를 원망하는 승냥이의 심보를 품고 남의 집을 허물고 위협하며 오로지 김장손과 유춘만의 지휘만 듣고 대궐에 난입하여 소란을 일으키고 기꺼이 씨동의 손발이 되었습니다.

비록 군법을 위반하는 죄에 그쳤다고 하더라도 법률상 마땅히 죽여야 하는데 스스로 흉악한 역적죄를 지었으니 더욱 용서할 수 없습니다.

법을 가릴 수 없으니 만 번 죽어도 오히려 가볍습니다.

모반부도에 대해 확실하게 지만이라고 하였으니 죄가 부대시참에 해당

됩니다.

정경석은 왕십리 반란군으로서 기꺼이 만고에 없는 반역을 일으켰습니다.

동 별영에 같이 모였으니 그 심보가 서로 통하였고 인정전에 난입하였으니 죄상이 더욱 흉악하였습니다.

처음부터 끝까지 따라다녔으면서도 유독 직접 죄를 범하지 않았다고 말하지만 국청에서 신문하여 여러 번 조사한 결과 확실하였습니다.

구두 공초가 이미 끝났으며 범한 사실을 모두 실토하였으니 응당 빨리 전장을 실시하여야 할 것입니다.

모반부도에 대하여 확실하게 지만이라고 하였으니 죄가 부대시참에 해당합니다.

신천석은 역적 박홍근과 줄곧 같이 행동하여 왔으며 법망에서 빠져나가 십 년 동안 목숨을 유지하였고 태추문에서 총을 쏘고 고발이 날조된 것이라고 제멋대로 핑계를 대었으며 금천교에서 일을 도왔다는 것을 스스로 분명하게 공초하였습니다.

초군으로서 기율을 범하였으니 이미 지극히 용서할 수 없고 대궐 뜰에 들어가서 흉악한 짓을 자행하였으니 절로 공개적으로 죽이는 죄에 해당합니다.

이미 국청에서 실코하였으니 어찌 기시의 형벌을 피할 수 있겠습니까?

모반부도에 대하여 확실하게 지만이라고 하였으니 죄가 부대시참에 해당합니다.

김한복은 처음에는 도둑으로 잡혔지만 공초를 통하여 역당의 변란에 참여하여 대궐 뜰에서 금은을 주었다는 사실이 드러났으니 궁궐 깊숙이 들어간 사실을 알 수 있습니다.

기찰포교에게 뇌물을 준 것도 이것을 모면하기 위한 계책에서 나온 것이었습니다. 십 년 동안 목숨을 부지했던 것은 실로 천망이 너무 넓었기 때문이지만 하루아침에 기시의 형벌을 받게 되면 자신이 저지른 죄에 대한 처벌을 피할 수 없다는 것을 알게 될 것입니다.

모반부도에 대해 확실하게 지만이라고 하였으니 죄가 부대시참에 해당합니다.

신홍만은 본래 대오에 편입되었던 자로서 감히 역적들과 패거리를 만들 마음을 드러내어 흉악한 무리와 서로 통하여 제멋대로 대궐에 난입하였으니 주모자와 추종자들을 어찌 구별하겠습니까?

체포되어 공초를 바쳤고 국청에서 실토하여 죄상이 다 드러났습니다.

함부로 날뛰다가 체포되었으니 어찌 돼지 새끼와 다르겠습니까?

많은 죄를 지은 것이 그들과 같아서 수리부엉이가 응하듯 행한 흉악한 짓을 가릴 수가 없었습니다.

법은 더없이 엄격하니 조금도 용서할 수 없습니다.

모반부도에 대하여 확실하게 지만이라고 하였으니 죄가 부대시참에 해당합니다.

박봉문은 천성이 본래 음흉하고 간사하며 심보가 몹시 교활하고 악하여 역적 무리와 더불어 대궐로 향하다가 체포된 것은 이미 증인 전봉산의 공초에서 나왔고 흉악한 무리들이 내통하는 데 호응하여 대궐에 따라 들어가 참가하였다는 것을 합좌로 조사한 공초에서 다 실토하고 잠깐 사이에 말을 바꾸면서 그 마음이 이랬다저랬다 한 것으로도 마땅히 죽어야 할 죄가 됩니다.

국청에서 심문하여 내린 단안이 정확하고 나라 사람들이 모두 죽어야 한다고 하니 조금도 용서할 수가 없습니다.

법은 더없이 엄하고 모반부도에 대하여 확실하게 지만이라고 하였으니 죄가 부대시참에 해당합니다.

113.

고종 30년, 계사년, 1893년, 이월 구 일.

경무대에서 일차 유생의 응제 거행 때 도승지 김춘희와 신하들이 입시했다. 때가 되자 통례가 외판을 무릎 꿇고 계청하니 왕이 익선관에 곤룡포를 입고 여를 타고 옹화문을 나갔다.

약방 제조 박제관이 앞으로 나와 말했다.

"아침 일찍 수고로이 거동하셨는데 성상의 체후는 어떠하십니까?"

왕이 데시근하게 대답했다.

"한결같다."

왕은 경무대에 나가 여에서 내려 어좌에 앉았다.

김춘희가 말했다.

"시위와 종승 가운데 시관이 많이 있는데 일체 예를 행하도록 해도 되겠습니까?"

"그리하라."

신하들이 한꺼번에 사배례를 행했다.

김춘희가 입문 단자를 읽었다. 왕이 시관을 불러 제를 내렸다.

"문체는 관학 유생은 표, 방외 유생은 부로 한다. 표의 시제는 '擬周君臣賀於萬斯年受天之祜'(의주군신하어만사년수천지호)이고 부의 시제는 '彩服長歡萬歲春'(채복장환만세춘)으로 하되 시간은 신시까지이다."

이승오과 정기회가 무릎을 꿇고 쓴 다음 한번 읽었다. 김귀수가 이것을 받들고 나가 기둥에 제를 걸었다.

김춘희가 물었다.

"먼저 제출한 시권이 이미 들어왔으니 시권을 바친 유생들을 차례차례 내보내도록 표신을 내주시면 어떻겠습니까?"

"이미 내린 표신으로 거행하라."

왕은 시관에게 잠시 물러나라고 명하고 소차로 들어가면서 전교했다.

"시위한 군병과 배위한 군병 그리고 배립한 군병들에게 각각 그 군영이 건호궤하도록 하라."

김춘희가 사알을 통해 물었다.

"거둔 시권이 이미 많으니 고시하면 어떻겠습니까?"

조금 뒤에 왕이 소차에서 나왔다.

"입격한 유생은 입시하라."

유학 이재극과 김두한이 차례로 나와 엎드려 직역과 성명을 말했다.

"고시는 편전에서 하도록 대령하라. 환궁은 자내의 예로 하겠으니 해방을 그리 알라."

김춘희가 표신을 내어 계엄을 풀어달라고 청했다. 신하들이 차례로 물러났다.

이날 초경에 왕이 강녕전에 나갔다. 시관들에게 입시하라 명하니 신하들이 차례로 시립했다.

"고시하라."

김영수 등이 고시했다. 조금 뒤에 왕이 소차로 들어갔다.

김춘희가 사알을 통해 물었다.

"이번에는 몇 사람을 뽑습니까?"

"백 인을 뽑으라."

김영수 등이 고시를 마쳤다. 왕이 소차에서 나왔다.

"편차하라."

김영수 등이 편차했다.

김춘희가 물었다.

"시권을 읽는 것은 어떻게 해야 하겠습니까?"

"대독관이 읽으라."

김귀수가 부의 첫째 장을 읽어 여덟 째 구에 이르고 표의 첫째 장을 읽어 여덟 째 구에 이르니 왕이 그만 읽게 했다.

김영수가 물었다.

"등차를 쓰는 일은 어떻게 해야 하겠습니까?"

"부와 표의 각각 일 장은 정삼하로 쓰고 부의 구 장과 표의 사 장은 초삼하로 쓰고 그 나머지는 모두 차상이라 쓰라."

이에 김영수가 등차를 썼다.

김춘희가 물었다.

"봉미를 뜯는 것은 어떻게 해야 하겠습니까?"

"승지가 봉미를 뜯으라."

김춘희가 봉미를 뜯어 읽었다.

왕이 전교했다.

"제술로 강을 대신한 일차 유생의 전강에서 부에 수석으로 삼하를 맞은 유학 변규창과 표에 수석으로 삼하를 맞은 유학 이명직은 모두 직부전시하게 하라.

부에 그다음 초삼하를 맞은 진사 심용택 등 구 인과 표에 그다음 초삼하를 맞은 유학 이종형 등 사 인은 모두 직부회시하게 하라.

부에 그다음 차상을 맞은 유학 김천식 등 십 인과 표에 그다음 차상을 맞은 유학 이윤수 등 육 인에게는 모두 이 분을 주고, 부에 그다음 차상을 맞은 유학 이상옥 등 십 인과 표에 그다음 차상을 맞은 진사 신태경 등 육 인에게는 모두 일 분을 주고, 부에 그다음 차상을 맞은 유학 김유승 등 십육 인과 표에 그다음 차상을 맞은 유학 이중진 등 십 인은 모두 감시 초시의 방목 끝에 붙이라.

부에 그다음 차상을 맞은 유학 오종윤 등 십육 인과 표에 그다음 차상을 맞은 유학 신종국 등 십일 인에게는 각각 『규장전운』 한 권을 사급하라."

김춘희가 무릎을 꿇고 받아 쓴 다음 읽었다.

왕이 말했다.

"입격한 유생은 내일 대령하라."

114.

고종 30년, 계사년, 1893년, 2월 23일.

의정부에서 왕에게 보고했다.

"평안 감사 민병석의 등보에 함종부에서 또 민란이 있었다고 합니다.

설령 관에서 실정이 있어 백성들이 원망과 고통을 참을 수 없다고 해도 만일 소원을 호소하려면 어찌 적절한 방도가 없는 것을 걱정하겠습니까? 그런데 감히 무리를 모으는 데도 누구도 어찌지 못하여 관아에 침범하여 관원을 협박하고 건물을 부수고 가호에 불을 질렀습니다.

근일 평안도 한 지방 내에 그렇지 않은 고장이 거의 없으니 어찌 상하와 중외에 유지되던 명분과 기강이 이 지경에 이르리라고 생각이나 했겠습니까? 놀라고 개탄스러워서 차라리 말하고 싶지 않습니다.

지금 강계와 성천을 안핵하는 일행이 이미 도내에 있으니 우선 그가 일을 끝내기를 기다려서 일체 샅샅이 조사하도록 하여야 할 것입니다. 그러나 현재의 사세 상 시일을 늦추어서는 안 됩니다.

도신의 사계에 모두 확실한 근거가 있으니 법에 따라 우선 수악인 장두 고능호와 이지익은 기찰하여 잡다 모두 효수함으로써 완악한 자를 경계하고 난민을 징계할 방도로 삼아야 합니다. 그 밖의 갇혀 있는 죄인들은 등급을 나누어 엄하게 처벌하고 도망친 여러 놈은 기한을 정하여 기찰하여 잡아들여 역시 해당 형률을 시행하되 모두 도신으로 하여금 거행하게 하소서.

이번 난민들이 일으킨 변고는 전적으로 해당 부사 심인택의 탐학과 불법에 연유한 것입니다. 도신이 이미 파직시키고 잡아들이기를 청하였으니 의금부에서 형률에 따라 처벌해야 마땅합니다. 그가 횡령한 돈은 도신이 계사에서 아뢴 실제 액수대로 형조가 가동을 잡아들여 빨리 돈을 징수한 다음 본도의 감영에 보내어 해당 백성들에게 나누어 주도록 역시 통지하겠습니다.

이 고을은 지금 수령이 없습니다. 이조에 분부하여 일반적인 격식에 구애받지 않고 특별히 가려 차임해 바로 보내소서. 도신의 계사 가운데 민란이 일어난 달과 날짜, 불타 버린 가호의 숫자가 모두 소상하게 기록되어 있지 않으니 소홀함을 면할 수 없습니다. 해당 도신을 추고하는 것이 어떻겠습니까?"

전교

"이렇게 불법을 저지른 무리는 특별히 처분해야 할 것이다. 두 고을을 조사한 내용을 안핵사에게 빨리 계문하도록 분부하라."

115.

고종 30년, 계사년, 1893년.

조정에 보낸 소장이 반려되자 시형을 포함한 동학 지도부는 바로 한양에 올라가 신원 운동을 하자고 결정했다.
정월 십 일.
손천민이 제소 문안을 만들자 시형은 정월 이십 일에 각도 책임자에게 한양으로 모이라는 경통을 띄웠다.

경통
'황하의 운수가 더디 맑아 천운의 행보에 어려움이 많다.
서양의 교는 바야흐로 크게 성하고 있는데 우리 도의 운은 잠자듯 쇠약하다.
우리 스승은 무극대도를 진전시켜 세상에 창명하지 못하고 도리어 죽음의 혹독한 화를 입으니 원통함을 어찌 말하지 않으랴.
우리 모두는 사문에 들어 배운 이로서 비록 먹고 숨쉬는 동안이라도 감히 설원할 일을 느슨히 할 수 있으랴.
이제 각 포 도인들에게 널리 알리니 일제히 모여 협의하여 원통함을 소청하여 부르짖어야 이치에 마땅할 것이다.
정월 스무날.'

문제는 많은 인원을 한양에 집결시키는 방법이었다.

때마침 조정은 계사년 이월 팔일 왕세자 탄신 날을 맞아 별시를 치르도록 했다. 각도의 선비들이 상경할 것이므로 시형은 이 기회를 이용하기로 했다.

한양에 집결하는 날짜를 이월 십 일로 정하고 이튿날인 이월 십일 일부터 광화문에 나가 복소하기로 했다. 복소를 위한 도소는 한성 남서 남소동 최창한의 집으로 정했다.

이월 초하루.

서병학을 필두로 선발대가 상경했다. 선발대는 관리의 동정과 민심의 동향을 살피고 복합 상소의 구체적 일정을 잡는 임무를 맡았다. 시형은 연로해 빠지고 도차주 강시원이 손병희·김연국·박인호 등과 함께 과거 보는 유생으로 변장해 한양에 올라가 도인들을 지휘하기로 했다.

세자 탄신을 경축하는 과거를 보러 온 유생들은 종자까지 동행시키다 보니 그 수가 상당히 많았다. 눈도장을 찍으려는 지방관들도 관예배를 십여 명씩이나 이끌고 올라와 좁은 장안을 휘저으며 몰려다녔다. 한양 사람들은 이들도 모두 도인들로 여겼다.

도인들은 지역 단위로 몇 개 포가 한곳에 모여 같이 행동했다. 지도부와 연락하기 쉽고 불의의 사고를 사전에 방지하기 위해서였다.

이월 칠 일.

서학 교두를 지목한 괘서가 저자에 붙었다. 서학 내부를 잘 아는 사람의 도움을 받았다.

방(서학 교두에게 보내는 글).

'서학 교두에게 효유하니 너희들은 귀 기울여 들어라.

운수는 기울어지고 세도는 쇠퇴하여 종묘사직은 치욕스러움을 참아가며 할 수 없이 그들과 통교했다.

그러나 상관을 설치하고 전교하는 것은 수호조약에서 허용치 않았다.

너희 교두들은 마음대로 연달아 들어와 명색은 상제를 공경한다 하나 비는 데만 힘쓰며, 말하기는 예수를 믿는다고 하나 단지 찬미하는 것으로 법을 삼을 뿐이니 마음을 바르게 하고 성실한 뜻을 가르치는 학은 찾아볼 수 없다.

또한 말한 대로 실천하는 독행지실도 없다.

말로는 부모에게 효경한다고 하면서 부모 생전에 공양하고 순종하는 도가 없으며 돌아가시면 곡하며 장례를 치르는데 절의가 없으니 이를 어찌 사람의 떳떳한 도리라 하겠는가.

혼인 풍속도 절차가 없이 결혼했다가 끝내는 개가하거나 재취하고 만다.

두려워 말할 수 없도록 이혼하는 폐단이 있으니 어찌 부부의 도리라 하겠는가.

우리나라 사람인 너희들은 본시 빌어먹던 잡류라. 탐욕스럽게도 회중에 팔려 거의 돈과 밥과 결부되어 좋은 거처와 좋은 음식에 마음이 쏠리어 있다.

처음엔 영어를 배워 주고 한문을 가르쳐 준다고 하며 양갓집 자녀들을 끌어들이더니 끝내는 너희들의 교중에 서둘러 들게 하였다.

또한 학도들에게 차급할 밥값과 옷값에서 뜯어내어 많은 돈을 챙기니 어찌 비루하기 이와 같으랴.

말로는 전도할 뿐이라 하지만 돌아다니면서 경전을 파는 것을 요긴한 일로 삼고 있다.

만일 영원히 고통스러운 지옥이 있다면 너희들이 먼저 들어갈 것이니 가히 두렵지 않은가.

이번에 감히 불러다 담판 지으려 했으나 어찌 수도하는 도인인 우리가 자기 이익만을 다투는 너희들 무리들과 자리를 같이하고 교설하겠는가.

이처럼 효유하니 너희들은 속히 짐을 꾸려 본국으로 돌아가라.

그렇지 않으면 마땅히 우리들 충신지갑주와 인의지간으로 오는 삼월 칠일에 성토 치죄할 것이니 그리 알라

계사년 이월 초이레.

이월 십팔 일.

관학 유생 이건중과 경상도 유생 김상호가 상소를 올려 사학을 엄급하도록 청했다.

'근래에 사설이 유행하고 괴이한 무리들이 나타나니 이른바 동학이라고 하는 자들은 하늘을 공경한다는 핑계로 하늘을 거역할 음모를 품고는 요사스럽고 허망한 말을 꾸며내어 백성을 유혹했으며 무리를 모아 법사를 능욕하고 심지어 대궐 문 아래에서 떠들어대며 겉으로는 야소교를 배척하

는 척하면서 암암리에 불화의 단서를 열어 놓았으니 그들이 범한 죄상을 따지면 죽이고 용서하지 말아야 할 것입니다.

그런데 성상께서 생명을 소중히 여기는 덕으로 먼저 교화하고 나중에 형벌을 적용한다는 뜻을 우선 보여준 만큼 응당 잘못을 고쳐야 할 터인데 도시에 출몰하면서 글을 붙이고 선동하니 어찌 도리를 지키는 사람들이 다 같이 분격할 일이 아니겠습니까?

또한 우리 유학의 끝없는 걱정거리가 있으니 이른바 야소교가 바로 그것입니다.

착한 사람과 나쁜 사람이 어울려 있고 옳고 그른 것이 서로 뒤섞이니 민간의 어리석은 백성은 종종 그에 물들어 심지어 인륜을 더럽히고 본성을 해치는 데에 이르러도 스스로 깨닫지 못합니다.

지금이라도 다스리지 않는다면 어찌 뒷날에 가서 동학처럼 되지 않을지 알겠습니까?

그리고 어찌 공자의 제자로서 불교를 배척하지 않겠으며 맹자의 학문을 하면서 양주는 배척하고 묵자는 배척하지 않겠습니까?

대체로 유학은 기강을 유지하고 풍습과 교화를 바로 세우는 학이니 위 아래로 천여 년간 성왕들의 정사에는 기강을 바로잡는 것을 근본으로 삼고 풍습과 교화를 바로 세우는 것을 말단으로 삼지 않은 적이 없었으니 이른바 근본이 서야 도를 살린다는 것입니다.

근본을 먼저 바로 잡으면 말단이 다스려지지 않는 것은 걱정할 바가 아닙니다.

유학을 강구해 밝히고 백성들을 이끌기 위한 방도는 오직 학교와 서원을 세우는 데 달려 있습니다.

지금 불순한 학설이 나라에 가득 퍼져 있는 때에 선왕의 법을 지키고 성인의 도를 밝히는 문제는 신들이 진달한 사원보다 긴요하지 않은 것이 없으니 오직 우리 전하께서 교화를 새롭게 하는 데 더욱 힘쓰고 속히 그것을 복구하는 일을 거행한다면 실로 나라에 끝없는 복이 될 것입니다.'

왕이 비답을 내렸다.

'근본이 서야 도를 살린다는 것은 참으로 옳은 말이다.

정사는 학문에 근본을 두고 있는 만큼 응당 유학을 연구해 밝혀야 하겠다.

그러나 너희 유생들이 왕명과 상소를 필사해 서로 돌려 보며 정사를 논박하거나 임금과 신하들이 주고받는 말을 정탐해 수령과 담합하는 처사는 마땅하지 않은 일들이므로 앞으로 엄금하도록 하라.

그리고 서원을 다시 설치하는 것은 예민한 문제이므로 지금 무어라 말하지는 않겠다. 그대들은 그렇게 알고 물러가라.'

이십일 일.

사간원 대사간 윤길영이 소두를 엄핵하여 죄상을 밝혀 난도의 싹을 끊어야 한다고 상소했다.

대학 유생들도 동학을 섬멸하라는 상소를 냈다.

"복소에 나온 그들 소주 박광호 등 몇 사람을 신속하게 정향에 처하여 팔도에 포고할 것이며 그 나머지 잔당은 열읍에 산재했으니 도신에게 엄히 훈계하는 관문을 내려 잡아들이게 하여 같이 벌주게 하라."

같은 달 붙인 다른 방이다.

방
'아, 슬프도다. 소자들은 이 글을 경건히 받을지어다.

헤아려보면 우리 동방의 나라는 수천 년 예의와 범절의 나라였다.

이러한 예의지국에 태어나 이 예의를 행하는데 오히려 겨를이 없거늘 항차 타교를 생각하겠는가.

그들의 서책을 보고 그들의 학을 살펴보면 그들은 소위 경천한다 말하지만 사실인즉 패천하는 것이며 비록 사람을 경애한다 말하나 그들이 노리는 것은 사람을 그르치려는 데 있다.

천당이니 지옥이니 이 무슨 말인가.

세상 사람들이 신선이 있다고 말하나 본 사람이 누구란 말인가.

그들은 천당이 있다 하나 본 사람이 누구인가. 통탄스럽다.

어리석은 부맹들은 그 헛됨에 빠져 황탄을 믿고 정대를 버리며 모든 것을 사랑한다는 핑계로 조상의 제사를 버리고 터무니없는 의식을 행하니 성현께서 말씀하신 무부무군이 바로 이것을 가리킴이다.

지난날 열성조의 현량한 재신들은 충성되게 보필해 학과 교를 세우고 인의를 점차 닦아 동서가 함께 그 음덕을 입으니 이것이 곧 일치요 지금 다른 도가 종횡무진하여 백성을 혹세무민하고 있으니 이것이 곧 일란이라.

그대들은 충량보필의 후예로 현조를 받든 처지로 어찌 애석치 않으며 어찌 슬프지 아니하랴.

우리 도의 근원은 하늘에서 나서 하늘의 뜻을 천하에 밝게 비치니 감히 이 도를 함부로 능멸할 수 있단 말인가.

세상을 일치할 도는 옥리지문에 있으니 어찌 두렵지 않으며 어찌 조심하지 않으랴. 슬프다.

소자들은 대도를 함께 하여 사람마다 성경책을 불태우면 혹시 만에 하나라도 살 길이 있을지 모르리라.'

계사년 이월 모일 야반

이월 스무여드레.

왕은 소두 박광호를 나포하라고 법사와 지방관에 명령했다.

조정의 잘못을 지적하는 상소도 있었다. 경상도 안의 사람 전 사간 권봉희는 소장을 내 관리들의 민폐로 도탄에 빠진 이 나라를 구하려면 기강을 엄히 세워야 하고 모든 관리가 사치를 금해야 한다고 했다. 할 말이 없는 조정은 권봉희를 흑산도로 유배 보냈다.

동학 지도부는 이월 초이레에 이어 삼월에도 방을 냈다.

'왜국 상려관은 펴 보아라.

태극의 본체가 나뉘어 처음으로 천지가 자리 잡자 사람은 그 사이에서 국경을 그어 나라를 만들어 삼강을 정하고 오륜을 이루었다.

그러나 세상이 되어 중토에서 살아오면서 사람으로서 지켜야 할 도리를 존중하면 사람이라 일컫고 몰지각한 자를 오랑캐라 일컫는다.

그러므로 중국의 문물은 멀리 있는 오랑캐까지 통하였으며 성인의 교화
는 멀리 떨어져 있는 땅에까지 나타났다.

천도란 지극히 공평하여 다만 착한 사람은 음덕이 있게 하고 악한 사람
은 벌이 있게 했다.

너희들은 비록 변경에 살고 있으나 받은 성품을 하나의 이치임을 또한
알지 못하는가.

이미 인도에 처해 있으나 곧 각 나라에 매어서 살아가는 생업을 보전하
고 영원토록 구역을 보전하여 위로는 부모를 공양하고 아래로는 자식을
기르는 것이 옳을 것이다. 아직도 욕심 많은 마음으로 다른 나라에 자리
잡고 앉아 공격하는 것을 으뜸으로 삼으며 살육을 근본으로 삼으니 진실
로 어떤 마음이며 마침내 어찌하자는 것인가.

지난날 임진년에 너희들은 우리나라에서 용서받을 수 없는 죄과를 저질
렀다.

국력을 다해 침략했다가 패한 몸으로 돌아갔으니 어찌 우리나라의 참혹
함과 괴로움을 차마 볼 수 있으랴.

우리는 너희들을 잊을 수 없는 원수라고 아는데 도리어 너희들이 우리
에게 잊을 수 없는 한이 있다 하는가.

너희들이 얼마 남지 않은 운명을 아직도 용서받기 어렵거늘 어째서 짧
은 목숨을 모질게도 우리의 틈새를 엿보고 있는가.

너희들은 우리나라의 성스러움을 들어보지 못했는가.

서산대사의 가르침과 사명대사의 도술이 지금에 오히려 칭송이 되는구

나.

석굴의 도로서 어찌 편순의 사유를 멈추게 할 수 있으며 옥병 속의 구름으로 죽음의 울타리의 근원을 피하게 할 수 있겠는가.

우리 스승님의 덕은 넓고도 가없어 너희들에게도 구제의 길을 베풀 수 있으니 너희들은 내 말을 들을 것인가 안 들을 것인가.

우리를 해칠 것인가 아니 해칠 것인가.

하늘은 이미 너희들을 증오하며 스승님은 이미 훈계하였으니 평안하고 위태로움은 너희들이 자취하는 것인바 죽도록 후회하는 일이 없도록 하라.

우리는 다시 말하지 않으리니 서둘러 너희 땅으로 돌아가라.'

계사년 삼월 초이틀 자시. 조선국 삼사원우초

사태를 지켜보던 외국인들은 만약을 염려해 자위력을 만드느라 부산했다. 본국 정부에 자국민들을 보호할 대책을 촉구하고 스스로 군함을 동원하기까지 했다.

왜국과 청국은 자국 거류민을 대피시킬 준비를 했다.

삼월 팔 일.

청국은 내원과 정원 두 군함을 인천에 보냈다. 왜국은 군함 팔중산 호를 인천에 부르고 인천과 한강을 왕래할 선박을 준비했다.

영길리국은 순양함 세븐 호를 인천에 들르게 했고, 미리견국은 군함 베도레루 호를 출동시켰다.

고작 도인 아홉 명이 움직이자 온 세계가 들썩거렸다.

삼월 구 일.

왜국 영사관 담에 왜인을 비방하고 이를 척퇴시키자는 방이 붙었다. 이 날 왜국 변리공사는 독판교섭통상사무 조병직에게 이런 무뢰배를 엄히 처벌할 것을 강력히 요구했다. 그는 본국 정부에도 보고하고 지시를 기다렸다.

왜국 정부는 이러한 사태를 역이용할 방법을 구상하고 있었다. 동학도의 척왜 궐기를 왜국 군대가 조선에 출병하는 구실로 삼을 수 있었다.

이것은 왜국이 개항 이래 한반도를 놓고 종주권을 주장하는 청국과 해왔던 쟁투를 무력으로 제압할 계기가 될 수 있었다. 왜국은 은밀하게 조선과 청국 두 나라의 국정을 탐색했다.

주한 왜국 공사관과 왜국 외무성 사이에 부단한 정보 교환이 있었다. 주청 왜국 공사가 상당히 신빙성 있는 정보를 보고했다.

왜국은 경인년에 들어오면서 조선 동학도인의 교조신원운동이 정치운동인 반봉건 반침략의 구국운동으로 전환되어 확산 파급되리라 이미 예상했을 뿐만 아니라 이러한 사태를 수습하는 과정에서 장차 분명하게 청국과 한판 겨루는 승부가 있을 것으로 판단했다.

따라서 이에 대비해 이미 전쟁 준비를 마치고 있었다.

여기에 맞추어 왜국 정부는 동학도인과 개화파·척화파의 움직임을 개별적으로 파악하고 연대를 방해하여 각각 고립되도록 조장하라고 조선 주재 공사에게 지시했다.

116.

고종 30년, 계사년, 1893년.

삼월 십 일.

수운의 순도 제례가 있었다. 옥천군 청성면 거포리 갯밭에 있는 김연국의 집에서 제례를 모셨다. 여기에는 시형도 참석했다.

청주·보은·상주·옥천 지역에서 손병희·김연국·이관영·권재조·권병덕·임정준·이원팔·조재벽 등 십여 도인이 모였다. 이 자리에서 시형은 척왜양창의라는 새로운 명분을 내걸고 신원 운동을 계속하기로 의견을 모으고 통유문을 보냈다.

통유문.

'대저 우리 도는 음양으로써 곧 하늘의 체로 하고 인의로써 곧 사람답게 하며 천인합덕으로 자연스럽게 되도록 하는 것이다.

그러므로 자식 된 자로서 힘써 어버이를 섬겨야 하고 신하로서 목숨을 다해 임금을 섬겨야 하니 이것이 사람으로서 지켜야 할 큰 도리이다.

우리나라가 단군 기자에서 오늘에 이르기까지 예의를 숭상하며 익혀 왔음은 천하가 알고 있다.

그런데 근자에 이르면서 안으로는 덕을 닦아 바르게 다스리는 정사가 미거하고 밖으로는 침략 세력이 더욱 떨치게 되었다.

관리들은 더욱 빗나가 포악 방자해져 멋대로 위협하여 굴종시키게 되었고 힘센 호족들도 서로 다투어 토색해 거두어들이니 기강이 문란해졌다.

학문에서도 경망스럽게 지리멸렬하여 제각기 문호를 세우고 있다.

백성들의 형편은 움츠리고 움츠러들어 버틸 여력이 없다.

벗겨내 없애는 그 재앙과 거듭되는 화가 조석으로 닥치니 평안할 수가 없다.

참으로 뜻이 있는 이라면 가슴을 치며 탄식할 일이다.

우리 모두 사문의 화에서 살아남았으나 아, 스승님의 억울함을 풀지 못한 채 그때가 오기를 기다릴 뿐이다.

우리 성상께서는 자애롭게 각기 생업에 충실하면 큰 혜택을 베풀어 소원을 들어주려 했으나 어찌하여 지방 관속들은 임금님의 홍은을 입은 생각은 않고 여러모로 침탈함이 전보다 더해 가고 있다.

우리 모두가 서로 빠져서 망하게 하려 하니 비록 편안하게 살려 하여도 어찌할 수 있으랴.

생각다 못해 다시 큰소리로 원통한 일을 진정하고자 이제 포유하니 각 포 도인들은 기한에 맞추어 일제히 모이라.

하나는 도를 지키고 스승님을 받들자는 데 있으며 하나는 나라를 바로도와 백성을 평안하게 하는 계책을 마련하자는 데 있다.'

계사년 삼월

이어 시형은 충청도·전라도·경상도 관찰사에게 각각 글을 보냈다. 이 글을 괘서로 만들어 삼월 열하룻날 새벽 보은 삼문 밖에 붙였다.

통고

'대저 사람의 처사에는 세 가지 어려움이 있다.

절의를 지키고 충성을 다하여 나라를 위해 죽는 것은 신하 된 자의 어려움이요, 있는 힘을 다해 정성껏 효도하여 어버이를 섬기다 죽는 것은 자식의 어려움이요, 정조를 지키고 열녀를 모앙하면서 목숨을 다하여 남편에 순종하는 일은 부인의 어려움이로다.

사람이 태어났다 죽는 것은 사람으로서 바꾸지 못할 이치요 일이 있고 없는 것은 시운이 정한다.

무사 안락한 때에는 충효의 도리를 즐기고 살다가 일이 있어 근심과 환란을 당했을 때 죽기로 충효하는 것이 신하와 자식으로서 이것이 바로 어렵고도 쉬우며 쉽고도 어려운 일이다.

삶을 즐기는 자는 군부가 어려움에 당하여도 죽으려 하지 않으며 죽음을 애석히 여기면 신하와 자식의 의리를 이루지 못한다.

죽음을 결심한 이는 충효의 절의를 능히 이룰 수 있다.

지금 왜놈 양놈 도둑들은 이 나라의 중심부에 들어와 큰 난동을 다 부리고 있다.

참으로 오늘의 서울을 보면 오랑캐 소굴이 되어 버렸다.

가만히 생각하면 임진란 때의 원수와 병인 때의 치욕을 어찌 말을 참아야 하며 어찌 잊을 수 있으랴.

지금 우리나라 삼천 리 조상의 뼈가 묻힌 곳은 모두 금수에게 짓밟혀 위태롭다.

오백 년 종사를 내다보면 폐허가 되려 하니 한심스럽다.

인의예지와 효제충신의 가르침은 지금 어디에 있는가.

더욱더 왜적들은 거꾸로 아쉬움을 한탄하는 마음으로 재앙의 빌미를 품고 막 독기를 뿜으려 하니 위태함이 경각에 놓였다.

만일 그냥 넘겨 평안한 것으로 여긴다면 바로 불에 섶을 가하는 형세가 될 것이다. 우리는 비록 초야의 어리석은 백성이지만 여전히 선왕이 법도에 따라 국왕의 땅에서 농사지어 부모를 봉양하며 신하와 백성의 신분은 다르지만 충효는 어찌 다르겠는가.

원하건대 나라에 적은 충성을 하려 하는 구구한 사정을 상달할 길이 없다.

삼가 생각하기를 합하는 충성되고 어진 가문으로 국록을 길이 누려 왔으므로 벼슬을 하거나 물러나거나 임금을 위하고 나라에 충성하는 성심이 지극하니 우리들과 비교가 되지 않는다.

옛말에 큰집이 기울어질 때 나무 하나로 버티기 어렵고 큰 물결이 밀려올 때 갈대 한 묶음으로 막을 수 없다고 했다.

우리들 수만 명은 다 같이 힘을 모아 왜인과 양인을 쓸어버리는 데 죽기로 맹세하고 나라에 보답하는 의리를 다하고자 한다.

바라건대 합하도 뜻을 같이하여 협력해서 충의의 선비와 관리들을 추려 모아 같이 나라를 바로잡기 바라오니 천만 번 간절히 비는 바이다.'

계사년 삼월 초열흘 묘시. 동학 창의 유생 등 백배 상서

이 글에서 시형은 통유문과는 달리 척왜양창의와 보국안민을 전면에 내

세우고 교조 신원은 언급하지 않았다. 이는 동학 운동의 새로운 출발을 의미했다.

이 방은 나중에 경상·전라·충청 주요 지역 여러 곳에 내걸었다.

삼월 십 일 오후.

동학 지도부는 소장에 서명할 인사를 선정하고 소두에 박광호, 제소 손천민, 서사 남홍원, 도인을 대표할 사람으로 박석규·임규호·이용구·박윤서·김영조·김낙철·권병덕·박원칠·김석도·이찬문 등을 결정했다.

그리고 봉소에 나선다는 사실을 한울님에게 고하는 봉고식을 올렸다.

상소문

'각도의 벼슬하지 않은 선비(幼學) 신 박광호 등은 진실로 두렵고 두렵게도 머리 숙여 삼가 목욕재계하고 백 번 절하며 천통으로 운수를 융성케 하며 인륜의 바탕을 돈독케 하시어 정성의 의가 빛나고 공덕이 밝고 덕이 크시어 요의 크심과 순의 아름다움과 우의 모훈과 탕의 경천으로 지극히 화하시고 신열의 경지에 이르신 주상 전하에게 글을 올립니다.

천지부모 밑에서 병들어 아프면 엎디어 부모를 부르고 곤궁하면 천지를 부르는 것은 사람의 상정이며 스스로 그리하는 이치입니다.

천지부모님이신 주상전하, 이번에 도 닦는 신 등은 모두 성상인 천지부모가 화육한 적자들입니다.

이제 곤궁하고 병들어 고통 받는 망극한 처지에서 감히 외람되이 죄 됨을 무릅쓰고 조심스레 폐하의 발밑에서 부르짖습니다.

전하의 지적 아래서 망언하는 것은 두려운 것을 몰라서가 아니라 억울하고 통절함이 극에 이르러 부득이한 것으로 천지부모에게 호소하지 못한다면 천지지간에 어디로 가야 합니까.

자고로 성제명왕과 어질고 착하게 잘 받드는 신하는 사문을 열고 사총이 통달토록 음양의 이치와 사시의 순리에 맞게 베풀어 천하를 태산과 같이 안정되게 한 것은 경천명 순천리의 도리를 밝히고 기강을 세웠기 때문입니다.

근자에 이르면서 실천 행도하는 진짜 선비는 얼마 되지 않고 서로 얽히어 헛된 문장이나 드러내려고 한갓 겉치레만 숭상하면서 경전에서 표절해 천박하게 이름이나 얻고자 하는 선비가 십에 팔구나 됩니다.

말로는 선비가 되겠다고 하나 덕성을 기르고 도를 따져 학하는 것을 가위 멸시함이 국치와 연결되니 실로 작은 연고가 아니니 스스로 깨닫지 못함을 통분이 여기며 하늘에 사무쳐 통곡하며 눈물을 흘리는 것입니다.

다행히도 천운이 순환하사 무왕불복의 이치로 지난 경신년 사월에 황천이 도우시고 귀신이 도와 경상도 경주 고 학생 신 최제우가 비로소 천명을 받아 사람을 가르쳐 포덕하게 되니 제우는 바로 병자년 공신 정무공 진립의 칠 세 손입니다.

도를 펴고 가르침을 행한 지 불과 삼 년에 원통하게도 사학이란 이름으로 그릇된 비방을 뒤집어쓰게 되어 갑자 삼월 초십일에 마침내 경상 감영에서 정형을 받게 되었습니다.

당시 광경을 상상하면 천지가 참담하고 일월이 빛을 잃은 것 같습니다.

만약 털끝만치라도 부정한 죄를 저질렀다면 당연히 법대로 벌을 받아야 하므로 감히 설원을 도모하겠습니까마는 사람들의 터무니없는 모략을 받아 백옥처럼 티 없는 이 대도가 만고에 처음인 횡액을 당하였으니 어찌 한심하지 않겠습니까.

그 글은 시·서·역·춘추요, 그 법은 법·예·악·형이요, 그 도리는 온량공검과 효우목인임휼과 지인서의충화이니 기질만 바꾸었을 뿐입니다.

제우는 말하기를 인의예지는 선성이 가르친 바이지만 수심정기는 내가 다시 정했다 했으며, 또한 공자님의 도를 깨닫고 보니 한 이치로 정해졌으며 나의 도와 비교해 보면 크게는 같고 조금은 다르다 했습니다.

조금은 다르다 함은 별 다른 것이 아니라 천지를 경건히 받들어 일할 때마다 반드시 마음으로 고하고 천지 섬기기를 부모 섬기듯이 하라는 것입니다. 어찌 도리에 비추어 모자람이 있다 하겠습니까.

이러한 도리는 선성들이 밝히지 못한 것으로써 제우가 창시한 종지인 것입니다.

한울님 섬기기를 마치 부모님 섬기듯이 하라는 것으로 어찌 도리에 어긋나겠습니까. 또한 유불선이 겸출되어 삼도의 덕을 합한 이치이므로 조금은 다르다 한 것입니다.

그런데 불도와 선도를 비해 말하면 삭발하거나 검은 옷을 입고 오래도록 군부를 저버리며 돌보지 않는 것이 아니라 다만 불도와 선도 중에서 자비와 수련을 합친 이치만을 함께 취한 것이므로 공부자에 모자람이 없이 광명정대한 대도의 이치에 부족함이 없다고 말할 수 있습니다.

동학이란 학의 이름은 원래부터 동학이라 하지 않았습니다. 한울님으로부터 나오고 동에서 창도되었기 때문에 동학이라 한 것입니다.

당시 세상 사람들이 서학으로 배척하고 업신여기게 되자 제우는 제자들에게 이르기를 '도는 비록 천도이나 학인즉 동학이다. 하물며 땅도 동서로 나뉘어 있는데 서쪽을 어찌 동이라 하며 동쪽을 어찌 서라 하겠는가. 공자도 노나라에서 태어나 추나라까지 풍화가 미쳐 추로지풍으로 이 세상에 전해 오거늘 우리 도는 이곳 동쪽에서 받아 동쪽에서 펴니 어찌 서학이라 이름하랴.' 했습니다.

이런즉 서학으로 돌려서도 안 될 것이며 또한 동학을 이단 아류로 대하여 지목해서도 안 될 것입니다.

그러나 감영과 고을에서는 체포하고 가두고 형벌하고 귀양 보내니 어찌 원통하지 않겠습니까.

마음을 기르고 기운을 바르게 하여 천리를 삼가고 두렵게 여기도록 해서 모든 사람이 물 흐르듯 착한 쪽으로 향하도록 하여 성스러운 이는 성스럽게 되고 어진 이는 어질게 되고 밝은이는 밝게 되게 할 것이니 공부자의 도 역시 여기서 벗어나지 않습니다.

이러한데 어찌 조금 다름이 있다고 성인의 도가 아닐 수 있겠습니까.

대저 이 도는 마음을 화평하게 하는 것을 근본으로 하므로 마음이 화하면 기운이 화하고 기운이 화하면 형체가 화하고 형체가 화하면 바르게 되고 사람의 근본 도리가 확립되는 것입니다.

이와 같이 제우는 선성들이 밝히지 못했던 대도를 창시하여 우부우부로 하여금 천리의 근본을 다하게 하였습니다.

어찌하여 동학만을 편벽되게 지칭하지만 이 도는 참으로 천하의 무극대도인 것입니다.

만일 그렇지 않은 사실을 가지고 폐하에게 아뢴다면 도를 행함에 보람이 없이 감히 임금을 속인 죄를 면치 못할 것입니다.

만일 정대하지 못한 억울하고 원통한 일로 전하께 고한다면 스승님을 배반하고 도리를 흐리게 한 죄를 면치 못할 것입니다.

전하께 복원하건대 천지부모의 은덕으로 화육한 이 적자는 신의 스승님의 억울하고 원통함을 신원해 주시고 감영이나 고을에서 벌 받고 귀양 가 있는 생령들을 살려주십시오.

대저 선비는 나라의 으뜸가는 기운이며 백성은 나라의 근본입니다.

본래 나라가 편안하고 기운이 화평해야 도가 생기는 것이니 엎드려 바라건대 성스럽고 인자한 전하께서는 신속히 선비의 기를 배양하옵소서.

태조와 종사의 영령이 양양하게 상제의 좌우에 계시면서 하늘에 영구한 수명을 빌 것이오니 남산은 갈아 숫돌처럼 엷어질 때까지, 한강이 말라 띠처럼 가늘게 될 때까지 수를 누릴 것이옵니다.

신 등은 이미 직은 없으나 너무도 절실하여 방황하며 피눈물로 간절히 빌기에 이르렀습니다.'

계사규혼시제소 송암

삼월 열하룻날.

아침이 밝았다. 바람이 불어 추웠으나 날씨는 화창했다. 봉소인 아홉 명은 예복으로 주의를 차려 입었다.

조정을 상대로 한 신원 운동이기에 체포되어 극형을 당할 수도 있었다. 봉소하는 도인이나 이를 바라보는 도인 모두 긴장했다. 봉소인들은 소장을 받들고 광화문 앞으로 걸어 나갔다. 손에는 작은 염주를 들고 다 같이 주문을 외웠다.

"시천주 조화정 영세불망 만사지."

광화문으로 이어지는 길가에 도인들이 주문 외우는 소리가 낭랑했다.

아침 아홉 시.

봉소인들이 광화문에 도착했다. 수많은 백성이 사방을 둘러싸고 구경했다. 간간이 외국인도 보였다. 도인들이 의젓하고 당당하게 격식을 갖추어 진소했으므로 관으로서도 별다른 탄압을 할 수 없었다. 상소문을 전한 도인들은 종일 차가운 길바닥에 등메를 깔고 앉아 조정의 대응을 기다렸다.

조정은 침묵했다. 조정에서 반응이 없자 해가 지는 유시에 철수하여 모두 숙소로 돌아갔다.

삼월 열이튿날.

역시 전날처럼 바람이 불어 추웠고 날씨는 화창했다.

조정으로서는 삼십 년 전에 난정률을 적용하여 처형한 최제우의 도제들이 이제 새삼스럽게 몰려와 그 원통함을 풀어달라고 요구하는 자체가 해괴한 일이었다. 게다가 한 걸음 나아가 왜양을 배척하는 괘서와 벽보를 사방에 써 붙이더니, 만세에 무폐하고 천하에 무극한 대도라 하여 동학만을 정도로 주장한 상소문 내용이 자못 설교조인 것도 배알이 꼬였다.

동학도인들의 정당한 청원을 어리석고 완고한 조정 고관들이나 무능하고 생각이 부족한 왕으로서는 창졸간에 당하는 이변으로 여겼다.

이때 조정은 팔 일부터 세자 탄신 축하 과거시험을 치르느라 정신이 없었다.

팔 일에 문과에서 여섯 명, 진사과에서 쉰한 명을 선발했다.

구 일에 왕의 특명에 의한 과거시험인 응제에서 다시 문과 두 명, 진사과 스무 명을 뽑았다. 당일에는 갑술생과를 열어 문취 세 명, 진사취 서른 명을 뽑았다.

조정은 이날도 침묵했다. 도인들은 저녁 유시에 다시 철수했다.

삼월 십삼 일.

봉소자들은 다시 광화문으로 나가 아침부터 정오까지 자세를 흩트리지 않고 꼿꼿이 앉아 자리를 지켰다.

조정은 그제야 중신 회의를 열었으나 비답과 처리 방법이 궁했다. 홍선이 이들을 후원한다는 소문도 있었고, 한양 백성들이 동요하는 빛이 있다는 첩보도 들어왔다.

당시 조정 요직을 차지한 인물 중에는 미래의 상황을 예측할 수 있는 정치적 안목이 있는 자가 거의 없었다.

오후가 되어 비로소 사알을 보냈다.

까마귀는 열두 번 울어도 까옥 소리뿐이라더니 하는 소리는 매한가지였다.

"너희들은 집으로 돌아가 그 업에 임하라. 그러면 소원에 따라 베풀어 주리라."

말단 관리가 나와 옹생원 똥구멍에서 나오는 소리를 한마디를 툭 던지더니 도망치듯 돌아갔다. 조정이 도인들을 더욱 격렬해지도록 부추기는 형국이었다.

이때 포장 신정희가 포졸을 여러 명 데리고 와 봉소자들을 위협했다. 성미가 급한 서인주와 서병학이 화가 나 고함을 질렀다.

"우리가 이 무능한 조정을 때려 부수고, 우리가 직접 개혁을 실천하자."

신정희는 어마 뜨거라 등겁해 서인주를 포박해 데려갔다.

결국 광화문 봉소 신원 운동은 삼 일 만인 십삼 일에 아무런 성과 없이 막을 내렸다.

도인들이 물러가자 조정은 관리들을 풀어 도인들을 잡아들이기 시작했다.

과거 보러 올라왔다 떨어진 많은 지방 유생들이 동학에 가담했었다. 그들은 안동 김씨도 아니었고 돈도 준비하지 못했던 순수한 유생들이었다. 그들의 눈에도 동학은 신선하고 옳은 말을 하는 학으로 보였다.

서병학은 그들을 부추겼다.

과거에 떨어진 유생들이 모여 격문을 썼다. 유생들은 과거에 부정행위가 있어 불공평하니 임금의 측근에 있는 간신들을 물리쳐 적폐를 쓸어 버리자고 건백서를 올렸다. 조정은 당황하여 좌우 포도청 포리를 파견해 도인과 유생을 가리지 않고 체포했다. 하루 사이 백여 명이 잡혀 들어갔다.

삼월 십사 일 오후부터 보름 사이 도인들은 일단 한강을 건너갔다.

이번 신원 운동에 도인들이 한 주장 중 반외세 운동은 온 백성들의 관심을 집중시켰다. 사실은 작년 시월과 동짓달에 공주와 삼례 모임 때부터 동학 지도부는 이 문제를 전략적으로 부각시켰었다.

그것이 이번 광화문 복소를 계기로 적극적인 모습을 보이게 된 것이다. 이제까지 무지몽매한 잡배들로 취급받았던 도인들은 이번 교조신원운동을 통해 본래의 모습을 보였다.

조직이 탄탄한 교단으로 인정되었고, 나라를 걱정하는 사람들로 백성들에게 각인되었다. 특히 척왜양을 부르짖어 일반 백성들이 알게 모르게 당하던 외세의 침탈을 일깨워 주었다.

사실상 조정과 청·일 양국 수뇌부는 경악했다. 오래전 참형된 스승의 신원을 포함한 포교의 공인을 최대한 목표로 표방하면서도, 반봉건 반침략 반외세라는 현실에 부합한 정치적 요구를 주장했기 때문이었다.

광화문 신원 운동을 마치고 지방으로 내려간 도인들은 관의 탄압으로 집에 돌아가지 못하고 길에서 방황했다. 유랑민의 처지가 된 도인들은 각자의 끼니를 잇지 못했다. 결국 그들은 동학 대도소가 있는 보은 장내리로 모여들었다. 전라도에서는 도인이 많은 삼례와 금구 원평으로 모였다.

이때 정치적으로 불우한 처지에 있던 홍선은 기회만 있으면 다시 권력을 차지하려 엿보고 있었다. 그는 새로운 세력인 동학도인들의 움직임을 면밀하게 살피고 있었다. 민 씨의 전횡을 꺾을 한 가지 방법으로 동학을 이용하고자 했다. 그는 천하장안을 시켜 동원할 수 있는 모든 사람을 동원해 동학도인과 함께 행동하도록 했다.

새재 산채에서 김용권과 박희성이 졸개를 이끌고 삼례로 스며들었다.

필제는 산채를 지켰다.

북청 도가 행수 김정태도 하마와 메기를 앞세워 보부상 패를 지휘해 원평으로 내려갔다.

시형은 도인들을 보은 장내리로 다시 모이도록 했다. 이미 장내리에는 많은 도인이 와 있었다. 집으로 돌아갈 형편이 못 되는 사람들이 들피들어 이곳에 군집했다.

장내리로 이어진 작은 오솔길은 사방에서 몰려드는 사람으로 북적였다. 그들도 시형의 보따리처럼 담발랑을 메고 왔다. 담발랑에는 쌀과 소금 그리고 짚신 서너 켤레가 들어 있었다. 그들의 차림은 대개 갓을 쓰고 두루마기를 입었다. 개중에는 도포 차림을 한 선비들도 있었고 맨머리에 봉두난발을 하거나 수건을 이마에 질끈 동여맨 상인도 있었다.

삼월 십삼 일부터 인근 접 도인들이 도착하기 시작해 십오 일에는 만 명이 넘는 인원이 보은에 구름처럼 모였다. 낮에는 장내리 뒤쪽 천변에 유진했다가 밤이 되면 본동 민가나 부근 민가에 유숙했다.

보루에서는 집회 지도부 인사들이 거처하면서 지령을 내렸다.

사람들은 산기슭과 좁은 들판에 움막을 짓고 아는 사람끼리 모여 잠을 자고 모임을 가졌다. 마을이 북적여 옆에 있는 삼년산성에도 사람들이 올라가 움막을 지었다.

각기 가져온 쌀을 모아 작은 솥에 밥을 지었다. 숟가락과 그릇이 모자라 수건에 밥을 한 주걱씩 퍼주면 밥을 입으로 베어 물고 소금을 핥았다.

봄철이어서 이불을 덮지 않고 잠을 잤지만, 아직 쌀쌀한 바람이 불어 새벽이면 모두 깨어나 덜덜 떨었다. 하늘에는 별들이 땅에는 횃불이 세상을 밝혔다. 지도부에서는 양식이 모자랄 것에 대비해 마을 사람들과 부호들에게서 얻어온 쌀을 모아 쌓아 두었다.

날이 밝자 봄비가 추적추적 내렸다. 가는 빗줄기 사이를 심부름을 맡은 사령들은 신이 나서 옷깃을 펄럭이며 지도부의 지시를 전달하려 달렸다. 사람들은 구호를 외치고 이따금 함성을 질렀다.

주문을 외우고 검가를 부르기도 했다. 평화적인 시위여서 아무도 손에 죽창 하나 들지 않았다. 몽둥이를 들고 오는 사람이 있으면 빼앗아 창고에 넣어 두었다.

집회에 모인 사람들은 보은 언저리 고을 사람이 가장 많았다. 경상도에 서는 진주접과 하동접, 전라도에서는 영암접·무안접·순천접, 경기도에서 는 수원접과 용접, 충청도 외곽 지역에서는 공주접·태안접·비접, 강원도 에서는 원주접과 홍천접에서 왔고 황해도에서는 해주접 등지에서 왔다.

주축은 충청도와 경상도 그리고 전라도 도인이지만 평안도와 함경도를 제외한 거의 전국의 고을에서 도인들이 모여들었다.

이것은 이미 동학 조직은 전국으로 확대되었고 무언가 살길을 찾아보려 는 사람들이 그만큼 많았기에 가능한 일이었다.

지도부는 시형을 필두로 하여 서병학이 차좌를 맡았고 손병희와 손천민 이 실무를 지휘하고 황하일과 서장옥이 보좌하도록 구성되었다. 운량도감 으로 전 도사가 참여했고 전라도 도인은 양곡을 운반하는 책임을 맡았다.

삼월 십이 일에 보은 군수 이중익은 방을 사본해 충청감영에 보고했고, 십사 일부터는 도인들의 동태를 면밀하게 주시하여 수시로 감영에 보고했 다.

십육 일에는 이제까지의 상황을 종합하여 감사에게 보고했다.

보은군수 보고

'연일 체류하면서 끝내 파하여 돌아가지 않으므로 참으로 극성스러워 걱정되어 따로 공형을 보내 알아보도록 했다.

공형들이 동학도에게 묻기를

"이번에 모인 일은 괘서에 나타나 있는데 어찌하여 이처럼 좁은 고을 피폐한 마을에 모였는가?" 하니 대답하기를

"이 마을 앞에는 각처로 통하는 길이 있어 각처 동학도가 모이기 편하기 때문이라." 하였다. 또 묻기를

"어째서 오랫동안 연달아 머무는가.

산골 읍의 백성들을 풍문으로 인심을 부추기니 마침 봄의 농사철이라 참으로 괴롭다. 흉년이 든 춘궁기에 곡식 값마저 뛰어올라 지난달 이십오일 장날부터는 저자에는 곡물이 귀해 돈을 주고도 사기가 어렵게 되어 백성들은 황급해 하고 있다.

관장도 밤낮으로 걱정하며 침식이 불안한 참에 이번 모임으로 연유하여 약간의 미곡도 이처럼 실어오지 않아 애당초 저자에 나오지 않아 민정에 크게 관련된다.

이 마을 사람들이 말하기를 너희들이 심지어 밭을 짓밟는 지경에 이르러 남에게 폐를 끼치기 심하니 본 읍은 가위 피해를 입었다 하리라.

언제 파하고 돌아가 민정을 편케 하려는가?" 하니

"각도 유생들이 한자리에 모이기가 어려워 왕래가 끊이지 않으므로 오래 걸리면 각자가 흩어지게 될 것이므로 날짜를 정하지 못한다.

모이기를 기다리면 응당 파하여 돌아갈 것이니 본 읍에 먼저 통기하여 이를 알게 하라.

민정에 있어서는 도회소가 경내 각 동에 통유하여 안심하고 농사짓도록 할 것이며 미곡 역시 저자에 내다 팔게 하여 다시는 염려가 없도록 할 것이니 오는 장날을 기다려 보라."고 했다.'

삼월 십오 일.

동학 지도부는 도인 만여 명이 모였으나 이 정도 인원으로는 조정을 압박하기에 부족하다고 판단해 십육 일에 재차 참석을 독촉하는 통문을 보냈다.

통유문

'통유할 일은 대체로 사람의 도리란 바른 자리에서 하늘을 받들고 때에 순종하고 지리를 도모하여 윗사람을 섬기고 아랫사람을 화육하는 것이리라.

자식으로서는 힘써 어버이를 섬겨야 하고 신하된 사람은 절의를 세워 나라에 목숨을 바치는 이것이 인류의 으뜸이다.

대저 우리나라는 비록 황해의 구석에 있으나 천하의 동쪽에 있다.

단군이 나라를 열어 기자 성황이 건봉하기에 이르도록 천시가 정해지고 인류의 질서를 세워 이로부터 변치 않는 규범이 이루어졌다.

성군과 어진 신하가 계속 이어져 제도 문물의 법도와 예악의 교화가 환하게 드러나 천하에 알려졌으니 이는 인류가 더없이 밝고 현저함이니라.

어찌하랴.

중년부터 지금까지 세상이 크게 어지러워졌다.

기강은 무너지고 법은 문란해져 오랑캐들이 중국을 침입하여 능멸하고 우리나라도 침범하여 멋대로 돌아다닌다.

생각 없이 듣거나 평범하게 본다면 그 본말을 알 수 없어 나라에 화가 미치게 될 것이다.

성인 수운은 이를 걱정하여 대도로 가르치니 대저 우리 도인들은 일심을 지켜온 지 여러 해가 되었다.

충효의 강역에 뜻을 세우고 죽기로 맹세한 마음을 변치 않고 집안을 다스리고 나라를 다스리는 마음으로 소임을 다함에 서로 응할 이 얼마나 될까.

하물며 왜적들과 어찌 일월을 같이함이 있으랴.

한 하늘을 이고 같이 살 수 없는 원수이다.

또한 짐승의 무리에게 곤욕을 당하면서 참는다는 것이 말이 되는가.

지금 우리나라 형편은 쓰러질 듯 위급하게 놓여 그 해답을 모르니 여전히 나라에 사람이 있다고 하랴.

우리들은 비록 초야의 토민이지만 물려받은 선왕의 복록으로 조상을 보존하며 임금님의 땅을 갈아 부모를 봉양하고 있다.

신하와 백성의 직분은 비록 다르지만 의로움은 하나이다.

어찌 뜻을 같이하며 의리에 죽으려는 맹세가 없으랴.

지금 황천은 확실히 더럽혀진 이 세상을 누르시고 무극한 조화를 가르쳐 주었으니 이는 확실히 지사 남아가 절개를 세우고 의를 일으킬 때이다.

천하를 평정한 조적의 큰 뜻과 범공의 결단은 장한 뜻이 아니랴.

문산이 하늘을 떠받듦이나 육수부가 황제를 받드는 품성은 뛰어났다.

제양공의 복수와 연소왕의 치욕을 되갚은 데는 한계가 있었다.

때로구나, 때로구나.

지금 우리 성상은 착하신 덕을 갖추고 인자하고 유순하시나 나라 일을 두루 살핌에 안으로는 현량한 보필자가 없으며 밖으로는 빼어나게 용감한 장수가 없어 외적들이 틈을 타 기회만 엿보게 되니 절박함이 조석에 놓여 있다.

바라건대 여러 도유들은 한마음으로 뜻을 같이하여 요사스러움을 깨끗이 쓸어 버리고 종묘사직을 되살려 다시금 일월처럼 밝히는 것이 선비와 군자가 행할 충효의 도리가 아니랴.

인이란 만물을 생육시키는 봄이며 의란 만물을 거두는 가을이다.

지와 인은 덕이지만 용이 아니면 이루지 못한다.

간절히 바라건대 여러 군자는 부지런히 힘써 본연의 의기를 가다듬어 나라에 다시없는 충성과 공로를 세우면 고맙겠다.'

계사년 삼월 열엿새

삼월 십사 일에 보은 군수로부터 보고를 받은 충청감사는 이 사실을 조정에 바로 보고했다. 도인들이 광화문에서 해산한 것으로 알고 있던 조정은 수만이 몰려들었다는 보고를 받자 반란이 아닌가 의심했다. 십육 일자로 해산 명령을 내리고 동학인령을 보은읍과 장내리에 붙였다.

전라도 원평에도 같이 붙였다.

동학인에게 내리는 명령

'이번의 왜양을 배척하는 의리로 충의를 다하려는 사민에게 누가 감히 하지 못하도록 하겠는가.

그러나 충의하는 것은 같지만 도인과 속인이 다르니 난잡하게 뒤섞여 앉는 것은 옳지 않다.

각기 앉을 자리를 가려 잘 의논할 일이다.

그 밖의 우매하고 몰지각하여 원래 밭가는 일을 하는 사람은 힘든 농사에 부지런해야 한다.

멋대로 일에 욕심을 부려 대업을 포기할 것인가.

이 명령으로 경계한 후에도 여전히 따르지 않으면 응당 군율로 다스릴 것이다.

계방을 잘 살펴 범하지 않도록 하는 것이 옳을 것이다.'

계사년 삼월 열엿새

정치는 양반들이 할 터이니 백성들이나 도인들은 나서지 말라는 것이다. 더욱이 도인들이 백성과 서로 섞이는 것도 금하고자 했다.

까마귀 짖는다고 범이 죽겠나? 도인들은 나라는 백성들의 것이라 주장하며 서로 맞섰다.

삼월 십칠 일.

장내리는 온종일 비가 내리고 있었다. 도인들은 각자 머무는 집이나 움막 안에서 주문을 외우며 하루를 보냈다. 보은 군수와 청주 병영의 보고를 받은 조정은 깜짝 놀랐다.

여흥 민씨 일파는 끝내 일이 터졌다고 여겨 온건한 벼슬아치인 호조참판 어윤중을 양호도어사*로 임명하여 사태를 수습하게 했다.

칙유문
'임금으로서 이른다.
근자에 이른바 동학도들이 무리를 모아 선동하고 거짓말로 현혹시키고 있다.
지난번에도 방자하게 자리를 펴고 대궐 앞에서 부르짖는 무엄을 저질렀다.
학한다는 것이 무슨 글이며 모인 까닭이 무엇인가.
설사 충성하거나 신원하고자 하면 각 지방에 장관이 있고 방백이 있는데 어찌하여 절차를 거치지 않고 이처럼 임금에게 올리려 하는가.
동류를 불러 모아 무리를 지어 작당해 마을 사람을 선동하며 헛소문을 퍼뜨려 세상인심을 시끄럽게 하는가.
앞으로 칙유가 전해진 뒤에도 조심하고 두려워하지 아니하고 오히려 충청과 전라에 가끔 모여 사리에 어긋나는 허세만 떨친다면 이 어찌 화를 즐기는 삿된 무리라 하지 않으랴.
이는 또한 몰지각한 백성이라 아니하겠는가.
국법이 엄연하니 뽑아 버리는 것은 어렵지 않지만, 모두가 나의 백성이라 먼저 가르치고 후에 벌 주는 것이 어진 정치를 하려면 우선해야 할 것이

---

* 충청과 전라도 어사.

다.

경으로 하여금 양호도어사로 삼으니 곧바로 모인 곳에 이르게 되면 임금에 충성하도록 하고 백성을 아끼는 뜻으로 효유해 각기 돌아가 생업에 평안하도록 하라.

만일 뉘우치지 않는다면 이는 항명하는 것이 될 것이니 경은 즉시 장계를 올려 스스로 처리할 방도를 마련하라.

경에게 마패 하나를 주니 곧 마음대로 처리하라는 뜻이다.

잘 살펴서 하라.'

왕의 이런 처사는 아직 사태의 심각성을 도통 모르고 있다는 증거였다.

어윤중은 마음이 내키지 않아 머뭇거리다가 겨우 행장을 꾸렸다.

삼월 십팔 일.

아침 일찍 날이 개었다.

도인들은 옥녀봉 남쪽 기슭에 백여 명을 동원해 강변에서 갯돌을 날라 돌담을 쌓기 시작했다. 장내리 윗말에서 서원 쪽으로 조금 올라가다 보이는 왼쪽 산기슭이다.

숲속에서 다짜구리가 나무를 쪼았다.

앞쪽은 강변과 이어져 있다. 봄이었으므로 바람이 불고 먼지가 날아와 이것을 막기 위해 돌담을 쌓은 것이다. 출입문을 사방에 두었고 담장 위에는 크고 작은 깃발을 꽂았다. 큰 깃발에는 척왜양창의를 썼고 오색 깃발은 다섯 방위에 세웠다. 기폭이 작은 깃발에는 대도소에서 정해준 포명을 적었다.

깃발이 바람에 펄럭이는 것이 장관이었다. 북을 쳐 일정한 시간을 알렸다. 돌담 안에 거의 만 명 정도 들어가 앉아 주문도 읽고 담론도 하며 하루를 보냈다.

구경꾼과 떡장수 엿장수들이 몰려들었다. 점심때가 되면 도인들이 몰려 떡과 엿을 가져갔다. 떡장수가 돈을 달라고 하자 도인 중 한 사람이 웃으며 말했다.

"우리가 먹은 떡값은 세 번에 나누어 갚겠다. 첫 기한은 바람이 고패를 날려 하늘의 외기러기를 맞힐 때이고, 둘째 기한은 물속의 고기가 언덕에 뛰어올라 토끼를 잡아먹을 때이고, 셋째 기한은 물속의 돌이 물에 녹아 엿처럼 흐물흐물해질 때이다. 그때가 되면 떡값을 주겠으니 그리 알게."

딱정쇠 같은 장사치들은 그 말을 듣고 가져온 엿과 떡은 모두 털렸다고 생각했다. 그러나 저녁이 되어 혹시나 하고 다시 나와 보니 광주리와 엿판에 엽전이 쌓여 있었다. 도인들이 놓고 간 돈을 계산해 보니 한 푼도 어김이 없었다.

다음날부터는 장사치들은 떡판과 엿판을 내려놓고 멀찌감치 떨어져 있다가 저녁이 되면 돈만 거두어 갔다.

대소변의 흔적도 없었다. 도인들은 어디로 가나 대소변을 보면 반드시 땅에 묻었다.

가래침도 함부로 뱉지 않았다. 뱉으면 바로 땅에 묻었다.

도인들이 모인 자리에는 검불 하나 떨어뜨리지 않는다는 소문이 퍼졌다.

밤이 되면 등상을 가져다 불을 지폈다. 곳곳에 횃불을 켜 하늘의 별들이 모두 땅으로 내려온 듯했다.

도인들은 돌담 가장자리에 빙 둘러앉았다. 가운데 빈터에 화톳불을 피웠다. 한 사람이 빈터로 나가더니 비죽거리며 물었다.

"나는 공주접에서 온 손종이라 하오. 농사를 짓고 살다가 얼마 전에 주문을 받았소. 그런데 주문 첫 구절에 시천주라고 하는데 도를 전해준 사람이 한울님을 모시는 뜻이라 했소. 그러면 우리 천주는 천주교의 천주와 같소이까?"

어떤 이가 일어나 말했다.

"경전에 대선생께서 거기에 대해 이미 말씀이 있었소. 천주교의 천주와 우리 도의 천주는 다르오이다."

손종이 다시 물었다.

"어떻게 다르오?"

건너편에서 어떤 이가 일어났다.

"해주접에서 온 박손호라 하오. 나는 이전에 천주교에 들어갔다가 교리가 마음에 들지 않아 나온 사람이오. 천주교의 천주는 사람 사는 세상 밖어느 먼 하늘에 사는데 사람이 잘 지키지 못할 계명을 주어 사람이 어기면화를 내고 벌을 주는 신이오.

그러나 우리 도의 천주는 사람 안에도 있고 세상 밖에도 있을 수 있으니매우 다르오. 그러니 도교의 상제와도 매우 다르오. 그러니 우리 도인은주문의 천주를 한울님이라 이해하면 되겠소."

손종이 다시 물었다.

"한울님이 우리 안에도 있고 세상 밖에도 있을 수 있다는 것은 무슨 말이요?"

박손호가 대답했다.

"사람의 능력으로 알 수 있는 것도 있고 알 수 없는 것도 많소. 그 문제는 경전에 불연기연으로 나와 있으니 거듭해서 읽으며 잘 심고해 보시오."

손종이 다시 물었다.

"그렇게 어렵게 말하면 내가 잘 알아듣지 못하오. 한울님이 우리 속에 있다면 과연 우리 몸 어디에 있소이까? 오장육부에 들어 있습니까? 아니면 머리와 팔다리에 들어 있습니까?"

또 어떤 이가 일어났다.

"수원접에서 온 이양홍이라 하오. 나는 의원을 하는 사람이외다. 우리 몸은 입에서 항문까지 이어지는 긴 관이 있는 듯합니다. 그 관은 몸속에 있는 몸 밖입니다. 그러니 우리 몸속에 밖으로 뚫린 빈 동굴이 있다고 보면 됩니다.

우리가 음식을 먹으면 음식은 그 동굴을 지나가며 뭉그러져 몸 안으로 들어가 우리 몸이 됩니다. 몸 안으로 들어가지 못하는 친구들은 오래 대기하다 끝내는 밀어내기 한판으로 측간으로 가거나 개가 날름 먹어버리지요.

먹는 음식뿐만 아니라 숨쉬는 일도 마찬가지입니다. 숨을 쉰다는 건 허공이 우리 몸속으로 들락날락하는 사건이 아니겠소?

또 혼났다는 말도 있습니다. 어떤 급박한 일이 벌어져 혼이 깜짝 놀라 몸 밖으로 나갔다가 다시 들어왔다는 말이 아닙니까?

그러니까 내가 보기에 우리 몸은 온 세상이 드나드는 통로랍니다.

한울님이 내 안에 있다면 이 통로 속에 있지 않겠소?"

또 어떤 이가 일어났다.

"용접에서 온 석구라 하는 백정이오. 나는 살아오면서 수도 없이 소 배때기를 갈랐소이다. 좀 전 의원 나리가 우리 몸 속에 빈 구멍이 있다고 했는데 소도 마찬가지요. 소도 아가리와 똥구멍으로 구불구불 이어지는 긴 구멍이 있소이다.

말랑말랑한 대나무가 있다면 그걸 소 아가리부터 살살 밀어 넣어 똥구멍으로 쑥 빼내 양쪽에서 잡아당기면 대나무 속과 바깥이 바로 이어지겠지요.

그건 그렇고 그러면 한울님은 사람 입과 항문 사이에서 산다 이 말이요?"

또 어떤 이가 일어났다.

"나는 머리 깎고 절밥 먹다가 도를 받은 강전복이라 하오. 영암접 소속이오. 『육조단경』에 이런 이야기가 있소.

혜능이라는 사람이 어느 날 장터에 나갔소. 마침 그날은 바람이 불어 장터 기둥에 달린 깃발이 바람을 세차게 받아 소리를 내며 펄럭거렸소. 장터에 모인 사람들이 펄럭거리는 소리가 바람이 깃발을 때리는 소리인지 깃발이 바람을 맞아 내는 소리인지를 두고 서로 다투었소.

그러나 결판을 보지 못해 혜능에게 가 물었소.

그러자 혜능은 전혀 다른 소리를 했소. 펄럭거리는 소리는 바람이 내는 소리도 아니고 깃발이 내는 소리도 아니고 다만 사람들 마음에 울리는 소리라고 했소.

그렇다면 우리 몸에 한울님이 있다면 우리 마음에 있지 않겠소?"

손종이 비로소 고개를 끄덕였다. 그러더니 다시 물었다.

"내 마음을 나도 모르는데…. 마음이 고삐 풀린 망아지처럼 제멋대로 달리느라 언제 내가 시키는 대로 합디까? 마음이 내가 아닌데 어떻게 마음에 한울님이 있단 말이오? 그러면 한울님이 내 안에 있다는 말이 거짓말이 아니오? 자꾸 말을 어렵게 하지 말고 무식한 내가 좀 알아듣게 해 주시오. 도대체 나라는 건 무엇이고 마음이라는 것은 또 뭡니까?"

강전복이 말했다.

"나라는 것부터 이야기해 봅시다. 나는 몸과 마음과 얼로 된 존재라고 분명하게 말할 수 있습니다. 노형은 마음은 내가 아니라고 하지만 내 마음이라는 말도 있지 않소?

꼭 노형 말을 따른다면 나는 몸과 얼로 된 존재이고 마음은 내가 이렇게도 저렇게도 쓸 수 있는 보이지 않는 물건이라 해도 좋소이다.

그렇다면 몸은 내 존재의 가장 바깥 부분이고 얼을 내 존재의 가장 깊은 부분이라 하겠소. 그리고 그 가운데 마음이 있어 얼과 몸이 마음을 가지고 다투어 쓰는 복잡한 존재가 나라고 하겠소.

여러분 생각은 어떠시오?"

어떤 이가 일어났다.

"진주접에서 온 조맹호라 하오. 나는 유학을 공부한 사람이오. 나라는 것을 이야기하려면 우리는 꼭 세상이라는 것과 같이 다루는 게 옳습니다. 왜냐하면 나는 항상 세상과 직면해 살아가고 세상과 직면하는 매 순간순간 나라는 존재가 선명하게 드러나기 때문입니다.

나도 사람이 얼과 몸과 마음으로 이루어졌다고 생각합니다. 그러나 각자의 몸과 얼이 마음을 다룰 때 무엇이 앞서는가에 따라 사람의 격이 달라지겠지요. 그래서 유학에서는 기미라는 말이 있습니다.

사람의 눈길이 아름다운 여인의 모습에 닿으면 평안하던 마음에 풍파가 일어납니다. 이때 얼은 그 여인의 아름다움을 있는 그대로 사랑하고 찬탄하겠지만 몸은 그 여인을 소유하고 싶은 욕심을 일으킵니다.

사람의 눈길이 무엇에 닿든 그것은 자연스러운 일입니다. 그러므로 눈길이 대상에 닿아 마음이 흔들리기 직전의 그 순간을 다잡아 얼 쪽으로 돌리는 힘이 필요합니다. 그 순간을 기미라 합니다.

나는 기미의 순간 얼 쪽으로 마음을 다잡는 그 힘 속에 한울님이 있다고 생각합니다.”

손종이 웃었다.

“여러 사람이 모이니 좋은 이야기가 많이 나옵니다. 그렇다면 한울님이 우리 안에 있다는 말은, 꼭 어디에 있다고 꼬집어 이야기할 수는 없으나 어디엔가 분명하게 있다는 걸로 알아듣겠습니다.

오늘 석돌에 불이 붙는 날입니다.

여러 선생의 이야기를 들으니 나 같은 무식한 사람도 깨닫는 바가 큽니다. 그렇다면 한울님이 우리 모두 안에 있다는 말은 우리 각자가 모두 차별 없이 소중하고 빛나는 존재라는 이야기가 됩니다.

그렇다면 이렇게 소중하고 빛나는 사람들이 모인 세상에 왜 차별이 생겨 어떤 놈은 위로 올라가 뭇 사람을 쥐어짜고 어떤 놈은 아래로 내려가 발발 기어야 합니까? 그 진짜 이유는 무엇입니까?”

어떤 이가 일어났다.

"나는 하동접에서 온 차주초라 하오. 노형의 물음에 답하려면 세상이라는 게 과연 무엇인지 살펴보아야 합니다.

우리가 이 세상에 태어나기 이전부터 세상이 있었습니다. 최초에 사람의 형태를 한 생명이 생기고 이들은 서로 더불어 평화롭게 살았을 겁니다. 점차 사람이 불어나 집단을 이루자 집단의 우두머리가 된 이들이 자신의 자리와 집단의 힘을 유지하고자 이야기를 만들기 시작했습니다.

사람들은 만들어진 이야기에 세뇌되어 그것을 사실로 믿으면서 점차 자신이 얼마나 소중하고 아름다운 존재인지를 잊어 갔습니다. 만들어진 이야기는 수도 없이 많습니다. 그것들이 오랜 세월 속에 너무도 튼튼하게 자라났고 우리도 태어나면서 그 이야기에 세뇌되고 말았습니다.

그 이야기를 믿어야, 한 고을의 성원이 되고 한 나라의 백성으로 인정받았습니다. 나는 그렇게 의도를 가지고 생긴 이야기를 담론이라 부릅니다. 이 땅도 마찬가지입니다. 왕조를 세운 자들이 만든 담론에 속아 우리는 여태 잃어버린 우리 자신을 찾지 못하고 있었습니다.

그런데 우리 대선생께서 우리가 각자 속에 한울님을 모신 소중한 존재라는 것을 깨우쳐 주었습니다. 대선생의 이 말씀은 오만 년 동안 잘못 이루어진 사람의 역사를 한 번에 뒤집어 그동안 거짓 담론으로 무장한 소수의 지배자에게 압박받던 백성의 진면목을 일깨워 주었습니다.

이제 새로이 스스로를 자각한 우리 도인들이 더 많은 백성들을 깨우쳐 새로운 오만 년 역사를 이루어 나가야 합니다. 그것은 우리 도인들의 신성한 사명이 되었습니다."

도인들이 모두 일어나 우우 함성을 지르고 손뼉을 치며 동의했다.

손종이 말했다.

"사람 셋이 모이면 그중에 스승이 있다더니 우리가 이렇게 모이니 우리 중에 숨어 있던 인걸이 많이 보입니다. 그렇다면 이야기가 나온 김에 하나 더 물어봅시다. 그러면 그 수많은 세월 동안 대선생 같은 분이 세상에 나오지 못했던 이유는 무엇입니까?"

한 사람이 일어났다.

"나는 원주접에서 온 김명섭이란 사람이오. 그 이야기를 풀려면 조금 돌아가서 사람이 대상을 인식하는 과정을 한번 살펴보아야 합니다.

사람이 대상을 아는 방법은 여섯 가지입니다. 눈과 코와 귀와 혀와 살 그리고 생각입니다. 그런데 우리는 태어나면서 각자 환경과 경험이 다르게 성장합니다. 그러므로 감각으로 인식하는 대상이 의식으로 형성되는 모양도 다를 수밖에 없습니다. 각자 남과 다른 환경과 경험으로 각자 남과 다른 의식이 생겨납니다. 그리고 각자는 그 의식에 의존해 판단하고 행동하게 됩니다. 그러므로 각자가 남과 다른 자기만의 독특한 세상을 의식 속에 구성하게 되고 그 세상은 날이 갈수록 강고해 집니다.

나는 각자가 가지고 있는 세상을 자토라고 부릅니다.

좀 전에 하동접에서 온 차주초 선생이 말한 담론이라는 생각에 나는 전적으로 동의합니다. 각자의 자토는 담론에 의해 오염됩니다.

강고한 담론과 점차 굳어지는 자토에 의해 우리가 자토를 넘어서는 세상을 보기는 참으로 어렵습니다.

대선생님은 시천주라는 한 말씀으로 자토를 넘어서 있는 진실된 우리의 존재를 일깨워 주셨습니다.

그래서 시천주 조화정이라 말씀하신 것입니다."

다시 도인들이 모두 일어나 우우 함성을 지르고 손뼉을 쳤다.

손종이 말했다.

"내가 오늘 여기에 와 여러 접장님들 말씀을 듣고 천추의 한이 풀렸습니다. 어쩌면 그렇게도 시원시원하게 말씀을 잘하시는지 내 눈과 귀가 뻥 뚫렸습니다. 그러면 이제 우리 도인은 어떻게 살아나가야 하겠습니까?"

또 한 사람이 일어섰다.

"나는 태안접에서 온 남우희라는 사람이오. 내가 아는 이야기를 하나 들려 드리겠소.

어느 스님이 홀로 공부하는 선비를 찾아가 물었답니다.

'어떻게 하면 마음을 고요하게 가라앉힐 수 있겠습니까?'

선비는 기다려 보라고 했습니다.

여러 사람이 서재로 찾아와 이야기를 나누었습니다. 스님은 선비 옆에서 묵묵히 기다렸습니다.

이윽고 저녁이 되었습니다. 선비를 찾아왔던 사람들이 모두 돌아갔습니다. 마침 달이 떠오르고 있었습니다. 보름달이었습니다.

스님이 채근했습니다.

'이제는 대답해 주시지요?'

선비가 말했습니다.

'스님이 보다시피 나는 종일 여러 사람의 질문에 대답해 주었소. 당신이 내 말을 제대로 들었다면 이미 대답을 얻었을 것이오. 일단 밖으로 나가

봅시다.'

서재를 나오자 뜰에 거대한 팽나무가 달에 닿을 만큼 서 있고 사방은 고요했습니다. 팽나무 아래 작은 동백이 한 그루 서 있었습니다. 선비는 스님을 데리고 동백나무 앞으로 갔습니다.

그리고는 이렇게 말했습니다.

'이 작은 동백과 저 큰 팽나무는 여러 해 동안 함께 자랐다오. 하지만 동백이 팽나무 더러 나는 왜 너처럼 쑥쑥 키가 크지 못할까 하고 묻는 소리를 나는 한 번도 듣지 못했소. 동백은 동백이고 팽나무는 팽나무일뿐이오. 둘은 그냥 자기 자신에 대해 행복해할 뿐이었소.'

이 말을 나는 우리 모두가 각자 생긴 모습 그대로 귀중한 존재라는 뜻으로 이해했습니다.

자 어떻습니까? 우리는 동학에 들어와 진실로 소중한 존재로 새로 태어났습니다. 소중하고 아름다운 존재와 존재끼리 어울려 더불어 살아간다면 이 땅에 행복이 충만해지지 않겠습니까?"

도인들이 모두 자리에서 일어나 덩실덩실 춤을 추었다.

손종도 춤을 추었다. 그러더니 노래를 한 자락 길게 뽑았다.

건너말김도령이 나무를가서
갈퀴로떨어진 잎한번긁으니
가얌한알톡튀어 나오난지라
아버님들이리라 품에너코서

또한번긁으니 또나오거늘
이것은어머님게 들이리라고
셋재번에나오난 가얌는집어
어것은내나먹지 간수하더라

이러한참나무를 하고있더니
별안간소낙이가 쏘다지거늘
것헤잇던빈절로 피해들어가
안젓자니밧것이 수란한지라

들보위에올라가 몸을감추고
숨도크게못쉬며 동정살피니
좀잇다가독갑이 떼로들어와
각각방망이들을 끄집어내어

옷나거라뚝딱 밥나거라뚝딱
짓거리며두다림 한참이어늘
이때에김도령은 심심도하고
배도곱하가얌을 끄집어내어

시침때고한알을 벗적깨무니
독갑이는웬영문 모르난지라

집문허지난줄만 잘에짐작코
으아소리를 치며 모다줄행랑

다라나간자리로 나려가보니
그득한은방망이 금방망이라
가져다가팔아서 세간을사니
살림의녁녁함이 동리에웃듬

웃동내박첨지가 이소문듯고
오냐오냐나도좀 가보리라고
지게지고그리가 갈퀴질하니
여전히가얌한알 나오난지라

올치이건나먹고 하고서줍고
또한알은마누라 주리라하고
또한알나오는건 아들에게나
갓다주리라하고 거둬너터니

이때마츰소낙이 쏘다지거늘
웅한알더나오면 아버님게나
들이려하얏더니 엇져라하고
얼는빈절을차져 비를피한다

과연독갑이들이 들어오거늘
얼는들보에올라 숨어잇다가
뚝딱뚝딱방망이질 한참할때에
가얌한알집어내 깨무니벗석

모든독갑이들이 먼저번에는
몰락거나이번에 또속으랴고
두로차져박첨지 잡아나려서
네이놈감이누를 속일가하며

방망이로딱딱 처늘이더니
붓적붓적키자라 금방열두길
휘청거려잠시를 못견딜지라
첨지가줄여주기 애걸할밧게

독갑이우스며 그리하마고
한참처서조막만 하게하거늘
이번에는갑갑해 못견딜지라
제발본대키대로 하야달라네

돌려가며공기를 한참놀다가

하그려니그리해 주리라하고
또언마쳐서키는 전가치되나
오즉입살길다케 늘어노핫네

입살마저전가치 하야달라니
독갑이들통통히 호령을하되
너의욕심사나움 돗과가트니
저리해야그런줄 남이알지라

키줄여준건만도 끔직하거늘
괜듯십어또무슨 잔말이냐고
게다가볼기쳐서 내어쪼치니
부자되라갓다가 사납다꼴만'

이러구러 돌담에 밤이 새고 있었다.

117.

충청도와 전라도에서 도인들이 더 몰려왔다. 도인들은 일반 농민이 대다수였지만 그중에는 화전민, 머슴, 술장사, 종이 장사, 한약 장사, 끈 떨어진 벼슬아치도 있었다.

전라도에서 온 도인이 더 많았다. 서쪽으로 임피와 함열로부터 동남쪽으로 광양과 순천에 이르렀다.

모두 소를 팔고 밭을 팔아 행장과 양식을 넉넉히 마련했다. 표주박을 지고 배낭을 짊어지고 정해진 날짜에 이르고자 나서니 길이 메었다.

모이는 사람들은 도인뿐만 아니었다. 일상생활에서 왜국과 청국 그리고 서양으로부터 받는 경제적·민족적 자존심에 절박함이 있는 다양한 계층의 백성들이 같이 모였다. 경륜과 재기를 가졌으나 막혀 뜻을 이루지 못한 몰락 양반과 사족도 있었고, 쫓겨난 구식 군대 군인도 있었다.

탐관오리의 횡포에 격분해 백성들을 위해 막아 보려 목숨을 걸었던 사람도 있었고, 오랑캐들이 나라의 이권을 빼앗아 가는 데 통분했던 이들도 있었다. 탐학하는 장수와 권력을 휘두르는 관리의 침탈과 학대를 신원하고 호소할 길이 없는 딴기적은 사람들이 있었고, 죄를 짓고 도망 다니는 떼떼한 이도 있었다.

감영과 고을에서 떼세 부리던 벼슬아치들 가운데 의기를 보존하고 있던 이들이 있었고, 양곡이 떨어진 농민과 손해 본 장사치들이 있었고, 풍문에 들뜬 이도 있었고, 빚 독촉을 참지 못해 똥개가 탄 이도 있었고, 상민과 천민으로 신분을 벗어나려는 이도 있었다.

일반 백성들이 동학에 건 기대가 얼마나 큰지 알 수 있다.

조선이 해체기에 접어들어 기존의 질서는 무너지고 새로운 질서는 나타나지 않은 답답한 상황에서 하나의 대안으로 동학을 주목한 것이다. 이러한 흐름은 전라도 금구군 원평과 삼례도 마찬가지였다. 미처 식량을 마련하지 못한 사람들은 보은으로 가지 못하고 원평으로 모였다.

밀양에서도 왔다.

도인들은 소매가 길지 않은 청색 주의를 입고 소매 뿌리는 붉은 치장을 했다. 그들은 밀양에서 한 번 무리를 모아 잠시 머물다 보은으로 올라왔다. 고을 수령들은 두려워 움츠리고 진영의 장수들도 침묵했다.

전라도 도인들의 식량은 김덕명 포에서 조달했다. 충청도 도인들은 각자가 식량을 준비했다.

김덕명은 식량 공급을 책임지는 운량도감으로 봉준을 임명했다. 봉준은 삼례 신원운동 때부터 앞장서 활동했었다. 김덕명은 이를 눈여겨보고 이후 대소사를 처리할 때 그를 대동했다.

김덕명의 신임과 자금으로 봉준은 활동 범위를 넓혀 갈 수 있었다.

어윤중은 십팔 일에 관리 몇 사람과 종자를 데리고 길을 떠났다. 보은까지는 삼백여 리가 되므로 사 일이 걸리는 거리였다.

그는 일단 충청관찰사가 있는 공주와 청주에 있는 병영에 들렀다. 그러면서 도인들의 동향을 알아보고 사태가 악화되면 병력을 동원할 수 있는지를 가늠했다.

십구 일에도 이십 일에도 보은 관아는 계속 관원을 보내 도인들의 동태를 살폈다. 도인들은 매일같이 수천 명씩 늘어났다. 흐름은 세찬 물이 몰려드는 듯했고, 기세는 들에 지른 불길 같았다.

이십삼 일.

보은 군수 이중익이 장내리로 가 조정의 명령이니 즉각 해산하라고 요구했다.

"창의라 하는데 조정이 누차 엄중히 명하였거늘 한결같이 답장도 않고 도당을 불러 모으니 이를 어찌 창의라 하겠는가. 흉년으로 곤궁해진 봄에 민심을 선동하여 경향이 모두 어수선하게 되어 임금에게 우려를 끼쳤다. 너희들도 신민으로 어찌 황공스럽지 않으랴. 의롭다는 그 한 글자는 과연 어디에 있는가."

동학 지도부는 거부했다.

강시원이 이중익을 다그쳤다.

"우리는 황공하기 그지없다는 것을 모르지 않는다. 우리의 실정을 상달할 수 없으니 우리들이 이에 거사한 것이다. 오로지 왜놈과 양놈을 물리쳐 충성을 다해 나라를 도우려는 것뿐이다."

이중익이 물었다.

"너희들은 과연 어떤 재능이 있기에 왜놈과 양놈을 물리치려 하는가."

강시원의 당당한 목소리가 장내리를 쩡쩡 울렸다.

"우리 도는 바로 궁을 즉 세상을 살리는 도이니 범인들이 알 바가 아니다. 어찌 길게 말하겠는가.

폐일언하고 왜양을 물리칠 수 있는 도이기에 이처럼 모인 것이다.

우리 도중의 삼척동자들은 척왜양창의 말만 들어도 흔쾌히 따라 나설 것이다. 팔도 사람들이 우리 도에 들어온 이가 몇백만인지 알 수 없다. 그 중에는 사대부 집안도 수만 명이고 관작에 있는 이도 수천 명이다.

순영의 감칙이니 사도의 면유에서 우리를 사술의 무리로 돌려 버렸다. 설사 사술이라 할지라도 임금이 욕을 보면 신하는 죽기로 충의를 다하는 것은 같을 것이다. 각처의 도인들은 하나같은 심지로 충성을 다하고자 죽기로 맹세했다. 감영에서 감결이 있거나 주관이 타이른다고 어찌 중지하겠는가.

지금에 이르러 생령들은 깊은 구렁에 빠지기에 이르렀다. 방백 수령들이 탐학무도하고 세력 있는 부호들이 힘으로 억압하니 백성은 도탄의 경지에 이르렀다. 만일 지금 쓸어 버리지 않으면 어느 때에 국태민안이 되게 하겠는가."

이중익은 더 할 말이 없어 꽁지를 내리고 물러갔다.

대도소에 어윤중이 보낸 효유문이 도착했다. 어윤중은 겁이 많은 사람이라 자신이 지금 어디에 있는지는 밝히지 않았다.

효유문
'불의에 양호에서 무리를 모아 일어나게 되어 조정은 이로 인해 우려하게 되었다.

혹시 백성을 거짓말로 부추김이 있을까 하여 이 사람을 도어사로 삼아 내려가서 진정시키라고 특파하게 되었다.

아 우리나라 팔도 생령들은 누군들 조종을 받드는 백성이 아니며 충현이 공적을 세운 집안이 아니랴.

그런데 이번에 이처럼 거사한단 말인가.

이미 창의라고 한다면 응당 의가 무엇인가를 알아야 한다.

이처럼 거사하는 것이 과연 어떤 의에 근거한 것인가.

뒤에 마땅히 몸소 가서 마주 앉아 타이를 것이나 이에 앞서 훈계의 글을 보낸다.

대저 따라붙은 몰지각한 이들은 먼저 해산시켜 보내서 각기 그 업에 평안하도록 하라.

특별히 두령으로서 사리를 좀 아는 이로써 진정할 사유를 알차게 갖추었다가 나의 면유를 기다리도록 하라.'

어윤중은 수습책으로 한편 회유하고 한편 협박하는 수법을 썼다.

청주 병영과 전라 감영의 뚜에를 열어보니 동원할 수 있는 병력은 고작 백여 명에 불과했다. 그것도 제대로 훈련받지도 못하고 장비도 갖추지 못하고 있었다. 무력으로 해산시키는 것은 현실적으로 불가능했다.

조정에서 병력을 동원하지 않는 이상 자신으로서는 별다른 방도가 없었다. 이중익의 보고에 의하면 도인들은 쇠붙이 한 조각도, 몽둥이조차 몸에 지니지 않았단다. 또한 질서가 있고 기율이 엄하다 한다. 협박이나 뜬적거린다고 넘어갈 어리석고 나약한 사람들이 아니었다.

이중익의 말을 믿는다면 남은 방법은 그로서는 가장 피하고 싶고 가장 두려운 방법 밖에 없었다.

'사당치레 하다가 신주를 개가 물어가는 일은 없어야 한다. 어차피 나는 조정의 도구일 뿐이다. 어떤 거짓말을 하더라도 이들의 저항만 무마하면 내가 이긴다.'

이십사 일.

비가 엄청나게 쏟아졌다. 개울가에 쌓은 돌담까지 물이 넘쳤다.

도인들은 조정에서 군대를 동원한다는 뜬귀신 같은 소문이 들리자 긴장하여 경계를 강화했다. 뒷산 옥녀봉과 동쪽 구병산 자락의 한 봉우리에 망루를 세웠다. 여기에 서면 관기로부터 장내리에 이르는 일대와 보은과 서원 쪽에서 오는 인적이 한눈에 들어온다. 여기에 깃발을 세우고 수십 명의 감시원을 배치해 만일의 사태에 대비했다.

대도소에서 도인들에게 무섭고 두려운 사람은 집으로 돌아가도 좋다고 했다. 그러나 누구 한 사람 돌아가는 사람은 없었다. 시형은 몽둥이를 준비해 두었던 접에 몽둥이를 버리라 지시했다.

이날도 전주 도인 백여 명이 빗속을 뚫고 도착했다.

이십사 일.

이중익은 계속해 조정에 보고했다.

'돌담과 깃발은 여전하다.

인원수는 이십이 일에 비해 몇백 명이나 늘어났다.

북쪽 산과 남쪽 산 위에 망루가 세워지고 깃발이 펄럭인다.

한 층 아래쪽에도 망루와 깃발이 있다.

깃발 밑에선 사오십 명의 사람이 동학의 주문을 외우고 있다.

대부분은 돌담 안에 들어가 있다.

두목들은 집에서 돌담까지 좌우에 죽 늘어선 호위를 받으며 조석으로 출입하고 있다.'

동학 지도부는 더욱 강경한 방을 내걸었다.

동학인의 방.

'저 왜놈들과 양놈은 견양과 같다.

우리나라 삼천리에는 비록 오척 어린이라도 어찌 알지 못하며 어찌 원수로 여기지 않으랴.

무엇 때문이랴.

상은 노련하고 또한 살핌이 밝으신 분이다.

오히려 척왜양을 부르짖는다고 배척하며 사류들이라고 한다.

그러면 견양의 신복이 되어야만 정류라 할 것인가.

왜양을 물리치려는 선비는 죄인으로 잡아 가두고 그들과 화합하려는 매국자는 국왕이 상을 주어야 하는가.

아, 분통하다.

천운이냐 천명이냐.

어찌 밝으신 우리 순상은 이처럼 너무도 살피지 못하는가.

네거리에 이 방을 붙인 것은 혹시나 미혹되어 왜양의 신복이 된 관의 명령에 따를까 두려워서이다.'

조정은 겁이 났다.

이십사 일.

왕은 독판교섭통상사무 조병직을 시켜 통리교섭통상사 원세개를 만나게 하고 이어 그로 하여금 북양대신 이홍장에게 전보로 동학도인의 사정을 알려 분란을 막아주도록 요청하라고 했다. 왕은 독립한 나라의 군주이기를 포기했다. 일만 생기면 스스로 해결할 바를 모색하기는커녕 청국의 군대를 불러 제 백성을 죽여 달라고 떼를 썼다.

그러니 청국은 종주국의 위세를 포기하지 않았고 열강들은 조선을 우습게 볼 수밖에 없었다.

영길리국 대사 힐리어는 원세개에게 군함 조달하라고 권유했다.

이십오 일.

왕은 정승과 원임대신을 불러 대책 회의를 열었다. 나약하고 무능한 왕은 도인들이 대거 한양으로 밀고 올라오면 자신이 위기에 빠지는 것만 두려워했다.

도인들이 주장하는 시대의 흐름에 부합하고 백성의 삶에 희망을 부여하려는 정당한 요구를 이성으로 받아들여 같이 허심탄회하게 논의할 수 있는 의지도 능력도 없었다.

일단 상국으로 모시는 청국에 사정해 청군을 들여다 백성을 조지고 볼 일이었다. 사직은 조상들이 자신에게 물려준 가업이었다. 그러므로 나라 안의 모든 백성은 자신이 부리는 노예에 불과하고, 앞에서 어정대는 벼슬아치들은 자신의 권위와 환락을 위해 종사하는 도구일 뿐이었다.

지난 임오년에는 병사들에게 끌려다녔고 갑신년에는 김옥균의 칼에 맞아 죽을 뻔했다. 그에게는 청국군이 들어온 다음 국내에서 벌어질 혼란과 추락할 나라의 위신 따위는 고려할 식견도 경륜도 없었다. 한 독립국의 군주로 백성의 안온한 삶에 대한 책임감 같은 것은 아예 없었다.

그가 걱정하는 바는 오로지 자신의 안위뿐이었다.

왕이 말했다.

"사태가 지금 이에 이르렀으니 어떻게 처리해야 되겠는가."

심순택이 말했다.

"어윤중이 도어사로 명을 받들어 내려갔습니다. 효유해 귀화시키면 다행입니다. 아니면 토벌하여 제거하지 않고서는 어찌 처리할 수 있겠습니까."

"중요한 길목이 되는 곳은 모두 몇 곳이나 되는가."

"수원과 용인이 바로 올라오는 길목입니다. 강화의 심영과 평양 기영의 병력을 먼저 수원과 용인 등지에 파견하여 주둔시키고 나서 경군은 형세를 보아 알맞게 용병하는 것이 좋겠습니다."

"나를 지키는 서울의 병력을 파병하는 것은 불가하다. 타국 병력을 빌려 쓰는 일은 다른 나라에서도 흔히 볼 수 있는 일이다. 그러니 차병하면 어떨까."

심순택이 놀라서 말했다.

"불가합니다. 만일 차병하면 부득이 외국 군대가 먹을 군량은 우리가 바쳐야 합니다."

"앞서 청국에서도 영국병을 차용한 일이 있지 않은가."

정범조가 말했다.

"청국병을 쓰는 것은 비록 다른 나라 군대를 빌리는 것과는 다르겠으나 처음부터 차병하는 것은 옳지 않습니다."

"효유문을 알린 뒤에도 해산하지 않으면 마땅히 초토해야 하는 것은 초토하고 평안하게 할 자는 평안하게 해야 한다."

"만일 초토하게 되면 어떻게 하겠습니까."

왕은 자신 있게 말했다.

"우두머리만 바로 섬멸하면 저절로 해산할 것이다."

대신들의 차병 반대로 왕은 일단 차병은 중단하는 척했다.

그러나 얼마 뒤 호조참판 박제순을 불러 청국 총리교섭통상사의 원세개를 다시 만나 차병을 협의하라 했다. 이에 박제순은 원세개를 만났다. 원세개는 경군과 강화병 천 명을 충청도에 파견하는 것이 좋겠다며 겉으로는 차병에 반대했다.

박제순은 그러면 주상이 신식 무기라도 공급해 주기를 원한다고 했다. 원세개는 그것도 역시 곤란하다고 거절했다.

박제순을 보내고 원세개는 북양대신 직례총독 이홍장에게 조선에 대한 주도권을 유지하기 위해 북양해군제독 정여창으로 하여금 해군함정을 출동시켜 일단 동학당을 억제할 필요가 있겠다고 전했다.

이홍장이 이 말을 듣고 파병을 승낙했다. 이에 정여창은 내원과 정원 두 함선을 이끌고 인천으로 급히 향했다. 또한 왕의 요청대로 대포 팔 문과 소총 오백 정 그리고 여기에 필요한 탄약을 충분히 실었다.

118.

고종 30년, 계사년, 1893년.

조정에서 다시 동학도인에 대한 방안을 논의했다. 통어영 군액을 청주 병영에 소속시키고 경기·전라·충청 삼 도의 수령과 진·영장을 특별히 선택해 각읍 상납곡 저장과 수용에 대비하게 했다.

어윤중은 이십오 일에야 보은에 도착했다.

그사이 조정은 어윤중을 양호도어사에서 고쳐 양호선무사로 임명했었다. 선무사란 나라에 난리가 나거나 큰 재해를 당했을 때 수습하게 하는 임시직이다. 이것은 동학의 척왜양창의 운동을 난동으로 규정한다는 것으로 말로 압박 수위를 높이려는 얄팍한 수작이었다.

어윤중은 보은에서 하루를 묵었다. 이튿날 공주 영장 이승원과 보은 군수 이중익, 순영 군관 이주덕을 대동하고 장내리로 나가 도인 대표를 만나자고 했다.

장내리 빈터에 차일을 치고 탁자를 늘어놓고 붉은 보자기를 덮어 그 위에 비겸과 봉서 한 통을 펼쳐 놓았다. 하급 벼슬아치를 시켜 도인 대표를 부르자 도인 수만 명이 몰려와 주위를 둘러쌌다.

만덕은 아들 덕기의 손을 잡고 서 있었다. 옆에서 은영이 덕기의 다른 쪽 손을 잡았다.

은영이 겁을 냈다.

"혹여 아이가 다치지 않겠어요?"

만덕은 은영을 보며 웃었다.

"오늘은 매우 중요한 날입니다. 백성이 조정과 당당하게 담판을 하는 자리를 내 아들에게 보여주고 싶었습니다.

내가 아는 한 지금까지 백성들이 이렇게 떳떳한 자리는 없었습니다. 우리 같이 지켜봅시다."

시형은 도인 대표로 허연·이중창·서병학·이희인·손병희·조재하·이근풍을 선발했다. 도인 대표는 먼저 모두 북쪽을 향해 네 번 절했다.

어윤중은 도인들이 보는 앞에서 도인 대표들과 담판에 들어갔다. 그는 자신의 능력을 과시하고 싶었다. 둘러싼 도인들이 우습게 보였다.

어윤중이 말했다.

"이제 성지를 받들어 너희들에게 선유하려 한다. 나라의 신자라면 의당 북쪽을 향해 공손히 큰절을 네 번 올리고 임금님이 가르치는 뜻을 받들어야 한다. 내가 듣기로 너희들은 창의라는 명분을 가지고 까닭 없이 무리를 모았다고 한다. 도대체 너희들이 말하는 창의란 것이 무엇인가?"

서병학이 먼저 말했다.

"병인양요와 갑신정변 때의 치욕은 아직도 차마 말하지 못할 지경이다. 왜인과 양인은 번갈아 침범하여 임금을 위협하고 있다. 우리 도인들은 그들과 같이 사는 것을 바라지 않아 이처럼 모인 것이다."

어윤중이 무얼 아는 척 궤변을 토했다.

"창의란 군주가 파천하여 경도를 잃은 뒤에나 가하다 할 것이다. 너희가 보면 우리나라는 비록 오랑캐들과 화친하고 있으나 이는 만국이 통상하며 항상 있는 사례로서 우리나라에서 처음 있는 일이 아니다. 또한 나라가 위협받고 있다는 말은 잘못 전해진 것이다. 너희는 어찌 이를 빙자하여 구실로 삼으려는가. 너희는 미숙한 무리란 말인가. 오랑캐를 물리치려 하는 그 도리와 이유가 무엇인가."

이근풍은 어윤중을 비웃었다.

"공의 말을 들으니 당신은 지금 처해 있는 나라의 정세를 모르고 있는 모양이다. 나라가 강대국의 위협을 받고 있다는 것은 삼척동자도 다 아는 일이다. 그런데 조정의 고위 관리란 사람 입에서 나올 말은 아니라고 본다. 우리 도인들이 당신에게는 우습게 보이는가? 우리 도인들이 아무것도 모르는 무식한 사람들로 보이는가? 당신이 알고 보는 이상으로 우리도 알고 본다. 우리 도인의 수는 거의 팔십 만이 넘는다. 비록 창의하다 그 깃발 아래 죽을지라도 참으로 한할 것이 없다."

어윤중이 할 말이 없자 어거지를 썼다.

"우리나라는 평소 문약하여 떨치지 못한 것이 걱정이었다. 너희는 과연 분발해서 일어나 나라를 위해 적에 대해 분개한다면 먼저 임금님을 어버이처럼 섬기는 것과 죽음을 넘어선 의리를 배워야 하며 또한 장기를 익힌 연후라야 적을 제압할 수 있다. 지금은 임금님의 뜻을 어겨서 무지한 무리를 불러 모아 사지에 나가게 하려 하니 참으로 두렵다."

그러자 조재하 당당하게 말했다.

"비록 오척 동자라도 척왜양을 하고자 죽음을 두려워하지 않으니 대체로 이와 같음을 알 수 있다."

어윤중은 비겁하게 강상의 윤리를 들먹였다.

"의리를 위해 삶을 버리고 죽는다는 것은 바로 때가 있다. 지금은 적에게 죽지 않는 것이 의리이다. 너희는 조선의 백성이 되어 척화에 의탁해서 임금님이 명에 대항하려 하는가. 명에 따르면 길하고 명에 거스르면 흉하게 된다. 순종하든지 거역하든지 너희가 스스로 택해야 한다."

조재하가 조금 물러섰다.

"나라에서 척왜양을 불허한다면 군이 어찌할 바가 없다."

어윤중이 이때다 싶어 기세를 올렸다.

"전해 듣건대 저 서양 사람들은 우리들이 척화한다고 군왕을 위협하며 동학인을 쓸어버리라고 강청한다고 한다. 오랑캐들의 참능이 이에 이르렀으니 군주가 욕을 보면 신하는 의롭게 죽는 것이니 이 어찌 가히 약자가 강자에게 대처할 수 없다는 정세에 따라 살기를 탐하여 물러설 바이겠는가. 조야의 어진 선비와 전하의 신하들은 한결같은 소원은 소멸시키자는 것인데 요사스럽고 무함하는 사람이 헛소문을 퍼뜨리는 말을 듣고 움직이며 고함치는 너희들의 소리는 신하 된 자로서 차마 들을 수가 없다. 이는 필시 우리나라 서학배들이 지어낸 것으로 위에서 하늘이 살피고 있다."

이번에는 이희인이 나섰다.

"바라건대 창의한 사유를 들어 삼가 다시 상주하여 회답이 오기를 기다려 보면 비록 오랑캐를 물리치려는 본뜻은 이루지 못한다 해도 어찌 감히 물러가지 않겠는가."

어윤중은 뻔한 말을 뱉었다.

"너희는 이미 물러가겠다고 했으므로 장계를 올려야 한다. 너희는 너희의 의도가 잘못 전해졌다고 하나 조정에 어찌 난을 부추기겠는가. 마땅히 너희들은 스스로 생각해서 물러가야 한다. 만일 조정의 처분을 기다려 보려면 사리를 이해하는 사람만 몇이 남아 기다리는 것은 가하니 농사짓는 백성들은 모두 해산시켜 보내도록 명을 내려라. 너희는 과연 두렵고 겁이 나서 견뎌내기가 어려운가."

허연이 말했다.

"만약 죽음이 두려웠다면 어찌 이처럼 하겠는가."

"나는 지금 양호선무사의 명을 받고 양도에 가히 영을 시행하여 너희를 보득하려 할 뿐이다. 나는 일찍이 내외직에 있으면서 백성을 속이지는 않았으니 너희는 나를 믿어야 한다."

"지금 비록 퇴산하고 일후에 만약 이루지 못하게 된다면 또다시 기약 없이 모일 것이다."

"너희들이 소위 동학이란 나로서는 어떤 학인지 알지 못한다. 나는 너희 동학을 칭하지 않고 민당이라 칭한다. 너희는 반드시 알아야 한다. 사람은 한 태극의 이치에서 나왔는데 어찌 두 가지 도가 있겠는가."

이중창이 어윤중의 말을 반박했다.

"동학이란 것은 서학과 대비해서 거론하여 나온 말이니 다른 도가 아니다."

"그러면 요순공맹의 도란 말인가."

"그렇다. 사람들은 그것을 모르고 동학을 이단으로 지목하기 때문에 배척한다."

어윤중은 더 할 말이 없었다. 다시 어거지를 쓰고 자리에서 일어났다.

"너희는 이에 대해서 의심스러움이 없는가. 너희들은 선왕의 말을 정성스레 외우며 선왕의 옷을 입으면서 한결같이 임금에 충성하고 나라 사랑에 마음을 다하는 사람들이 어찌하여 구차히 배척하는가? 만일 그렇지 않다면 도망갈 곳이 없다는 말일 것이다."

동학 대표들은 동학도인의 정당한 창의의 뜻을 재차 왕에게 상주해 달라고 요청했다. 그러나 어윤중은 이미 효유한 일이라고 계문의 절차를 밟아 사연을 올리면 해결될 일이라면서 퇴거하라는 말만 되풀이했다.

손병희가 어윤중에게 모두 여섯 개 항목의 요구 조건을 제시했다.

"우리의 요구 조건을 제시하겠다. 하나, 양이와 왜놈을 배척할 것. 하나. 민 씨 일족을 축출할 것, 하나, 호포제를 혁파할 것, 하나, 당오를 혁파할 것, 하나, 각읍의 세미를 정지할 것, 하나 무명옷을 입고 외국 물산으로 통상하지 말 것 등이다. 우리가 제시하는 이 요구 사항을 들어주면 바로 해산하겠다."

어윤중은 손병희가 민 씨 일족을 몰아내라는 요구 조건을 제시하자 깜짝 놀랐다. 그는 눈이 둥그레져 손병희를 쳐다보았다. 정수리를 빠개고 얼음물을 부어 넣은 것만 같이 한참 동안 말이 나오지 않았다. 백성들은 잠에서 깨어났다. 그는 온몸에 소름이 돋쳤다.

민 씨 일족에 대한 문제도 그렇지만 호포제를 비롯해 당오를 혁파할 것과 각읍의 세미를 정지할 것 등의 개혁 조건은 자신이 감당할 수 있는 문제가 아니었다.

어윤중은 일찍이 과거에 장원급제해 암행어사를 제수 받아 전라도 일대를 돌아다니며 민정을 살핀 일이 있었다. 이때 관리들의 부패상을 보고 이를 시정해 보려 개혁안을 만들어 왕에게 제출하기도 했다.

그 후 여러 벼슬을 거치면서 정치적 경력을 쌓은 다음, 왜국의 명치유신을 시찰했고 청국의 실정도 시찰한 후 온건 개혁 노선을 내리 추구해 왔다.

그의 고향은 외속리면 봉비리로서 보은 장내는 바로 그의 고향이었다. 그래서 동학도인들을 비적으로 몰아가지도 않았고, 척왜양창의 운동도 어느 정도 인정해 무조건 탄압하고 싶지도 않았다. 그는 도인들을 해산시키는 데 초점을 맞추어 도인들을 자극하는 말과 행동을 피하고 달래는 성의를 보이려 했다. 그러나 도인들은 만만하지 않았다.

만덕이 은영에게 말했다.

"세상에는 우리도 모르는 사이에 고귀한 사상이 일어나 위대한 행동과 거룩한 희생이 행해지고 있었습니다.

나는 내가 소를 잡고 고기를 써는 노동을 해 가족을 부양하는 삶이 도를 이루고 진리를 찾기 위해 처절하게 몸과 마음을 수양하는 사람들의 삶과 동격이라고 생각해 왔습니다. 오늘 저 자리는 그런 사람들의 삶이 합쳐진 모습입니다.

고귀한 사상과 위대한 행위와 거룩한 희생의 주체는 바로 저 백성들입니다. 저 백성들을 민중이라 부를 수 있을 것입니다. 나는 이 땅의 민중들이 고난을 참고 건디어 내며 훌륭한 삶을 살아내는 것을 수없이 보았습니다.

반면에 많은 것을 가진 사람들이 사욕을 버리지 못해 오히려 비겁한 행동을 일삼는 것도 수없이 보았습니다. 그들은 입으로는 정의를 외치지만 정작 그들의 삶은 불의에 가득 차 있고 입으로는 진실을 말한다지만 그들의 행위는 허위와 거짓으로 사람들을 속이고 있습니다.

고귀한 사상과 위대한 행위는 민중 속에서 나옵니다. 민중은 언제나 참되고 꾸밈이 없습니다. 이제까지 민중은 자신들이 위대하다는 것을 알지 못했을 따름입니다.

그러나 오늘 저 모습을 보세요. 민중은 깨어났습니다. 저 도도한 민중의 목소리를 거스를 힘은 아무 데도 없습니다.

이 땅의 조정을 대표해 내려온 어윤중은 지식은 있으나 지혜는 없는 사람입니다. 자신의 지식을 쓸데없는 곳에 쓰면서 인생을 낭비하는 자일 뿐입니다. 그는 어둠 속에서는 무엇을 볼 수 있으나 햇빛 속으로 나오면 아무것도 볼 수 없는 밤새와 같습니다. 그의 지식은 어떤 자리에서는 반짝이기도 했겠으나 오늘 민중의 진실 앞에서는 눈이 멀어 버렸습니다.

이 땅의 소수의 권력자를 비호해 자리를 유지하겠다고 허위와 궤변을 늘어놓는 것을 보니 그는 지식을 이용해 진실을 감추고 소수의 위선자를 위해 다수의 선한 백성을 괴롭히는 무서운 죄를 짓고 있는 소인배에 불과할 뿐입니다.

아들아, 너는 저 모습을 깊이 새겨 평생 잊지 않도록 해라."

은영이 다른 손으로 말없이 만덕의 손을 잡았다.

만덕은 은영과 아들을 한꺼번에 품에 안았다.

일단 이십육 일의 협상은 난항에 빠졌다.

이십육 일 저녁에는 수원과 용인에서 도인 몇백 명이 더 왔다. 그중에는 따개비를 둘러 아이를 업은 아낙도 있었다. 만덕 부부처럼 아이들을 데리고 온 백성 부부도 여럿 보였다.

어윤중은 이십칠 일 관원을 보내 도인들의 움직임을 조심스럽게 살폈다. 도인들은 여전히 장내리에 머물러 있었다.

장내리는 새로운 역사를 쓰는 장이었다. 백성들은 그것을 자신의 눈으로 똑똑하게 보고 싶어 모인 것이기도 했다.

밤이 되면 장내리 온 일대가 횃불로 불야성을 이루었다.

김용권과 박희성은 졸개들을 한적한 곳에 주둔시키고 나서 변복을 하고 이 담판을 지켜보았다. 두 사람은 도인들이 조정에서 나온 관리 앞에서 당당하게 자신들의 요구 조건을 제시하는 모습을 보고 감동했다. 두 사람은 다시 졸개들에게 돌아가 자신들의 지시가 있기까지는 함부로 도인들과 접촉하지 말라고 당부했다.

"오늘 보니 동학도인들을 대원위 대감과 힘을 합치게 한다면 민 씨 척족과 대항할 수 있는 충분한 세력이 되겠습니다."

박희성이 말하자 김용권은 고개를 끄덕였다.

"우리 아우 필제가 여기 와 저 모습을 본다면 얼마나 좋아했을까?"

동학 대표들은 어윤중에게 다시 문건을 보냈다.

문장초건 동학인문

'황공하오나 살펴보소서.

저희는 선왕조의 덕화로 살아 온 백성들이며 천지지간에 죄가 없는 창생들입니다. 도를 닦아 지켜야 할 도리를 분명히 알고 있으며 마음으로 중화와 오랑캐들을 분별할 줄 알고 있습니다.

그러므로 왜놈과 서양놈을 개와 짐승처럼 여기고 있으며 비록 오 척의 동자라도 그들과 같이 사는 것을 부끄러워하고 있습니다.

사기에 오랑캐로써 오랑캐를 치게 하는 것은 중국의 장기라 하는데 지금은 조선으로써 조선을 치게 하는 것이 왜놈과 양놈들의 장기라 하니 통곡할 일이며 한심한 일입니다.

명찰하신 합하가 어째서 자세히 살피지 않고 있습니까.

왜놈과 양놈을 물리치려는 우리들의 창의가 어떻게 큰 죄가 되기에 한편으로 잡아 가두고 한편으로 쓸어버리려 하십니까.

천지와 귀신도 당연히 살펴야 할 일로서 거리에서 뛰노는 아이들까지도 옳고 그름은 알 수 있는 것입니다.

충청감사의 병폐는 이미 심해져 이 죄 없는 창생들을 모두 도탄 속에 빠지게 하였습니다.

목숨은 똑같은데 어째서 이처럼 잔인하단 말입니까.

또한 왜놈과 양놈들이 위협하며 우리 임금에게 법도에 어긋난 행동을 하는데도 조정에는 한 사람도 이를 수치스럽게 여기는 이가 없습니다.

임금이 욕을 보면 신하는 죽어야 한다는 의리는 어디로 갔단 말입니까.

합하의 신망은 태산북두와 같습니다.

임금의 어명을 받들어 각도의 선비를 효유하면 수만의 선비들이 옷깃을 여미고 바라보지 않는 이가 없을 것이니 큰 가뭄에 나타난 비구름과 같을 것입니다.

세상사는 무궁하여 의리를 찾아보기 어렵습니다.

오로지 약자가 강자를 쳐부수기 어렵다는 것은 만고의 이치이므로 곧 목숨을 버리고 의를 좇아야 할 것입니다.

저희들은 비록 시골의 천한 신분이지만 어찌 왜놈과 양놈이 강적임을 모르겠습니까. 그러나 열성조의 유도를 숭상케 하는 교화로써 모두가 왜놈과 양놈을 치다가 죽는다면 죽음은 오히려 현명한 삶이라고 말하였는데 이는 나라에서 칭찬할 일이지 걱정할 일은 아닙니다.

바라건대 합하께서 밝게 살피어 잘 이끌어 이 어리석고 충직한 우리들로 하여금 의리의 분수를 깨닫게 하고 글을 올려 정사에 골몰하신 우리 임금님에게 걱정이 없도록 하옵소서.

임금님의 회답으로 우리들의 의리에 좇는 길을 열어 주신다면 어찌 돌아가 생업에 안주하지 않겠습니까.

입을 모아 합하께 우러러 부르짖으오니 원컨대 살펴주기를 빌어 마지않습니다.'

창의유생 허연 이중창 서병학 이희인 손병희 조재하 이근풍

이에 어윤중이 답변했다.

제

'너희들이 취당한 뜻이 오랑캐를 물리치자는 데 있다면 나라가 들고 일

어날 공공의 의리라 하겠는데 어찌 너희들 스스로만 깃발을 세웠는가.

장문 중에 왜놈과 양놈들이 우리 군주를 위협한다 했는데 잘못 전해들은 것이다.

이미 효유했거니와 이러한 사연은 오로지 계문을 갖추어 상달할 길이 있으니 너희들도 또한 퇴거하여 안업하게끔 알려 따르도록 하여 서로 평안 무사케 하라.'

계사 삼월 이십육 일 재 장내

이날 어윤중은 장계초를 잡았다.

장계초.

'신은 이달 십팔 일에 삼가 임금이 내려 주신 봉서를 받들었습니다.

"임금으로서 이른다.

이른바 동학도가 무리를 불러 모아 선동해 거짓말로 현혹한다고 한다.

동류를 불러들여 무리 지어 작당해 마을에서 선동하며 헛소문으로 세상 인심을 시끄럽게 해 왔다.

또 다시금 충청도와 전라도에 때때로 모여 사리에 어긋나게 허세만 떨친다 하니 국법이 있는데 어찌 뿌리 뽑아 없애는 것이 어려운 일이라 하랴마는 모두가 나의 백성이니라.

먼저 가르치고 후에 벌주는 어진 정치를 우선하려는 바이다.

경으로 하여금 양호도호사로 삼으니 바로 모인 곳에 가거든 임금에 충성하고 백성을 아끼는 의리를 가르쳐서 각기 돌아가 생업에 평안케 하여라.

만일 뉘우치지 않으면 이는 항명함이니 경은 즉시 장계를 올려서 스스로 처리할 방도를 마련하라."고 했습니다.

높으신 상감의 말씀은 아둔한 짐승들과 무딘 목석이라도 감동할 일인데 하물며 이 무리라고 어찌 감히 공손히 따르지 않겠습니까?

신은 당일로 차비하고 길을 떠나 먼저 충청도 보은군으로 달려갔습니다.

내려오며 살펴보고 그 뿌리를 추구해 보니 이 무리가 이루어진 지 여러 해로 이미 팔도에 퍼져 당의 무리는 수만을 넘었습니다.

겉으로는 오랑캐를 물리친다고 하나 속으로는 난을 꾸밀 생각을 품고 은밀히 움직이며 거짓말로 인심을 부추기고 있습니다.

신은 이 달 이십육 일에 공주 영장인 이승원과 보은 군수인 이중익과 순영 군관인 이주덕을 대동하고 보은읍에서 시오리 정도 떨어진 속리면 장내리 앞 개천에 당민들이 모여 있는 곳으로 갔습니다.

임금님의 말씀을 널리 알려 반역과 순명하는 뜻을 가지고 타일렀습니다.

그들은 장황하게 까닭을 말하면서 그믐께면 퇴산하리라 했습니다.

문장을 올렸는데 역시 그들의 뜻은 "다만 같은 마음으로 척양척왜하여 나라를 위해 충성하려는 것뿐인데 방백과 벼슬아치들이 비류로 몰아 침탈과 학대함이 너무나 지나치다." 합니다.

또 말하기를 "만약 지금 갑자기 퇴산하면 사람들은 우리를 비류로 알게 될 것이니 자신을 보전할 수 없을 것입니다.

오직 바라기는 이 실정을 조정에 품달해 적자로 인정한다는 명지를 얻도록 베풀어주면 응당 퇴산해 생업에 안주하겠다."고 했습니다.

그러므로 여당에게 해산토록 하여 다시는 모이지 말라고 명령하고 그 문장과 문답한 기록을 아울러 상달하오니 문장에 대해서는 처결을 내려주신 후에 실정에 맞게 방도를 취하고자 합니다.

옮겨 쓰지 아니하고 곧 원장지제를 받고자 수결해 올리옵니다.

신은 위엄과 덕망이 아직 부족해 곧바로 퇴산시키지 못하고 황송하게도 장계를 올려 삼가 처분이 있기를 기다리고자 급히 장계를 올립니다.'

삼월 이십육 일

119.

고종 30년, 계사년, 1893년.

조정은 삼월 이십팔 일 윤음을 만들어 보냈다.

사월 초하루.

어윤중은 청주 진영장 백남석과 이중익, 충청 병영 군관 조기명을 대동하고 장내리로 가 도인들을 모아놓고 윤음을 낭독했다.

윤음.

'왕으로서 이르노라.

아, 너희 무리여, 내가 이르는 말을 모두 들어라.

우리나라 열성조의 거룩한 덕이 대대로 이어져 국가 대계의 교훈이 매우 밝으니 지켜야 할 도리를 밝혀 사람으로서의 질서를 확실히 하였다.

유학을 숭상하는 것이 나라의 풍속이다.

집집마다 공맹의 가르침에 따르는 행실이요 사람마다 정주의 글을 읽고 충효와 절개를 세상에 전하여 사농공상이 저마다 생업에 평안하도록 오백여 년이 된 지금에 이르게 하였다.

과매한 내가 외람되이 대를 물려받아 자나 깨나 늘 두려워하며 힘쓸 것은 삼가며 정사를 베푸는 것뿐이다.

어찌해 세속이 퇴색해 허황된 무리가 내 대에서 혹세무민으로 나의 백성을 그르치게 하며 빨리도 잊어버린 것을 깨우치지 못하게 함은 이 어찌 된 연고인가.

하물며 너희들은 감히 돌을 쌓아 진을 만들고 깃발을 높이 달고 창의라 칭하며 글발을 띄우고 방을 내붙여 인심을 선동하니 너희들이 비록 사리에 어둡고 완고하나 어찌 천하의 대의라 하며 나라가 중약한 것도 믿으려 하지 않는가.

감히 구실을 붙여 드디어 화를 떠넘기어 살고 있는 자의 가산을 탕진케 하고 농사를 망치게 하는가.

명분은 비록 창의라 하지만 이는 곧 창란이다.

너희들은 한 곳에 틀어 모여 무리들을 믿고 방자하게 나라의 명령을 지키지 않으려 하니 고금을 통해 이를 어찌 의거라 하랴.

이 모두가 내 한 사람이 너희들을 거느리지 못하고 너희들을 평안하게 하지 못한 데 있다.

또한 지방의 열읍 관장들이 너희들의 재산을 꾀어내고 박탈하여 가난하고 고통스럽게 만들었기 때문에 탐관오리들은 징계하려 한다.

오로지 나는 백성의 부모가 되어 어린 아기가 불의에 빠진 것을 보고 애처롭고 측은하게 여기어 너희의 혼미함을 깨우쳐 밝은 도로 향하게 하리라.

내게 호소하는 이것에 의하여 너희들의 충정을 이미 알고 있다.

이에 호군 어윤중을 선무사로 하여 나를 대신해 달려가 이에 깨우침을 펴는 것이니 이 또한 먼저 교화하고 후에 형벌하자는 뜻이다.

너희들은 부모의 말씀처럼 들었다면 진정으로 감동이 북받쳐 오를 것이니 서로 알려 해산토록 하라.

너희들은 모두 양민이다.

각기 스스로 물러나 돌아가면 당연히 헤아려 땅과 가산을 돌려주도록 하여 생업에 평안케 할 것이니 의심하거나 겁내지 말라.

이처럼 타이른 후에도 너희들이 뉘우치지 않고 해산하지 않으면 나로서는 큰 처분을 내릴 것이니 어찌 너희들은 천지지간에 다시 용납하겠는가.

너희들은 곧 생각을 바꾸어 스스로 범함이 없게 하라.'

왕 장

도인들은 당연히 왕을 믿지 않았다. 손병희가 앞에 서서 말했다.

"오 일간 여유를 두고 검토해 보겠다."

어윤중은 단호히 거절했다. 그러나 현실적으로 당장 물러가게 할 방도가 없었으므로 말로만 삼 일 내로 물러가라고 했다.

한편 조정은 친군 장위영 정령관 홍계훈에게 병력 육백 명과 구식 기관포 삼 문을 가지고 청주로 급히 내려가도록 명령했다. 그리고 청주 병영 병정 백여 명을 보은읍으로 출동시켰다.

이들은 사월 초하루 저녁 무렵 보은에 당도해 총포를 쏘며 위협하기 시작했다.

조정은 아직도 정신을 못 차리고 백성을 마닐마닐하게 보고 있었다. 사태는 매우 긴박하게 돌아갔다.

시형을 비롯한 동학 지도부는 세 가지 문제로 고민했다.

사월은 농사철이었다. 여기서 오래 머물면 도인들의 한 해 농사를 망칠 수 있다.

그리고 그동안 이십여 일, 불편한 생활을 계속하느라 몸과 마음이 지쳐 버렸다. 또한 이만여 명에 이르는 도인들이 먹을 식량을 원만하게 공급하기 어려웠다. 특히 식량 공급으로 각 포는 적지 않은 어려움을 겪고 있었다.

그래서 여러 면에서 어윤중과의 담판은 불리했다.

어윤중은 도인들이 제시한 문제들을 자신이 모두 해결해 주겠다고 큰소리를 쳤으나 자신도 장담이 지나치다는 것을 알고 있었다. 조정에서 뒤로 보낸 병력이 이미 도착해 있어 여차하면 피를 부르는 불상사가 눈앞에 있었다.

그렇다고 도인들도 바로 그들과 무력으로 대항할 명분은 부족했다.

삼월 삼십 일.

시형은 결국 해산하기로 마음먹었다. 일부 도인들이 떠나갈 채비를 갖추었다. 그러나 종일 내리는 비로 인해 움직이지 못하다가 저녁 무렵부터 몇 사람씩 무리 지어 장내리를 빠져나가기 시작했다.

그러나 이때에도 여전히 지방에서 보은으로 들어오는 도인들이 많이 있었다. 삼십 일에 관이 파악한 바로 떠난 도인 수가 오백여 명이고 이후 사월 이 일까지 떠난 수가 만 명이 훨씬 넘었다. 그러나 다른 샛길로 가거나 밤중에 몰래 빠져나간 수는 더 많았다.

사월 일 일.

아침에 시형은 공식적으로 도인들에게 해산을 명했다. 저녁 늦게까지

도인들이 해산하는 모습을 지켜본 후 조용히 장내리를 떠났다.

사월 삼 일.

도인들이 완전히 해산한 것을 확인한 어윤중은 보은을 떠나 전라도로 가기 전 그간의 경위를 다시 장계로 올렸다. 그리고 사 일 아침 일찍 그동안 주둔했던 군인들도 본진으로 철수했다.

선무사의 재차 장계.

'신이 지난달 삼월 이십육 일에 민당을 찾아가 효유한 경위에 대해서 저번에 이미 장계로 올렸습니다.

이달 이십구 일에 전문으로 내리신 윤음을 청주진 영장 백남석과 병영 군관 조기명이 가지고 왔으므로 신은 보은군에서 제수하였습니다.

사월 초하루 진시에 청주 영장 백남석과 보은 군수 이중익과 병영 군관 조기명 등과 같이 윤음을 받들고 민당이 모여 있는 곳으로 달려가 임금님의 가르침을 다시금 그들에게 일러주어 나라의 관대한 은혜를 보여주었습니다.

그들 중 감격하여 눈물을 흘리는 자도 있었습니다.

이 당민은 처음에는 다음 번 장계가 내려오면 흩어져 물러가겠다고 약속하였습니다.

그러나 이제 와 구실을 붙여 핑계를 대고 있습니다.

신은 사리에 의거하여 힐책하며 타이르기를

"이처럼 장계를 올려 윤음이 내려왔는데 연달아 묘당의 품달을 뒤집으면 사태는 더욱 중대해진다. 열 줄의 말씀에는 지극히 어지시고 많으신 덕으로 감싸 따르게 함이 없지 않다. 너희들이 비록 완고해도 어떻게 감히 무리한 이유를 붙여 말을 하는가. 스스로 죄를 범하면 어명으로 죽임을 당할 것이다."고 했습니다.

그제야 오 일 내에 퇴산하겠다고 하므로 신은 삼 일로 바꾸어 기한을 정했습니다.

그 민당에 찾아든 이는 취회 이후부터 매일 수천 명이 몰려 골짜기의 물 같았고 요원이 불길 같아서 막을 길이 없었다 합니다.

처음에는 부적과 주문으로 사람들을 현혹시켰으며 참위설을 전하면서 세상을 속였습니다.

마침내는 지략과 재기가 있으나 뜻을 얻지 못해 우울하게 지내던 자들이 따랐으며,

탐관오리들이 횡행하는 것을 분통히 여겨 백성을 위해 목숨을 던져 그를 막으려 하는 자들이 따랐으며,

오랑캐들이 우리의 이익이 되는 근원을 빼앗는 것을 통절하게 여겨 아직도 큰소리치는 자들이 따랐으며,

탐학한 오리에게 침탈되고 학대 받았으나 어디에도 호소할 바 없는 자들이 따랐으며 경향에서 무력으로 협박받고 억누름을 당해 스스로 지킬 힘이 없는 자들이 따랐으며,

지방에서 죄를 지고 도망한 자들이 따랐으며,

영읍의 속리로서 쫓겨나 쓸모없이 된 자들이 따랐으며,

남긴 곡식이 없는 농민이나 이득을 남김이 없는 장사꾼들이 따랐으며,

무지하고 몽매하여 들어가면 즐겁게 살 수 있다는 풍문을 들은 자들이

따랐으며,

빚 독촉을 참지 못한 자들이 따랐으며,

상민이나 천민에서 몸을 빼려고 바라는 자들이 따랐습니다.

그들은 온 나라에 가득한 불평자를 규합하여 일단을 이룬 다음 무리 지어 팔을 걷어 부치고 눈을 부릅뜨고 죽음을 두려워하지 않으며 유생의 관에다 복장을 하고, 비록 병기는 지니지 않았으나 절의의 심정은 분명했습니다.

석성에 내걸은 깃발을 멀리서 바라보니 그 밑에 깔린 기상은 진을 친 것과 매우 같았으며 정해진 대로 어김없이 행하였습니다.

글을 보내오면 글로써 대접하고 무력을 써오면 무력으로 대한다는 스스로의 원칙을 세워 놓고 있었습니다.

성급하게 군대의 힘으로 처리하려 함은 옳지 않습니다.

흉악한 자를 바로잡아 충성과 의리를 가지게 하려면 많은 말보다 은혜와 신의를 베푸는 데 힘써 그들로 하여금 나라에서 적자로 여긴다는 참뜻을 알도록 해야 합니다.

그들 중에는 사족도 있는데 당에 들어간 몇몇 두령은 분명히 감동되어 눈물을 흘리면서 퇴산하라는 왕명에 따라 진심으로 퇴산하기를 원한다고 말을 하였습니다.

오랑캐를 물리친다는 그들의 명분은 한 나라의 서울에서 오랑캐들과 뒤섞여 우리의 이권을 축내고 있을 뿐만 아니라 어느 나라에도 없는 일이므로 온 나라의 의려들과 더불어 협력해서 물리치자는 것이 소원이라고 말했습니다.

신이 말하기를 "이 일은 이미 정부에서 협상을 거쳐 청국에서 이미 용산에 와 있다. 의논하여 정한 안을 하필 너희들과 번거롭게 이지러져 가는 국체를 가지고 목소리를 높일까."라고 했습니다.

그들은 또한 탐관오리들이 활보하고 있으며 외국과 교섭한 이후 지금까지 거리낌 없이 잡배들이 무리를 지어 백성의 재물을 약탈하고 있다 합니다.

비록 징벌하라는 명령이 있었을지라도 실제로 실효가 없었으니 나라에 보고해서 탐관오리를 몰아내도록 해야 한다고 했습니다.

신이 말하기를 "이런 것은 조정에서 처분할 일이니, 너희가 어째서 감히 이러는가." 했습니다.

또 말하기를 이 모임은 작은 병기도 휴대하지 않았으니 이는 곧 민회라고 하며 일찍이 각국에서도 민회가 있다고 들었는데 나라의 정책이나 법령이 국민에게 불편함이 있으면 회의를 열어 의논하여 결정하는 것이 근자의 사례인데 어찌하여 비류로 조치해 버리는가 했습니다.

신이 이르기를 "너희들이 위에 소원할 일이 있다면 문건으로 작성해 가져오면 응당 전달해 줄 것이니 너희들은 서울로 올라가 사람들을 놀라게 해서는 안 된다."고 했습니다.

또 그들은 이르기를 전 충청감사와 전 영장 윤영기가 결탁하여 무고한 백성을 함부로 살해하고 백성의 재물을 가로채는 일이 심했기 때문에 이번 모임이 빚어지게 된 것이라 하였습니다.

모든 무리는 퇴산하라 하자 모두 이르기를 어찌 부모와 집이 그립지 않겠습니까마는 이미 가산을 싸게 팔아 버리고 죽기로 기약하고 왔으니 지금 돌아간들 다시 평안할 수 있겠는가. 또한 영읍 향호들이 받아들이려 하겠는가. 원컨대 함께 살든 함께 죽든지 할 것이라 했습니다.

신은 장담하기를 "이런 사정들은 내가 살펴 처리할 것이며 전라도와 충청도에 이미 공문을 띄웠으며 다른 도에도 역시 공문을 보내 시행하게 할 것이다.

임금의 말씀에도 생업에 평안하도록 한다는 뜻이 있으니 방백 수령이 어찌 영을 어기고 침해할 생각을 하겠는가." 하였습니다.

그중의 한 사람이 자칭 그 이름을 밝히고 하는 말이 저는 서병학이라 하면서 불행히 이 당에 들어와 사람들로부터 지목받은 지 오래라 하였습니다.

지금 모이게 된 내력을 자세히 진술했으며, 또한 호남에 모여 있는 무리는 대수롭지 않게 보며 비록 우리와 같은 무리이나 같지 않다 하고, 문건을 띄우거나 방을 내다 붙인 것은 모두 그들이 한 것이라 하며 행위가 매우 수상하니 공은 자세히 살펴 판단하기 바라며 이 당과 혼동해서는 안 되므로 옥석을 가려보아야 한다는 것이었습니다.

신은 그 말을 따로 기록해 올리고자 합니다.

윤음을 선포한 후 그들이 비록 흩어져 물러가겠다고 하였으나 늦어져 기다렸다가 삼 일 만에 퇴산하는 것을 확인하고 나서 이제야 장계를 올리게 되었습니다.

이 당이 무리를 모은 사정은 막다른 지경에 이르러 헤아려보기가 어려우나 종합하여 조사해 보니 당은 이미 번성하여 주도자와 추종자를 철저히 가려내기가 어렵습니다. 다만 임금님의 명을 받들어 각기 생업에 평안하게끔 타일렀습니다.

엄히 조사하는 조목에 대해서는 거론치 않습니다.

전 충청 감사 조병식이 불법으로 탐학한 사실은 신이 아직 자세히 알아보지는 못했으나 당민들이 고발한 요지로 보면 이 당이 무리를 모아 소동을 피운 것은 곧 이 사람 때문이며 실지로 이것이 화의 바탕이 되어 난이 되었습니다.

또한 취당 초기에 고을에서 곧 알리지 않고 유보 지연시켜 널리 퍼져 처리하기 어려운 지경에 이르게 했으니 이미 말할 여지가 없게 되었습니다.

보은 군수는 이 무리들이 취당하자 비록 지방 정사와 무관하지만 처음부터 꾸짖어 퇴산시키지 못하였으며 또한 정황을 여러 날이 지난 후에야 알렸음을 합쳐 헤아려서 경계했습니다.

이 고을에서 처음 겪는 무리의 소요이므로 공사 간에 일을 처리하는 데 서툴러 난처했을 것이므로 감안해 주도록 청하지 않을 수 없습니다.

호남에 모인 무리를 타일러 퇴산시키는 데 한때나마 고민했습니다.

고로 신은 이로부터 전라도 지계로 직행하겠습니다.

연유와 같이 장계를 올리오니 이 일을 정해진 순서대로 행할 바를 잘 가르쳐 주시기 바랍니다.'

어윤중은 동학도인들이 마들가리처럼 호락호락하지 않다는 것을 알았다. 세상을 보는 식견도 자기보다 넓으면 넓었지 결코 좁지 않다고 깨달았다.

동학은 예전 민란과 같이 어리석은 백성의 집단이 아니었다. 그러나 어쨌든 앞에서는 달래어 회유하는 것이 최선이라 생각했다.

그는 도인들 앞에서 감언이설을 아끼지 않았다. 그러나 그것은 그가 책임질 수 없는 말들이었고 이렇게 그의 태도가 매우 위선적이었기에 그가 장담한 약속은 이후에 하나도 이루어지지 않았다.

조선 왕조가 선 이래 조정의 부패에 반발하는 백성들의 목숨을 건 저항은 오랜 시간 동안 끊이지 않고 계속되어 왔다. 그럼에도 불구하고 관리와 조정은 여전히 백성을 우습게 보았다. 그러기에 가증스럽게도 항상 앞에서 속여 기만하고 뒤에서는 무자비하게 폭력을 휘둘렀다. 무능한 왕은 벼슬아치들의 탄압과 약탈을 여전히 방관하거나 부추겼다.

사실 어윤중 한 개인이 왕조의 깊이 병든 뿌리를 수술할 방도는 없었고 또한 그가 그렇게 해야 할 절박한 이유도 없었다.

그 역시 다만 왕조를 유지하는 한 개 부품으로 자신의 안위에만 연연하는 고압적이고 이기적인 케케묵은 관료에 지나지 않았다. 해체기에 접어든 조선 조정은 한 치 앞을 내다볼 정치적 안목을 갖춘 자가 드물었다.

따라서 백성들의 더 큰 저항이 일어날 정황은 불을 보듯 뻔했다.

120.

시형은 방에 불도 켜지 않고 홀로 앉아 생각에 잠겼다.

'자, 이제 올 만큼은 오지 않았는가. 오늘 이 자리까지 오기 위해 오랜 세월 동안 얼마나 많은 도인이 몸과 마음의 고통을 겪었던가?

드디어 우리는 조정에서 나온 관리를 정면에서 면박할 수 있는 자각과 힘을 길렀다. 관리는 말이 막혀 얼굴을 붉히고 억지만 쓰지 않았는가?

그가 우리의 입장을 조정에 대변하겠다고 하지만 수도 없이 관리들의 거짓말에 속아 온 우리가 그가 한 말을 역시 그대로 믿을 수는 없는 일이다.

오랜 세월 조정은 백성을 가지고 놀았다. 절대로 약속을 지킬 무리가 아닌 것은 거울을 보듯 확실하다.

자, 그러면 우리는 앞으로 어떻게 대처해야 할 것인가?

이대로 맥없이 물러서야 할 것인가.

아니면 백성들을 규합해 무력이라도 사용해 정면으로 돌파해야 할 것인가?

우리가 여기서 해산하면 저들은 온 지방관과 온 관군을 동원해 우리 뒤를 칠 것이다.

우리가 무력으로 저항하면 저들은 우리를 역적의 무리로 매도해 역시 온 힘을 다해 우리를 칠 것이다.

이 일을 어떻게 현명하게 처리해야 할 것인가?

아아! 스승님 제가 어떻게 해야 옳겠습니까?'

시형은 스승을 처음 만나던 날을 생각했다. 용담정 대문 앞까지 나와 자신을 보고 환하게 웃던 스승의 얼굴이 가뭇하게 떠올랐다.

'스승님은 나에게 도를 전하고 나서 나를 살리려 경전을 편찬하라며 쫓아 피신시켰다. 스승은 관에서 받을 환난을 예측하고도 몸을 피하지 않고 스스로 체포되셨다. 대구 감영 감옥에서 만났던 마지막 밤, 스승님은 자신이 죽어야 도가 산다며 웃었다.

스승님은 사람이 각자 내면에 한울님을 모시고 있다는 귀중한 교훈을 남겨주셨다. 사람들 각자가 소중하고 아름답고 그래서 귀한 존재라는 가르침은 이 땅의 모든 백성에게 커다란 자각을 일깨워 주었다.

그 가르침을 나는 어려운 여건을 넘어 삼십 년이 넘는 세월 동안 이으려 노력했다.'

시형은 스승이 환원한 이후 겪었던 고생을 머리에 떠올렸다. 바람을 타고 다닌 세월이었다. 다시 하라면 하마 다시 할 수 없을 세월이었다.

가슴이 아려왔다.

'내가 그렇게 험한 세월을 한 마음 올곧게 먹은 채 흔들리지 않고 어떻게 헤쳐올 수 있었을까? 스승님이 나에게 주신 감동과 가피가 없었다면 과연 내가 지금 살아있을 수 있을까?

사람은 나이가 들어야 비로소 알 수 있는 진실도 있는 법이다. 내가 지금까지 깨닫지 못했던 스승님의 가르침이 있다면 그것은 과연 무엇일까?'

창밖으로 달이 떠올랐다. 둥근 보름달이 지상을 환하게 밝혔다. 달빛이 창을 통해 시형의 얼굴에 닿았다. 달 속에서 수운이 시형을 내려다보며 웃었다.

문득 시형은 자리에서 일어나 달을 향해 절을 하기 시작했다. 눈물이 하염없이 흘러 뺨을 적시고 심장이 저절로 움츠렸다.

'그래, 스승님께서는 사람이라는 존재에 대한 강한 믿음이 있었던 거야. 각자가 내면에 한울님을 모신 존재라는 자각은 당연히 사람이라는 존재 자체에 대한 깊은 믿음으로 이어졌을 거야.

각자가 자신이 진정 어떤 존재인지 확연하게 깨닫고 자신의 존재를 확장시켜 나간다면 그 힘으로 세상을 바꿀 수 있다고 확신하신 거야.

존재가 확장된다는 것은 존재 자체가 통합적이라는 전제가 있어야 가능한 일이 아니겠는가? 스승님은 사람 모두가 내면에 한울님을 모시고 있으므로 사람 모두가 한울님의 현현임을 확신하신 거야.

그래, 그것은 사람이 사는 세상이 생긴 이래 사람의 입에서 나온 가장 큰 가르침이었어.

그 가르침이야말로 세상의 모든 사람이 함께 어울려 더불어 행복하게 사는 지상천국을 이루는 큰길이었어.

사람이 사람이란 존재에 대한 믿음을 잃어버린 세상은 사람이 사는 세상이 아니다. 그것이야말로 지옥일 것이다.

그렇다면 그러한 스승님의 뜻을 이어가는 우리는 사람이라는 존재의 소중함을 먼저 깨닫고 실천하는 세상에서 가장 깨어난 사람들이 되는 게야.

이렇게 소중한 우리의 도를 짓밟고 탄압하는 자들은 저 자신이 어떤 존재인지도 모르고 저 자신이 무슨 일을 하는지도 모르는 그저 사사로운 욕심에서 벗어나지 못한 덜 깨어난 사람들인 게지.

그렇다면 이 싸움은 깨어난 사람과 덜 깨어난 사람의 부딪침 이상도 이하도 아니다.

사람 사는 세상이 생긴 이래 권력을 가진 자와 못 가진 자의 싸움은 계속 이어졌으나 오늘 우리가 하는 싸움처럼 신성한 싸움은 없었을 것이다.

스승님의 가르침을 이은 우리는 사람이란 존재에 대한 믿음을 더 강화해 자아를 확장하는 데 더 힘을 기울여 진리를 깨닫지 못한 사람들을 포용하는 자세가 필요하지 않을까?

그것이야말로 스승님이 나에게 전한 진정한 가르침이 아닐까?'

121.

삼월부터 수만 명이 원평에 모여 보은 집회의 귀추를 엿보고 있었다. 그들은 도주가 전면적 봉기를 단행할 때를 대비해 만반의 준비를 하고 호응하려 했다.

원평에서는 남쪽 지도자들이 주도했는데 그 중심에는 봉준이 있었다. 봉준은 보은의 동정을 예의 주시했다.

원평에 모인 사람들은 도인보다 농민이 더 많았다. 도주의 지시를 받는 호남 도인들은 거의 보은집회에 참석했다. 원평에는 김덕명을 비롯해 전봉준·김개남·손화중·최경선 등이 이끄는 포를 중심으로 집회가 진행되었다. 따라서 보은집회보다 분위기가 좀 더 강경했다.

그들은 재단을 높게 만들어 풍물을 울리고 소리판을 벌이며 사람들의 이목을 끌었다. 말깨나 하는 사람들이 단에 올라 조정과 수령의 부정을 늘어 놓았고 양반과 지주들의 횡포를 고발했다. 때로는 구호를 연창하기도 했다.

원평에서는 주문이나 경전 읽는 소리보다 세상을 한탄하고 벼슬아치를 질타하는 외침이 더 높았다. 그 외침에 무게를 실어줄 이론이 필요했다.

봉준이 그들의 앞에 나가 섰다.

"여러분, 이 나라는 전 왕조 때 중국에서 들여온 주자학을 기반으로 세워졌소. 주자학은 일견 유학으로 보이지만 내가 보기에는 유학의 옷을 입은 불교에 불과하오. 말은 번잡하지만, 사람이 사는 세상에 필요한 실질이 부족하고 나아가 실천도 외면하고 있소.

세월이 흐르면서 주자학은 외면되어 지금 청국에는 새롭게 유학을 해석하는 학이 유행하고 있소.

그런데 이 나라의 왕을 비롯한 벼슬아치들은 한물간 주자학을 무슨 만고의 진리라도 되는 양 움켜쥐고 놓지 않으려 발버둥 치고 있소이다.

내가 유학이 세월 속에서 변천했던 이야기를 잠시 해 보겠소.

유학은 춘추 말 공자라는 사람이 세운 학이오. 공자는 예악형정을 인도에 맞게 실천해 백성의 삶을 편안하게 하려 했소. 그러므로 초기의 유학은 실질과 실천을 숭상하는 생동하는 학이었소.

그러나 공자가 죽은 후 그를 이은 유학자들이 공자를 각자 제 나름대로 해석하면서 유학은 서서히 공자의 사유와는 다른 방향으로 전개되었습니다.

사람이 사는 세상은 복잡하고 다난해 공자가 논하지 않았던 여러 가지 문제가 생겼고, 논했더라도 자세하게 언급하지 않아 그 의미가 누구에게나 확연하게 이해되지 못한 말들이 빌미가 되었습니다.

예컨대 성론 같은 것입니다. 공자는 性相近也, 習相遠也(성상근야, 습상원야)'라고만 언급했고 성의 선악에 대해서는 말하지 않았습니다.

그래서 후학 맹자는 성이 선하다 했고, 순자는 성이 악하다 주장하게 되었소. 그러면서도 두 사람을 서로 자신이 공자의 적통을 이었다고 고집 부렸소.

---

* 성은 서로 가깝다. 습은 서로 멀다.

공자는 인정을 베풀어 백성을 편안하게 하는 업적을 聖(성)이라 규정하고 仁(인)을 결국 성에 도달하기 위한 위정자의 사람다움이라 보았소. 그러나 맹자의 학설은 대개 외왕 보다 내성 문제에 쏠려 있습니다.

이에 비해 순자는 예가 계층 간의 불화나 갈등을 조정할 수 있다고 생각했습니다. 그는 공자와 같이 주나라의 예법을 통해 세상의 혼란을 해결하려 시도했습니다.

순자는 하늘이 백성을 내린 것은 왕을 위한 것이 아니고 오직 백성을 위해서라 했습니다. 토지를 나누어주어 제후국을 세운 것 역시 제후를 귀하게 하려는 뜻이 아니고, 관직을 나누어 작위와 봉록에 차등을 둔 것도 대부를 높이려 한 것이 아니라 모두 백성을 위해 한 것이라 했습니다.

그러므로 왕이나 제후 그리고 대부는 오직 백성을 위하기 위해 있는 존재이므로 항상 백성의 편안한 삶에 책임을 져야 한다고 했습니다.

이러한 순자의 생각은 공자의 인정에 다가간 언급이라 하겠습니다.

순자는 공자의 예를 계승해 내성보다 외왕 즉 치인 쪽을 강조했습니다. 그는 예를 사람의 도덕적 기준으로 보아 사회 규범으로써 사람의 본성을 규제하려 했습니다. 그는 이성으로 사람이 가지고 있는 역량을 인식하고 제어하려 했습니다. 법가의 엄형과 준법에서 잔인함을 제거하였고 맹자의 일방적인 도덕 중심에서 융통성이 부족한 점을 걸러냈습니다.

두 사람은 각자 다른 측면에서 공자의 사유를 전개했지만 예악형정의 인도적인 실행을 통한 백성의 현실적 삶의 평안에 대해서는 순자가 더 가까이 다가갔습니다.

이어 한 무제는 동중서의 건의로 건원 삼 년에 오경박사를 두었습니다.

동중서는 공양학자로 음양 오행과 인사와의 관계를 연구했습니다. 그는 천인감응설과 음양설을 가미한 사유로 무제의 통치를 변호했습니다.

동중서가 무제의 통치를 하늘의 뜻이라 천명함으로써 하늘은 인격신 면목을 얻었습니다. 여기에서 벌써 동중서는 공자의 사유에서 이미 상당히 이탈하고 있습니다. 그가 음양과 오행으로 인간사를 보았고 또 사람을 소우주로 보는 생각은 유향을 비롯한 후세 유가에 영향을 미칩니다.

그의 이러한 이탈에 힘입어 한 무제 이후 유학은 경학으로 변화합니다. 그러나 경전의 미언대의를 밝히는 경학은 오직 경전의 주석에만 매달리다 보니 백성의 삶을 평안하게 하려는 공자의 인도적 실행이 외면되어 공소한 논의만 계속했습니다.

위진남북조 때는 대개 경학보다 사부문장을 중시했습니다. 유학 독존 이후 경학에 염증을 느끼던 학자들이 도가를 유학에 끌어들였습니다.

왕충은 도가로 유학에 덧붙여진 신의 이미지를 걷어 내려 했고 왕필은 도가로 유학을 재해석하려는 현학을 기초했습니다.

두 사람은 양한 경학이 가지고 있던 병폐를 제거하려 했다고는 하나 그들 역시 공자의 실질적인 건강한 사유로 가까이 다가가지는 못했습니다.

당나라 때는 불도가 성했고 여러 종파 중 선종은 불도가 유학의 옷을 입은 것으로 보입니다. 당 태종은 국자감 책임자 공영달을 중심으로 『오경정의』를 편찬해 유학 사상을 통일하려 했습니다. 그래서 이후 오경정의는 당나라 시대 과거를 보려는 이들에게 교재가 되었습니다.

당 말 한유·유종원 등이 불도와 맞서 유학을 부흥하려 했습니다. 한유는 유학의 기본 사유로 불도와 도가를 배척하려 했고 유종원은 유학을 주로 해 불도와 도가를 포섭하려 했습니다. 그러나 한유의 노력은 유종원에게 밀린 듯합니다.

그들 이후 그들의 노력을 이어 유학을 부흥시키려 한 것이 바로 이 땅에 들어와 몇백 년을 묵은 성리학입니다.

송나라 초기에 몇몇 유학자가 불교와 노장의 사유를 연구해 그것을 유학에 흡수했습니다. 이로써 유학은 외형은 넓어졌으나 역시 강독과 송독에만 집중해 실행은 상대적으로 소홀했습니다. 그들은 겉으로 공리를 천하게 여겨 실행과 실리에 대해 숙고하는 바가 부족했으나 그들의 경제적인 이득에 대해서는 대단히 민감하고 이기적이었습니다.

그들은 그들의 기득권을 유지하기에 급급해 백성들의 궁핍한 처지는 일부러 외면했습니다.

송나라는 외적의 침입을 받다 자주 곤란을 당했고 남쪽으로 내려간 후에도 국세는 미미했습니다.

그럼에도 불구하고 주희는 천리와 인욕을 설하며 국가의 치란은 왕의 덕 여하에 달렸다고 세상 물정에 어두운 소리를 남발했습니다.

대개 성리학을 하는 자들은 이기심성을 궁구하면서 사람의 삶에 필요한 실질적인 문제들과 그 문제를 해결하기 위한 실천에 대해서는 외면했습니다. 한당의 유학자가 경서의 훈고만 들고 있었던 데 비하면 다소 심오한 면은 있으나 결국 성리학은 유불도가 어우러진 사유가 되어 공자의 사유와는 천리만리 멀어지고 말았습니다.

그러므로 동시대에 진량이나 섭적 같은 사공학파로부터 심한 공격을 받았습니다. 사공학파는 성리학의 存天理, 滅人慾(존천리 멸인욕)이 사람의 감성과 자연적인 욕구를 억누른다고 보았습니다. 그들은 이기심성에 관한 공허한 논의보다 현실에서 백성의 실질적인 삶의 향상을 추구했습니다. 이들의 공격은 일정 수준 성리학의 권위를 떨어뜨렸고 성리학의 권위 실추는 유학이 다시 초기 공자의 사유에 접근하는 계기가 되었습니다.

섭적은 송유의 도통설 자체가 잘못되었다고 했습니다. 그는 맹자에 이르러 공자의 건강한 도가 하나의 학파로 전락하고 말았다고 보았습니다.

그는 유학은 성인이 천하를 다스리는 법을 설한 것이며 그러므로 적극적으로 공리를 수반한다고 했습니다. 백성을 편하게 할 공리가 없는 도의는 유학이 진실로 나아갈 길이 아니라고 했습니다.

남송 시대에 주자학과 사공학파의 대립은 유학이 자체로 지니고 있던 갈등이 드러난 것입니다.

공자로 대표되는 원시 유학은 한마디로 내성 외왕 혹은 수기 치인의 학문이라고 말할 수 있습니다. 내성 혹은 수기는 도덕 인격을 갖추어 나가는 것이고, 외왕 혹은 치인은 그렇게 갖추어진 인격을 현실 정치를 통해 구체화시켜 내는 경세를 의미합니다.

나는 공자 이래 유학의 본질은 경세의 학문으로 봅니다. 그 점은 공자의 행적에서 분명하게 알 수 있습니다. 공자는 이론가나 사상가이기 이전에 현실에 참여하여 정치적 실천의 기회를 찾고 있던 정치가였습니다. 따라서 선진 유학에서 수기와 관련된 논의들은 주로 궁극적인 목적인 치인의 전제로서 제시된 것입니다.

공리와 실리를 중시한 사공학파는 성리학이 심성론 즉 내성과 수기에 치우쳤음을 지적한 것이지요. 그들이 증자와 사맹학에 대해 비판한 것은 심성으로 편향한 것을 문제 삼은 것이고 십익을 비판한 것은 그것이 성리학자들이 제기한 심성론의 전제가 되는 개념을 이끈 근원이었기 때문입니다.

따라서 내가 보기에 사공학파는 성리학이 공자가 치인의 전제로서 제시한 심성으로 편향한 학으로 그것을 정당화하기 위해 공자 사상 밖에서 불도나 도가의 개념을 끌어들였고 그 결과 공자의 가르침에서 멀리 벗어남으로써 그들에 의해 유학의 근본 정신이 심하게 왜곡되었다고 생각했던 것입니다.

진량은 당시 사대부들이 문정과 의를 실천하는 것에 대해 말하는 것을 부끄럽게 여기면서 마음을 온전히 실현해 본성을 깨달아야 한다고 하거나 관리들이 정사와 서판에 대해 말하는 것을 부끄럽게 여기면서 도를 배우고 사람을 사랑한다고 하는 것을 비판했습니다.

그들이 서로 몽매하고 서로 속인 결과 천하의 실질적인 일을 모두 배제해 결국은 세상의 문제들을 아무것도 처리하지 못하고 말았다는 것입니다. 따라서 진량은 학이란 반드시 경세를 실행해 백성의 삶에 이로움을 주는 실제적인 효용을 가져야 한다고 보았습니다.

이러한 송 사공학파의 노력은 공자의 사유에 다가간 것으로 보입니다.

원나라 유학자는 송유의 범위를 벗어나지는 못했습니다.

명나라 중엽 왕수인의 양명학은 양지를 주로 하고 간단명료해 선가와 같은 기풍이 있었습니다. 양명학은 마음을 밝히는 것에 치중해 독서와 궁리를 경시했습니다. 경학은 본래 실용을 목적으로 했던 학인데 너무 훈고에 치중하다 실용에서 멀어지고 말았지만 명유는 경학 연구 자체를 무시

했습니다. 이로 인해 유자들은 점점 더 세상과 유리되었고 자연히 경세와
도 멀어지고 말았습니다.

따지고 보면 송명 이학이란 옛날의 정치사상으로 왕의 통치를 강화하려
는 데 목적을 두고 움직였습니다. 그러므로 이학이란 유학 사상사의 탁류
에 불과합니다.

주돈이도 그의 우주론은 왕을 중심으로 하는 체제와 도덕이 천리에 부
합된다는 타당성을 논증하려 한 것이고 그의 인생론과 도덕론 그리고 교
육론 역시 왕이 지존과 지귀를 논증했고 그의 정치론 역시 왕의 독존 지위
를 논증하고 치안의 근거를 논증한 것일 뿐입니다.

청나라 유학은 이에 대한 반동으로 일어났습니다. 청초의 학자들은 송
원 이래 학자들이 유학의 경전을 풀이할 때 불도나 도가 사상을 빌려 윤색
하는 경우가 많았던 점을 지적하고 또 공자가 경계해 제자들의 질문에 별
로 답변하지 않았던 이기론이나 심성론 같은 고답한 문제만을 추구해 유
학의 본령 중 하나인 치인 즉 정치·경제·국방 같은 실제적인 문제를 해결
하는 데 힘쓰지 않았던 점을 비판했습니다.

그리고 육경은 내 마음을 해설한 것에 지나지 않는다 해 불도와 마찬가
지로 정좌를 통해 자기의 본래 마음을 밝히고자 했던 양명학은 그 말류에
이르러서는 사람의 욕망까지도 무차별로 긍정해 도덕의 타락을 방조했다
고 질타했습니다.

고염무·황종희·안원 같은 학자는 육경은 물론 역사·지리·제도 등 여러
방면을 정밀하게 연구했습니다. 이들은 백성의 평안을 위한 실제적인 학
을 추구했습니다. 일컬어 경세치용의 학입니다.

그들은 당시 그들이 겪었고 또한 겪고 있는 현실을 초래한 기존이 정치·경제를 포함한 사상과 학 전반의 폐해에 대해 비판하며 새로운 방향 정립을 모색했던 것입니다.

이들의 논의 역시 공자의 사유에 접근해 있다고 보입니다.

중국에서 시작한 유학이 공자 사후 오랜 세월을 통해 많은 변화와 격랑이 있었으나 그럼에도 불구하고 공자의 근본이 되는 사유의 기축을 이어가려는 노력은 계속된 것으로 보입니다.

그러나 이 땅에서는 그러한 노력이 없었습니다. 소위 유학을 한다는 자들은 늙은 까마귀가 거머쥔 썩은 생쥐를 놓칠까 두려워 깍깍거리는 흉내로만 일관해 왔습니다.

세상은 변하고 백성은 깨어났습니다. 이제는 옛날의 사유로 현재의 문제를 풀 수는 없습니다.

도가는 평생 죽지 않는 몸을 만드느라 세상 뒤로 물러갔습니다. 불도는 오직 마음만 바꾸어 먹으면 세상이 변한다고 믿으나 그것이야말로 어불성설일 뿐입니다. 유학은 처음에는 세상일에 힘을 써 나섰으나 언제부터인가 권력자의 개가 되어 콩고물이나 주워 먹고 있습니다. 서학은 한울님이 내 안에 있지 않고 저 먼 하늘에 있다고 가르쳐 사람을 신의 노예로 만들고 말았습니다.

옛날의 사유나 서양에서 들어온 사유는 현실을 살아내야 하는 우리에게는 참된 가르침이 될 수가 없습니다.

그러나 우리에게는 동학이 있습니다.

대선생께서 한울님으로부터 직접 무극대도를 받으시고 이 땅에 천도를 퍼기 시작한 지도 어언 삼십 년이 지나고 있습니다.

오랜 기간 우리는 각자가 내면에 한울님을 모시고 있는 소중한 존재라는 것과 백성이야말로 진정한 나라의 주인이라는 자각으로 신분을 타파하고 구태의 척결을 계속 주장해 왔습니다.

그러나 조정은 하나도 변하지 않았습니다. 조정은 오늘 이 순간까지 우리를 핍박하고 있습니다.

그래서 우리가 여기에 모이게 된 것입니다.

생각해 보면 우리의 삶은 우리가 살아가는 것이라기보다 차라리 살아내야 하는 것이라 하는 것이 분명합니다. 우리는 그동안 잘못된 세상에서 너무나 처절하게 살아내야 했습니다.

그러나 이제 우리는 동학을 통해 우리가 진실로 어떤 존재인지 우리의 삶이 진실로 어떠해야 하는지를 생생하게 배웠습니다.

이제 우리는 깨어났습니다. 우리는 우매하지 않습니다. 오히려 우리를 괴롭히는 저들이야말로 세상과 사람의 진실을 보지 못하는 우매한 자들인 것입니다.

그러므로 이제 깨어난 우리는 잘못된 세상을 바꾸어야 합니다. 우리는 우리의 참된 삶과 존재의 자유를 위해 목숨을 바쳐 분연히 일어나야 합니다.

여러분 우리 같이 힘을 냅시다."

122.

해가 지자 한쪽에서 모래밭에 솥을 걸어 놓고 소를 잡아먹었다. 여기저기에 막걸리 판을 열어 와자지껄 떠들었다. 사방에 횃불을 밝혀 마치 축제를 연 분위기였다. 얼큰하게 취한 농민들은 제각기 불평을 토해냈다.

"이 죽일 놈들이 우리 집 갓난아이 몫으로 군포를 메기더니 인두겁을 쓴 이방 놈이 잡것들을 몰고 하루도 빠지지 않고 찾아와 세금을 내라 채근하는 거요. 나는 억울해도 어디다 호소할 데도 없었소.

도대체 이게 나라냐? 이게 나라냐고? 백성 없이 어떻게 나라가 있을 수 있겠소? 결국 나는 강제로 솥과 숟가락 몽댕이까지 몽땅 뺏기고 말았소. 오늘 저녁에 벗어 놓은 신발을 내일 아침에 다시 신게 될지 누가 알겠소? 세상은 바뀌어야 하오. 그것을 우리가 이루어야 하오."

어떤 사람이 위로했다.

"그 이방 놈은 뒈져도 염도 못 할 거요."

또 한 사람이 일어섰다.

"아 글쎄, 지주가 무자년 흉년 때 도조를 내지 않았다고 어린 딸을 첩으로 삼으려 데려가겠다는 거요. 흉년이 들면 도조는 다음 해로 연기하는 것이 이제까지 이어온 인정인데 지주 놈은 어거지를 쓰고 내 딸을 데려갔소. 여러분, 이 땅은 돈이 없으면 자기 자식도 남에게 뺏기는 곳이오. 나는 가슴에 한을 안고 여기로 왔소. 우리가 이 더러운 세상을 바꿀 수 있다면 나는 내 한목숨을 기꺼이 바치겠소."

사람들은 박수를 쳐 환호했다.

또 한 사람이 일어섰다.

"봄에 환곡 쌀을 얻었는데 모래와 짚, 풀이 절반이나 섞여 있었고 가을에 갚을 때는 깨끗한 쌀만 받아 가면서 규정보다 세 배나 물라는 거요. 옛말에 막다른 골목에 이른 놈은 제 한 몸 능지처참을 당하더라도 왕을 말 등에서 끌어내린다고 했소. 나는 지금 굶어 죽지 않으면 얼어 죽을 막다른 골목이 이른 사람이오. 어디 죽는 년이 밑 감춘답니까? 나도 여기서 죽으려 작정하고 온 사람이오."

노비도 일어났다.

"상전이 내 아내를 강제로 끌고 가 욕을 보이는데 나는 뻔히 보면서 말도 한마디 못 했소. 아내가 내 앞에서 통곡하는데 나는 어떻게 아내를 위로해야 할지 몰랐소. 목숨이 붙어 있으니 처자식을 부양하며 살아가기는 살아가야 할 터인데 손은 자꾸 낫을 들고 상전 이마빡을 찍으라고 채근하외다. 가슴에 돌쩌귀가 들어앉아 나는 숨을 제대로 쉴 수가 없소.

상전이라는 이유 하나로 사람을 이렇게 능멸하고도 뻔뻔하게 얼굴을 들고 다니는 세상이 어떻게 올바른 세상이겠소. 저희가 사람이라면 우리도 사람이오. 사람이 사람을 노예로 만들어 진을 빼먹으면서 업신여기는 세상은 바뀌어야 하오 우리가 때려 부숴야 하오."

백정도 벌떡 일어났다.

"구실아치들이 푸줏간의 고기를 제 어미 회갑 잔치에 쓴다고 한 푼도 내지 않고 쓸어가지 뭐요? 나는 부잣집 소를 잡아 주고 겨우 살 몇 점과 내장을 얻어 그걸 팔아 연명하는 사람이오. 벼룩의 간을 빼먹지 내 고기를 갈

취한단 말이오? 그놈들은 짐승보다도 못한 놈들이오."

그들은 말을 하면서 두 주먹을 불끈 쥐기도 하고 손바닥을 펴 가슴을 치면서 울분을 토했다.

원평 집회는 백성들의 절절한 성토의 장이자 제 목소리를 되찾는 신명의 장이 되었다.

추풍령은 넘어온 소리꾼이 일어나 아시매기 가락을 읊었다.

어러구 저러하네
에헤야 산이가 저러하네
우리 일꾼들 썩 잘도 매네
앞배루재빌랑 찍어나 댕기고
뒷배루재빌랑 밀어나 주게
이삼십이 넘어서면
기운 없어 못 파겠네
앞나걸랑 그만두게
개구망둑 두지 말고
재구넉백이로 파올려라
이 논배미 얼른 매고
장수배미로 올라나서자
장잎이 훨훨 영화담에
우리가 언제나 이걸하면
농군에 보배는 농사로다

유산자 무산자 탄식을 말고
부귀와 영화는 돌고 돌아간다
우리네 일꾼들 썩 잘도 하네.

같은 마을에서 온 백성이 두벌매기 노래를 불렀다.

이러구 저러구 한다
이러구 저러구 한다
어허 농사 일꾼들아
어허 농사 장하도다
바루잽이는 앞을 서고
이쪽저쪽 후려 줘자
이 논빼미 심은 모를
돌고 돌고 돌고 보니
우리 농군들 잘도 한다
앞에 다리는 돋아 놓고
뒤에 다리는 비쳐 들고
앞을 잡아 나가 보니
칼등 같은 논둑이 나와
어허 농사 일꾼들아
배루잡이 따라드니
차츰차츰 벋어난다.   .

이러저러 패고 보니
우리 앞을 다 맸구나
이 앞을 둘러놓고
어허 농사 일꾼들아
어허 농사 장하도다.

부여에서 온 백성도 일어났다.

헤~헤~헤~헤—야~헤헤~
에~헤~에~여루 상~사~뒤~요~
궁야평 너른 들에
논두 많구 밭두 많다
씨 뿌리구 모 욍겨서
충실허니 가꾸어서
성실하게 맺어보세

산유화야 산유화야
오초 동남 가는 배는
순풍에 돛을 달고
북얼 둥둥 울리면서
원포 귀범이 이 아니냐

산유화야 산유화야
이런 말이 웬말이냐
용머리를 생각허면
구룡포에 버렸으니
슬프구나 어와 벗님
구국 충성 못다했네

산유화야 산유화야
입포에 남당산은
어이 그리 유정턴고
매년 팔월 십륙일은
왼 아낙네 다 모인다.
무슨 모의 있다든고

산유화야 산유화야
사비강 맑은 물에
고기 잡는 어웅덜아
온갖 고기 다 잡어두
경칠랑은 낚지 마소
강산 풍경 좋을시고

명주 사천에서 온 돌이가 그물 당기는 노래를 불렀다.

설녀가 돌이 주위를 돌며 춤을 추었다.

에헤이야
에이사나
힘을 맞춰 에헤이야
동해바다
고길 몽탕
다 잡아라
에헤이야
에이사나
힘을 내어
기운차게

남해 바닷가에서 온 사람들은 영노탈마당을 공연했다.

"아이고! 놀래라, 야아 이놈아, 이놈아~ 네가, 네가, 네가 뭣고?"
"네가, 네가, 네가 뭣고?"
"저놈이 나 하는 대로 한다! 네가 이놈이 뭣고?"
"나는 구령에 사는 영노사다."
"네가 구령에 사는 영노사라?"
"오냐."
"구령에 사는 영노사면 구령이 있지 뭣하러 여기 왔노?"

"여기 온 것은 다름이 아니고 양반놈들의 행세가 나빠서 양반 잡아 묵으러 왔다. 양반을 아흔아홉을 잡아 묵고 네 하나를 잡아 묵으면 백을 채운다. 채우면 하늘로 득천한다."

"내가 양반이 아니다."

"도포를 본께 양반이다."

"도포를 본께 양반이라?"

"오냐."

"그라몬 도포를 벗을란다."

"도포를 벗어도 양반이다."

"벗어도 양반이라?"

"오냐."

"야, 저놈 봐라. 야, 이놈의 자슥아! 그 소리 좀 치워라."

"비비비-."

"쉬- 쉬, 그 소리 좀 치워라. 맛있는 것 줄끼니. 나 안 잡아 묵을래?"

"묵어 봐야 알겠다."

"너, 구렁이 묵을 줄 아나?"

마당은 한참이나 이어졌다. 백성들은 배를 잡고 웃었다.

지리산을 넘어 온 백성도 일어났다.

강원도 금강산 제일가는 소나무

경복궁 대들보로 다 나가네.

이 씨의 사촌 되지 말고
민 씨의 팔촌 되려므나.

발 아파 못 신던 짚신이
고무신 바람에 도망을 간다.
아무렴 그렇지 그렇고말고
짚신 장사 김 첨지 밥 굶는다오.

삼대째 내려오는 놋그릇 대통
양연권 바람에 도망을 간다.
아무렴 그렇지 그렇고말고
양권 연기에 집 떠내려간다.

김 잘 매고 베 잘 짜던 맏며느리는
양갈보 바람에 도망을 간다.
아무렴 그렇지 그렇고말고
정강 치마 수통 다리 꼴도 보기 싫다.

백성들은 같이 노래를 부르다 흥이 나면 일어나 어깨를 흔들며 춤을 추
었다.
김정태도 일어나 한 소리 뽑았다.

한강수에 모를 부어 모찌기가 난감하네
하늘에다 목화 심어 목화 따기 난감하네
물길랑 처정청 열어 놓고 주인네 양반 어데 갔노
문어야 대전복 손에 들고 첩의 집에 놀러 갔나.
밀양 삼랑 국로 높은 가락왕의 유람터요
칠보단장 곱게 하고 왕의 행차 구경가세
모야모야 노랑모야 언제 커서 영화 볼래
오월유월 두달 커서 칠팔월에 영화 본다
꽃밭 속에 나비 놀고 구름 속에 신선 노네
바람이 살살 불어 도련님 부채가 툭 널쩠네
어따야 그 처자 팔자도다 도련님 부채를 집어주네
석양은 펄펄 재를 넘고 내 갈 길은 천리로다
말은 가자고 굽이치고 임은 잡고 낙루하네

하마가 질 수야 있나?

양천전촌에 전갑섬이
오매 한촌에 말이 났소
나는 싫어요 나는 싫어
갱피방아 찧기가 나는 싫어
에에헤야 에헤야 에헤에야

양천전촌에 전갑섬이
벌안대 이촌에 말이 났소
나는 싫어요 나는 싫어
밥임 이기가 나는 싫어
에에헤야 에헤야 에헤에야

양천전촌에 전갑섬이
나하대 조촌에 말이 났소
나는 싫어요 나는 싫어
남대천 부역이 나는 싫어
에에헤야 에헤야 에헤에야

양천 전촌에 전갑섬이
인후 살섬에 말이 났소
나는 싫어요 나는 싫어
물난리 겪기는 나는 싫어
에에헤야 에헤야 에헤에야

양천 전촌에 전갑섬이
시집 안 가고 무엇하리
나는 좋아요 나는 좋아
혼자 살기가 나는 좋아

에에헤야 에헤야 에헤에야

양천 전촌에 전갑섬이
해안 전촌에 말이 났소
나는 좋아 나는 좋아
해안 퉁소가 나는 좋아
에에헤야 에헤야 에헤에야

김정태는 하마와 메기를 보고 한탄했다.

"인연이 없으면 지척에서도 못 만나고 인연이 있으면 천 리나 떨어져도
만날 날이 있다더니 우리 아우 제선이 뿌린 씨가 어느 사이 꽃이 피는 자리
에 우리가 왔구나.

우리 아우가 큰 인물이라는 건 내가 처음 만날 때부터 알아봤지. 제선이
눈에서는 금불이 나왔어.

하마야, 메기야 우리는 대단한 아우를 두었다. 동학은 제선이 죽고 난 뒤
오랜 시간 백척간두를 걸어왔다. 그러나 오늘 보는 것처럼 이렇게 백성들
의 마음을 하나로 모았으니 우리 아우 제선은 죽어도 죽은 사람이 아니다.
제선은 죽어도 저 백성들 사이에서 다시 살아났다.

북청 도가를 비롯한 한양 물도가와 전국 보부상 부대는 대원위 대감과
더불어 이제부터 동학을 도와야 한다. 부패한 나라를 바로잡고 더러운 왜
놈과 양놈들을 이 땅에서 몰아내는 데 우리도 한몫해야 한다. 나는 오늘
그것을 분명하게 느꼈다."

하마와 메기는 김정태 주위를 돌며 춤을 추었다.

김정태는 사방을 돌아보았다. 춤추는 백성들 속에서 얼핏 제선의 모습이 보였다.

"어이 동생,"

김정태는 사람들 사이를 헤집고 들어갔다. 하마와 메기가 따라갔다.

"어이 동생 어디 있나?"

김정태는 주위를 두리번거렸다.

사방, 춤추는 모든 백성이 제선이었다. 제선은 백성 속에서 너울너울 춤추고 있었다. 하마도 메기도 제선이 되었다. 김정태는 자기 자신도 제선이 되었다고 느꼈다.

제선은 그렇게 다시 살아나와 모든 백성과 함께 춤추었다.

한밤중에 봉준이 있는 도소에 노인 한 사람이 찾아왔다.

눈에 정기가 가득 차고 몸은 장년처럼 튼실했다. 봉준이 일어나 노인을 맞았다.

노인이 앉으며 말했다.

"나는 남학을 하는 김광화라 하오. 당신이 이 집회를 이끄는 전봉준이오?"

"그렇습니다. 제가 바로 전봉준입니다. 그런데 남학이라면 불학이 아닙니까? 저도 들어보았습니다."

김광화는 봉준의 당당한 자세와 당찬 말세를 보고 당장 믿음이 갔다.

"그렇다오. 남학은 불교 중에서도 실천불교요. 그러나 나는 남학을 해도 동학과는 인연이 깊답니다. 나는 친구 일부와 연담 선생님께 배운 사람입니다. 일부는 동학을 창도한 수운의 스승이랍니다."

봉준은 다시 한번 일어나 인사를 드렸다.

"먼 길에 어려운 걸음을 하셨습니다. 귀하신 분이 오셨는데 저에게 가르침을 주실 말씀이 계십니까?"

"내가 하는 실천불교와 동학은 공통되는 부분이 있습니다. 그것은 바로 잘못된 세상을 적극적으로 나서 고치려는 자세입니다.

나는 지금까지 당취를 이끌어 왔습니다. 중들 사이에서 의기가 있는 사람들을 모아 은연중에 움직이고 있었습니다. 그러나 아직 세가 약해 이렇다 할 일은 하지 못했습니다.

그런 중에 당신의 이야기를 들었습니다. 내가 여기에 영양 불갑사, 장성 백양사, 고창 선운사의 승려들을 여럿 데리고 왔습니다. 작은 힘이지만 우리도 같이 합세해 돕겠습니다."

봉준은 이로써 조선에서 천대받던 불교 세력과 연대하게 되었다. 나중 일이지만 봉준이 우금치에서 패하고 도피할 때 김광화의 도움으로 백양사에 숨어 지내기도 한다.

봉준은 보은집회 귀추를 살피기 위해 김광화의 측근 승려 긍엽을 비밀리에 보은 장안 마을로 파견했다.

필제가 다리가 성했으면 그도 당연히 원평으로 달려왔을 것이다.

그즈음 필제는 딸아이를 가르치느라 여념이 없었다. 소사는 민첩하고 영민했다.

원평에는 각지에서 농민 봉기를 주도한 전설의 봉기군도 섞여 있었다.

주로 떠돌이 생활을 하는 그들은 조용히 눈치를 살피며 지도부를 은근히 압박했다.

그들 중 누군가는 보은집회의 귀추와는 상관없이 곧바로 제물포로 달려가자 주장했고 전라감영에 괘서를 보내 전주성을 공격하겠다고 통고하기도 했다.

긍엽은 보은에 다녀와 보은집회가 맥없이 해산했다고 봉준에게 보고했다. 봉준은 속으로 실망하는 바가 있었으나 도주에게 필시 더 깊은 생각이 있을 것이라고 믿어 의심치 않았다.

도인들이 왕과 조정의 말을 믿지 않은 지는 이미 오래였다. 그들이 상투적으로 내뱉는 약조는 언제나 쪽박을 깨기 마련이었다. 이제는 도인들의 결집된 힘을 바탕으로 조정과 한판 드잡이를 벌일 때가 되었다.

봉준은 심고했다.

'도주는 왜 다시 한번 조정을 믿어 준 걸까?

도주는 대선생의 도를 이어 삼십 년 동안 지켜온 분이다. 대선생께서 순도한 이후 포졸들의 추격을 받으며 간난신고를 겪으면서도 전국을 돌며 동학 조직을 일으켜 오늘을 마련한 분이다.

천주교에서 말하는 바울이란 사람이 했다는 전도 여행 같은 것은 도주의 세월에 비하면 아이 장난보다도 못해 감히 비교할 수도 없다.

도주는 지금 도인들에게 닥친 절박한 상황을 틀림없이 세세하게 알고 계실 것이다.

내가 보기에 지금이야말로 자칫하면 도가 아예 끊어질 절체절명의 시기이다. 이런 시기에 도주가 내려야 할 결정은 백척간두에서 도와 도인들의 운명을 결정할 너무나도 중요한 판단이다. 그런데 도주는 왜 다시 양보하는 길을 택했을까?

유학에 수신제가치국평천라는 말이 있다.

수신 이후에 제가하고 제가 이후에 치국하고 치국 이후에 평천하한다는 뜻이다. 그러므로 수신은 제가와 치국과 평천하에 언제나 따라붙은 덕목이다. 수신이 되지 않은 자에게 온전한 제가와 치국과 평천하는 불가하다.

그러나 이 땅에서 제가는 제외하더라도 치국하는 자 중에 수신이 제대로 된 자를 나는 보지 못했다. 수신이 되지 않고 치국하는 자가 평천하한다는 말은 어불성설이다.

동학은 처음부터 수신을 가장 중요시했던 학이다. 동학이 가르치는 수신이 되면 제가는 저절로 되고 나아가 치국과 평천하 역시 저절로 될 수밖에 없다.

더욱이나 우리는 정치인이 아니고 신앙을 가진 평범한 백성이다. 그렇지만 지금은 우리의 신앙으로 정치를 행할 시기가 도래했음에도 불구하고 도주는 우리의 학이 추구하는 근본인 수신이 더욱 탄탄해야 함을 에둘러 표명하신 것은 아닐까?

도를 지키는 도주의 입장과 백성들의 신고를 해결하려는 나의 입장은 다름이 있을 것이다.

도주가 깊은 바다를 흐르는 해류라면 나는 바다의 표면에서 바람에 따라 잠시 일어나는 파도에 불과하다.

일단 도주의 판단에 따르기로 하자.'

봉준은 상황이 진행되는 바를 면밀하게 살피며 일시 해산했다.

봉준을 비롯한 지도자들은 변장하고 각기 은신처로 돌아갔다. 모였던 백성들도 자신이 속한 접소로 돌아가 활동을 재개했다.

원평 집회를 주도하면서 봉준의 이름은 호남 일대에 널리 퍼졌다.

123.

고종 30년, 계사년, 1893년.

장내리와 원평에서 해산한 도인들은 고향으로 돌아갔으나 여전히 탄압은 극심했다. 하나도 변한 것이 없었다.

그들은 몇백 명씩 떼지어 관아에 가 관리들에게 저항했다. 윤음이나 선무사가 군현에 발송한 공문을 필사하여 관리들에게 들이대었다. 풀이 죽은 관리들은 일단 상부의 문책이 두려워 좋은 말로 달래어 해산시키는 데 급급했다.

아래의 말단 관리에서 위의 임금까지 일단 사태를 무마하고 보자는 심산이었다. 참으로 한심한 일이었다.

그러나 이러한 집단 항소도 오래가지는 못했다. 어윤중을 내세워 달콤한 말로 도인들을 해산시킨 조정은 사월 십 일경부터 본색을 드러냈다. 조정은 각 감사에게 호서의 서병학, 호남의 김봉집과 서장옥을 체포하여 조사한 후 보고하라는 명을 내렸다.

해산해 돌아가면 생업을 보장해 주겠다던 약속은 언제 그랬냐는 듯이 잊어버렸다. 자연히 감사 이하 고을 수령들의 동학도인에 대한 탐학은 되살아났다. 도인들은 조정의 배신 행위에 치를 떨었다. 백성에게 거짓말을 하는 왕을 섬겨야 할 명분을 이제 없었다.

보은에서 임기응변으로 백성을 무마한 어윤중은 오월 보름, 충청감사 조병식의 탐학을 조사하러 공주로 갔다. 그리하여 조병식이 재임 기간에 팔십여만 냥이 넘는 부정행위를 한 것을 보고했다.

조정은 어윤중이 하는 짓이 마음에 들지 않아 눈살을 찌푸렸다.

사실상 보은집회에 모인 몇만의 도인들은 시형의 명령에 물불을 가리지 않을 각오가 되어 있었다. 그들 중에는 고향을 떠나 올 때 가지고 있던 모든 것을 처분하고 죽을 각오를 하고 올라온 이가 많았다. 언제나 만수받이만 할 게 아니라 여차하면 조정과 한판 드잡이를 붙을 각오가 이미 되어 있던 사람들이었다.

시형이 해산을 명령하자 여기에 불만을 품은 도인 중에는 전라도에서 올라온 사람들이 많았다. 전라도 도인들은 현실 개혁의 욕구와 투지가 드높았다.

특히 전라도 지역은 곡창 지역으로 관의 탄압과 외국 상인들의 상품 및 곡가 폭등 조작으로 피해가 극심했다. 전라도 원평에 모였던 도인들도 대도소의 명에 따랐으나 불만은 여전했다.

도인들 사백 명은 다시 장내리로 올라가다 진산에서 내려오는 선무사 어윤중을 만났다. 그러나 모든 것을 해결해 준다는 어윤중의 거짓말을 믿고 스스로 해산했다. 당시 보은 장내리와 원평에 모인 전라도 도인은 최소한 이만 명이 넘었다.

문제는 서병학의 말가리 없는 고자질이었다. 용이 새끼를 여러 마리 낳아도 그 성미는 각각이라더니 그는 어느새 어윤중에게 붙어 전라도 도인을 비방하기 시작했다. 남편 죽었다고 섧게 울던 년이 시집은 먼저 간다고 이러한 고자질은 서병학의 인간성을 드러낸 저속한 행위였다.

공주와 삼례 그리고 광화문과 장내리에서 그는 나름대로 주동적인 역할을 했다. 그러나 척왜양창의 운동에서 그의 한계가 드러나고 말았다.

그는 전라 지역 지도자인 봉준의 특출한 지도력을 도저히 따라갈 수 없었다. 또 포 조직의 배경도 없었고 능력도 부족했다. 어리석은 상대 의식으로 결국 전라도 도인과 지도자들을 관이 지목하도록 부추겨 자기의 열등의식을 보상받으려는 비열한 행위를 자행했다.

봉준은 삼례 때부터 패기와 예리한 판단력을 발휘해 도인들의 주목을 받았다. 광화문 복소 때에는 척왜양 운동으로 동학 운동을 승화시키는 데 한몫을 톡톡히 했다.

만약 원평집회에서 봉준의 주장대로 보은집회와 힘을 합쳐 전면적 무장봉기를 단행했다면 결과는 달라졌을지도 모른다.

전국 병영의 군사들은 전혀 훈련되어 있지 않았고 무기도 녹슬어 무기고에 처박혀 있었고 병사들의 사기도 말이 아니었다. 청군은 한양에 일부 주둔하고 있었으나 일본군은 거의 진출하지 않은 상태였다. 청군과 일본군이 개입할 여건이 되지 않았으므로 농민군에게는 대적할 상대가 없었다.

이런 일촉즉발의 상황에서도 조정에서는 미봉책으로 일관하면서 전면적인 개혁 정책을 외면했고 오히려 청군을 빌려 동학 농민군을 토벌하겠다는 작전을 서둘렀다. 왕은 한 치 앞도 내다보지 못하는 못된 제 버릇을 개에게도 주지 못하고 다시 신주처럼 끌어안았다.

보은집회를 통해 동학은 새로운 운동의 전기를 마련했다.

연원을 중심으로 하는 포 조직을 강화하여 동원 능력을 높였다. 몇만 명의 도인들을 동원한 저력이나 이십 일간 산골에서 지내며 철저한 질서로 공동 생활을 유지했고 인근 백성들과도 원만한 관계를 다졌다.

소문은 바람을 타고 부풀려지며 다시 산지사방으로 퍼져나갔다.

동학은 언제라도 다시 일어날 수 있다는 자신감에 넘쳤다. 그리고 이 운동을 통해 동학 운동을 사회화를 위한 운동으로 방향을 바꾸어 갈 수가 있었다. 그리고 도인들은 자신들이 바로 나라의 주인이라는 의식을 일깨웠다.

임금이 나라의 주인이 아니라 바로 자신들이야말로 진정한 나라의 주인임을 알았다. 드디어 무능하고 부패할 뿐 아니라 신실하지도 못한 기존의 관리들을 대신해서 백성이 왕을 보좌하는 새 나라에 대해 관심을 가지게 되었다.

이것은 민감한 정치적 문제였으므로 동학은 일단 종묘사직과 군주제는 건드리지 않았다. 신하들의 부패와 무능으로 나라가 위태롭게 되었다 규정하여 민회 운동을 넓혀 나라를 바로잡을 생각을 하게 되었다.

보은집회에서 눈에 보이는 도인들이 해산하여 보이지 않게 되는 순간부터 더 넓고 큰 집회로 커져 가고 있었다. 보이는 것과 보이지 않는 것이 그렇게 자리를 바꾸어 자리 잡아 갔다.

124.

고종 30년, 계사년, 1893년.

사월 이튿날.

해산을 지시하고 시형은 상주 공성면 효곡리 황실 집으로 돌아왔다.

조정에서 별다른 지목이 없자 열흘 정도 머물러 있다가 보름에 아들 덕기와 김연국을 대동하고 낙동강을 건너 인동으로 가 배성범의 집에 십오일 동안 머물며 지역 도인들을 수습했다.

김연국이 물었다.

"지난번 보은집회 때 우리가 좀 더 강하게 나갈 수도 있었습니다. 왜 그리 양보하셨습니까?"

"자네는 내가 왜 그랬다고 생각하는가?"

"제가 도차주께 먼저 물어보았습니다."

"도차주는 무어라 하던가?"

"그냥 빙그레 웃었습니다."

"내가 그때 도차주와도 상의했었네."

"제 생각은 우리가 좀 더 강하게 나가는 편이 더 좋지 않았을까 싶어 드리는 말씀입니다. 당시 경군이 투입되더라도 우리가 충분히 물리칠 자신이 있었습니다."

"경군도 우리 백성들일세. 그러면 우리가 경군과 서로 싸워 죽여야 옳았을까?"

"경군이야 권력자의 개들 아닙니까? 개들은 몽둥이가 약입니다."

"나도 그 생각을 왜 하지 않았겠나? 당시 상황이 참으로 급박해 내가 가부간 결정을 내리기가 참으로 어려웠네. 그래서 스승님께 도움을 요청했었네."

"돌아가신 대선생님께 말입니까?"

"그렇다네. 스승님은 순도하셨으나 항상 우리를 지켜보고 계시다네. 나는 이제까지 어려운 일이 있거나 곤란한 일이 있을 때 자주 스승님의 도움을 받았다네."

"대선생께서 무어라 하셨습니까?"

"스승님은 살아 계실 때 나더러 항상 마음의 깊은 곳을 살펴보라 하셨네. 나는 내 존재의 깊은 곳에서 언제나 스승님과 한울님을 만날 수 있네. 스승님은 사람마다 내면에 한울님을 모시고 있다고 가르치셨네. 이 가르침은 오직 사람을 귀하게 여기라는 말씀 아니겠는가?

스승님께서 사람을 믿었듯이 나도 사람에 대한 믿음을 차마 버릴 수 없었다네. 그것이야말로 우리 도가 가지고 있는 위대함이 아닐까?

우리 도를 핍박하는 자들이 아직 세상의 진리에 닿을 기회가 없어 무지한 까닭에 저희가 무슨 짓을 하는지도 모르고 있다면 깨어난 우리가 그들을 큰 덕으로 포용할 힘은 없을까 하는 생각을 했었네.

그들도 사람이라면 이번 집회를 통해 무언가 깨닫는 것이 있을 것이요, 깨달음을 얻지 못한다면 앞으로 정작 어려운 사태에 직면하게 될 것일세. 이제 우리는 옛날의 동학이 아닐세. 깨어난 도인들이 있는 한 우리가 성급

할 이유는 없네.

우리는 도인들과 하나 되어 일을 벌일 수 있겠으나 우리 앞에는 우리와 뜻을 달리하거나 우리를 질시하거나 우리를 두려워하는 사람들이 또한 적지 않네. 그들의 숫자가 훨씬 더 많기도 하지.

우리가 위력을 앞세워 우리 뜻을 펴고 관철하려 한다면 그들과 다를 바가 무엇이겠나?

그러니 우리 같이 한번 살펴보기로 하세. 그리고 우리 도를 더 깊이 이해하고 더 열심히 덕을 닦아야 하네."

김연국이 허리를 깊이 숙였다.

"도주를 모시는 기쁨이 참으로 큽니다."

충청도와 전라도 지역은 점점 도세가 늘어나고 있었으나 경상도 지역이 상대적으로 부진했다.

오월에는 칠곡군 율림리 곽우원의 집으로 갔다. 그는 사람도 걸출하고 살림도 넉넉했다. 여기서 시형은 석 달 정도 머물렀다.

이철우·신택우 등을 만났고 인근 지역 금산군·성주군·칠곡군·의성군·군위군의 도인들이 찾아와 일일이 만났다.

칠월 중순.

인동 배성범의 집으로 가니 손병희와 손천민이 와 있었다.

이때 아들 덕기가 발병했다. 처음에는 병세가 그리 심하지 않았다. 그래서 손천민이 덕기를 데리고 금산 편사언의 집으로 가 있게 했다.

편사언은 금릉군 어모면 다남리 참남골에 살았다. 마당이 말강스러운

362

배성범의 집에서 열흘 간 체류했다.

이곳으로 서병학·이해관·이국빈이 찾아와 다시 신원 운동을 벌이자고 제언했다. 시형은 일단 거절했다. 그믐께 황간 김선달의 집에 들렀다 왕실 집으로 돌아갔다.

이 시기에 호남에서는 전봉준과 김개남·손화중이 조직을 다시 다지고 있었다.

팔월에 조재벽이 찾아와 시형더러 청산군 문암리 김성원의 집으로 이사하기를 권했다. 조재벽은 황간 사람으로 영동·청산·진산·고산 지역 대접 주였다.

시형은 청산 문바윗골로 이사했다. 이곳으로 이사 온 지 얼마 되지 않아 아들 덕기의 병세가 갑자기 악화했다. 결국 시월 보름, 덕기는 열아홉의 나이로 숨을 거두었다.

골짜기 안쪽 문암리 저수지 위 산기슭에 매장했다.

후사가 없어 며느리는 친정으로 보냈다.

팔월 스무닷새.

양호선무사 어윤중이 공무 집행 중 말살스럽고 공정하지 못했다는 죄로 연일현으로 유배 갔다.

125.

고종 30년, 계사년, 1893년, 팔월 이십일 일.

당대에 명민하기로 이름을 날린 이건창이 호남과 호서에 퍼져 세를 떨치는 동학을 성토하는 장황한 상소를 올렸다. 그가 영민하다고는 하나, 시대의 한계를 넘어서지 못한 것이 이와 같았다.

부호군 이건창 상소
'요즘 들으니 호남과 호서에서 간사한 무리가 감히 날뛰며 계책을 꾸미고 심지어 심부름하는 사람을 보내어 군사를 일으키는 일까지 있었다고 하니 놀랍고도 통분합니다.

삼가 지난번에 내린 윤음을 보니 더없이 간곡하였으므로 죄를 용서해준 덕과 목숨을 살려준 어진 마음에 대해서는 더없이 우러러 흠모하는 마음을 금할 수 없습니다.

그리고 어사의 장계를 보면 타이르기도 하고 신칙하기도 하여 저들이 해산할 생각을 가지게 하였으니 임금의 명을 욕되게 하지 않았다고 할 수 있습니다.

그러나 신의 어리석은 소견으로 지난 날 역사를 보면 도적을 불러들여 안정시키는 것은 설사 한때의 임시방편은 되지만 달래서 안정되었다가 다시 배반하는 경우 그 폐단은 더욱 이루 말할 수 없으니 경계하지 않을 수 없습니다.

또한 신이 듣건대 백성이 무리를 이루면 나라는 법으로 반드시 처단하며 이는 주나라 제도에서부터 벌써 그렇게 해 왔다고 합니다.

지금 혹 수백 명이나 수십 명의 백성이 서로 모여서 소란을 일으켰더라도 반드시 난민으로 규정하고 처단해야 할 것인데 더구나 수만 명이 모여 깃발을 세우고 성을 쌓고 있는 데야 더 말할 것이 있겠습니까?

듣건대 요즘 외국에는 이른바 민당이라는 칭호가 있는데 이 불순한 설은 임금을 안중에도 두지 않은 것이니 그 해독이 홍수나 사나운 짐승보다도 더 심한 것입니다.

어찌 예의의 나라인 우리나라에도 역시 민당이라고 불리는 자들이 있으리라고 생각이나 하였겠습니까?

불순한 말로 선동하니 불순한 무리라고 해야 하고 변란을 꾸미고 있으니 난당이라고 해야 옳을 것인데 어찌 민당이라고 부를 수 있겠습니까?

이름이 바르지 않으면 말이 불순하다는 것은 이를 두고 말하는 것입니다.

그리고 이미 선유하였을 뿐 아니라 거기에서 모두 나의 백성이라고 하였습니다.

아! 저 불순한 무리들이 감히 조정에 알려서 명백한 명을 받기를 원한다고 하였으니 백성이라고 인정하였으면 응당 해산해야 할 것입니다.

이미 명백한 명을 받고서도 또 명백한 명을 받기를 원한다고 하고 이미 백성으로 인정하였는데도 또 백성으로 인정하기를 바란다니 이것은 임금을 협박하고 속이며 조정을 무시하고 희롱하는 것입니다.

어찌 사지가 떨리고 머리털이 곤두섬을 금할 수 있겠습니까?

그러므로 듣는 대로 나열하여 보고하는 것은 비록 일의 원칙으로는 당연한 것이지만 어찌 토벌할 것을 청하는 말이 없을 수 있겠습니까?

어리석게도 신은 죽을죄를 지었지만 또한 이와 관련하여 진달할 말이 있습니다.

거룩하도다!

왕의 말씀이여!

지극히 엄중하시니 또한 그들이 원한다고 해서 곧 선포문을 내려서는 안 될 것입니다.

더구나 탐욕스러운 자들을 징벌하는 문제는 더욱 그러합니다.

어느 때인들 그렇지 않겠습니까만 지금 소란스러운 일이 있는 때에는 더욱 형벌에 관한 정사를 엄하게 함으로써 하소연할 곳이 없이 고통을 당하고 있는 진짜 백성들의 마음을 위로하여야 하며 이로써 역적들을 위로하고 더욱 교만하게 만들어서는 안 된다고 봅니다.

어진 임금의 사랑은 하늘의 사랑과 같아서 이유가 없이는 하찮은 벌레라도 오히려 차마 죽이지 못하는데 더구나 지극히 중요한 백성의 생명이야 더할 나위가 있겠습니까? 그러나 형편에는 완만한 것과 급한 것이 있고, 일에는 먼저 할 것과 뒤에 할 것이 있으며, 먼저 가르쳐 준 다음에 처벌하는 것은 나라를 편안하게 하는 정사이고 먼저 싹을 끊어 버리고 후에 무마하는 것은 난리를 평정하는 방법입니다.

가르치지 않고 처벌하는 것은 포악한 정사에 가깝고 싹을 끊어 버리지 않고 무마하는 것은 나약한 것에 가까운 것이니 그것이 옳지 못한 점에서는 둘 다 마찬가지입니다.

저들은 본래 법적 제재의 그물에서 벗어난 음흉하고 간사한 무리로서 감히 신소한다는 핑계를 대고 제멋대로 대궐문에 와서 시끄럽게 했으니 응당 신문하고 효수하여 나라의 체면은 엄하게 세워야 할 것입니다.

그런데 조치를 취하는 데서 이미 잘못을 면치 못하였을 뿐 아니라 오늘에 와서는 극심한 형편에 이르렀습니다.

그러나 지금도 아직 늦지는 않았습니다.

성상의 하유에서 그들의 괴수를 잡아 바치게 하였으니 그날로 즉시 잡아들인다면 협박에 의하여 추종한 자는 다스리지 않을 수 있을 것입니다.

그렇게 하지 않는다면 이는 모두 세력을 믿고 나쁜 짓을 하며 교화를 거절하는 무리로서 나라의 백성이 아니라는 것이 명백해집니다.

그러나 신의 생각에는 틀림없이 잡아 바치지 않으리라고 봅니다.

그러므로 즉시 여러 군인을 토벌에 출동시켜 남김없이 다 죽여 허물어져 가는 법을 보존하고 앞으로 미칠 화단을 없애는 것을 결코 미룰 수 없습니다.

이른바 그 학이라는 것이 비록 무슨 학인지 알 수 없는 지경에 이르러 비결과 주문으로 속이며 도참설에 억지로 맞추었으니 일종의 요사스럽고 더러운 자들로서 심히 무식하고 윤리가 없습니다.

지난번에 배척할 것을 요청한 여러 상소에서 혹 양자나 묵자에 비교한 것은 이미 사리에 합당치 않았습니다.

저들에게 따지는 말에 '그러면 역시 요순 공자 맹자의 도인가?'라고 하니 저들은 그렇다고 대답했습니다.

애석합니다.

이것은 어사가 돌이킬 수 없이 말을 잘못한 것입니다.

가령 불순한 무리가 즉시 해산하고 장차 공공연히 다니면서 온 나라에 대고 큰소리로 우리의 학에 대해서는 조정에서 나쁘다고 하지 않는다고 한다면 어리석고 무지한 사람들이 또한 어찌 바른 것과 간사한 것 충신과 역적을 가려낼 수 있겠습니까?

또한 신이 들건대 사방에 관리를 파견하여 나라를 편안하고 이롭게 하자면 그들이 모든 권력을 단독으로 행사하게 하여야 할 것이며 병사 임무도 그렇습니다.

지금은 전보 통신으로 연락하기 때문에 걸핏하면 문의하고 날마다 달라지는 정형을 반드시 번거롭게 명령을 받아서 처리하게 하는데 이것도 위급한 때에 신기한 전술로 승리를 이룩하게 하는 방법이 아닙니다.

저 불순한 무리의 정상은 갈수록 더욱더 헤아릴 수 없고 헛되이 날만 보내며 점점 조장되게 할 수 없으니 신의 이 글을 묘당에 내려 보내어 즉시 소멸할 계책을 세우기를 삼가 바랍니다.

그리고 서울과 지방의 직속부대 군사들은 교만한 것이 버릇이 되어 상 받는 것만 알고 벌 받는 것을 알지 못하며 은혜를 입을 줄만 알고 법을 알지 못하니 나가서 주둔하면 그 도에서 방자한 횡포가 심하니 싸움터에 나가서는 명령을 받들지 않는 자도 반드시 있을 것입니다.

오장은 그 오에 속하는 군사를 죽일 수 있고 십장은 그 십에 속한 군사를 죽일 수 있는 것은 군사가 생긴 이후로 통용하여 온 법인데 이렇게 하지 않고서는 군법이라고 하는 것은 있지 않습니다.

바라건대 모든 장수가 오로지 가림 없이 적용하는 법을 쓰게 하되 작은 사고라고 해서 혹 용서하지 말며 사형죄라고 해서 어렵게 생각하지 않게 하여 군사 면모를 일신시켜 모든 사람을 과단성 있고 굳세게 만들도록 할 것입니다.

생각건대 전하는 지극히 어질고 지극히 총명하여 큰일을 할 자질을 갖추고 있을 뿐 아니라 학문이 고명하여 예로부터 지금까지의 정사가 잘 되고 못된 요점을 환히 알고 계시며 지금도 마음을 공부에 바치고 있지만 굳셀 확 자 하나에 더 힘써야 할 것입니다.

굳세다는 확은 하늘의 도로서 사철 운행되어 만물이 성장하여 원래 한순간도 운행되지 않는 일이 없는데 그렇게 하는 데는 아주 확실하게 하는 것뿐입니다.

인주가 그의 몸과 마음을 다스리기 위하여 역시 극진히 하지 않는 것은 없지만 기본적이며 관건인 문제에 이르러서는 반드시 일정하고 변하지 않는 계책이 있어야 합니다.

가령 학문은 반드시 요와 순을 목표로 삼고 정사는 반드시 조상을 법으로 삼으며 사람을 등용하는 데는 반드시 우선 충직한 사람을 장려하며 곤란이 있으면 반드시 민심을 진정시키는 것을 기본으로 삼는 것과 같은 것입니다.

이것이 이른바 불변하는 계책이라는 것입니다.

철석같이 굳고 산악같이 무거우며 북극성이 자기 위치에서 움직이지 않는 것과 같고 해와 달과 같이 밝고 환히 통달하여 사람들이 모두 우러러볼 수 있습니다.

주역 대전에 하늘이라는 것은 정확하여 사람들이 보기 쉽다고 하였으니 굽어 살피소서.

신은 작년 여름에 외람되게 성상의 하유를 받기를

"왕은 다음과 같이 말한다.

해야 할 말을 하지 않는 것은 신하의 도리가 아니다.

그러나 말을 하지 못하게 하는 것도 임금이 널리 받아들이지 못하기 때문이다."라고 하였습니다.

그러나 직책이 언관이기 때문에 주제넘게 일을 하기 어려워 머뭇거리면서도 지금까지 하루도 마음에 감히 잊은 적이 없었으나, 그사이 말해야 할 일도 많았습니다.

대체 오늘 조정에 예로부터 이름 있고 덕망이 높은 적임자가 있다면 다른 것은 말하지 않더라도 악공 한 가지 문제는 어찌 잠잠한 채 경계하는 말을 올리지 않을 수 있겠습니까?

지금 이미 연례가 지나갔으니 여령을 보냈으리라고 생각합니다만 신은 그래도 후세의 논의하는 사람들을 위해 전하가 조심하고 경계하면서 혹 지나치게 성대한 것을 깊이 헤아리고 작은 일을 아껴 큰 덕을 더럽힌다는 경계를 잊지 말 것을 바라고 싶습니다.

음악이 없어진 뒤에야 충직한 말이 들어오고 광대를 물리친 뒤에야 군비가 갖추어집니다.

춘추전국 때에 패왕도 오히려 그렇게 하였는데 더구나 오늘 신하와 백성들이 바라는 것이 아니겠습니까?

그리고 일체 급하지 않은 일과 무익한 비용은 다 모두 조절해야 하며 상을 주는 데는 더욱 경계하지 않을 수 없습니다.

나라에서 재물을 쓰는 것은 비록 내탕과 외사의 구분이 있지만 그 근본은 다 백성에게서 나오는 것인데 어찌 지나치게 받아서 낭비할 수 있겠습니까?

명목이 없는 혜택을 받던 것이 이미 버릇이 되고 또 받기를 갈망하던 사람들도 더는 고마운 줄을 알지 못하는데 단지 그런 반열에 참여하지 못한 사람만은 모두 보통 녹봉만 주니 크게 실망하고 서로 질시하는 것을 이루 다 말할 수 없습니다.

이것은 은혜를 허비하여 원망을 사는 것입니다.

더구나 군사에 관한 일에서는 공로가 있으면 상을 주어야 하는데 평시보다 더 줄 수 없어 만족시키지 못한다면 무엇으로써 장병들의 마음을 위로하겠습니까?

대체 임금에게는 사사로운 재산이 없으므로 사사로운 혜택이 없으며 사사로이 좋아하는 것이 없으므로 사사로운 신하가 없습니다.

하나라도 고르게 하지 않거나 공정하게 하지 않으면 나라가 그 화를 받고 백성이 반드시 편안치 않게 되는 것입니다.

주자가 송 효종에게 고하기를

'안에서는 경비로 들어온 것을 축내고 밖에서는 나머지를 바친 것을 받음으로써 세상만사의 폐단이 여기로부터 생기게 하니 거울로 삼지 않을 수 있겠습니까?'라고 하였습니다.

전하께서는 현명하고 오래 다스려 왔으니 높고 낮은 관리들의 내력과 장단점을 알지 못하는 것이 없습니다.

그런데 가끔 성과를 거두지 못한 사람을 지나간 실패를 보고서도 다시 등용하여 결국에는 수습할 수 없는 지경에 이르게 되니 식견이 있는 사람들이 은근히 한탄하지만 어찌하여 반성하지 않으십니까?

근래의 일에 대해 말하더라도 경상도 관찰사를 제수하는 데 인심이 더욱 소란스러웠습니다.

신은 비록 그 사람이 무엇 때문에 이런 소문이 있게 되었는지는 알 수 없으나 이렇게 어려운 시기에는 절대 여론에 어그러지게 하거나 관찰사의 직책을 소홀히 여겨서는 안 된다는 것이 명백합니다.

그리고 육진의 백성들이 도망하였다가도 수령을 잘 택하여 보내면 도망갔던 사람들이 다시 돌아오고 제주와 함흥 백성들이 소란을 일으키다가도 찰리사나 감사를 잘 택하여 보내면 소란을 일으키던 사람들이 다시 안정하니 이것은 다 한 번 계책을 바꾸는 문제일 뿐입니다.

이로써 징험이 되니 어떻게 정사를 행해야겠습니까?

이제 바로잡을 묘책에 대해서는 역시 고상한 의논이나 특이한 계책은 없고 실정에 맞지 않는 조치에 불과하니 백성들로 하여금 기쁘게 복종하게 하는 것뿐입니다.

아! 바른 말을 할 길이 오늘과 같이 막힌 때는 없었습니다.

자기 몸을 생각하는 사람은 때를 안다고 하고 나라를 걱정하는 사람은 일 만들기를 좋아한다고 지목하니 기개가 꺾이고 풍속이 야박하며 임금은 있어도 신하가 없어 서로 바로잡을 수 없게 되었습니다.

예로부터 이렇게 하고서는 편안하고 무사할 수 없는 것입니다.

바라건대 전하는 훌륭한 뜻을 분발하여 제반 일을 깊이 반성하고 새벽

에 일어나서 날이 밝기를 기다려서 모든 관리들을 격려하며 날마다 임금
을 돕고 정사를 논하는 신하들을 만나 백성을 편안케 하고 도적을 없앨 방
도를 하소서.

특히 이상에서 진달한 바의 경비를 절약하고 감사와 수령을 선택하는
등의 문제에 유의하고 받아들여서 당장의 급선무로 삼는다면 백성과 나라
에 심히 다행이겠습니다.'

비답
'너의 말이 옳은지 알 수 없다.'

126.

고종 30년, 계사년, 1893년, 동짓달.

이천군 신둔면 남정리에 사는 김봉규라는 토호가 도인들의 재산을 강탈
하는 일이 있었다. 코가 말코지 같은 자였다.
　얼사에게 밀고하여 나졸을 동원하여 도인 여러 사람을 포박해 끌고 가
재산을 빼앗았다.
　이용구는 인근 지역에 사는 도인 수천 명 동원하여 빼앗긴 재산을 다시
돌려받게 했다. 경기 관찰사와 이천 군수가 놀라서 개입했다.
　도인들은 김봉규를 멍석말이하고 그의 집을 불태운 다음 해산했다.

　이 사건을 계기로 시형은 동학의 조직을 더욱 강화시켰다. 각 포에 법소*
를 두고 포가 있는 본포 소재지에 따로 도소**를 두었다.
　권력을 움켜잡고 벌벌 떠는 무능한 조정과 세상을 바꾸어 백성을 편하
게 하는 개벽을 희구하는 동학도인 사이에서 서로 도저히 피할 수 없는 한
판 승부가 곧 벌어질 참이다.

---

*　법소는 지역의 포 어른이 살고 있는 집을 말하며 사무를 보는 곳.
**　도소는 본포의 대접주가 있는 곳.

소설 동학 4

등록 1994.7.1 제1-1071
1쇄 발행 2022년 5월 31일

지은이 김동련
펴낸이 박길수
편집장 소경희
편 집 조영준
관 리 위현정
디자인 이주향
펴낸곳 도서출판 모시는사람들
       03147 서울시 종로구 삼일대로 457(경운동 수운회관) 1207호
전 화 02-735-7173, 02-737-7173 / 팩스 02-730-7173

인 쇄 (주)성광인쇄(031-942-4814)
배 본 문화유통북스(031-937-6100)
홈페이지 http://www.mosinsaram.com/

값은 뒤표지에 있습니다.

ISBN   979-11-6629-111-1   04810
세트 ISBN 979-11-6629-107-4   04810